Transculturação e identidade-relação no imaginário literário das américas

Dieumettre Jean

Transculturação e identidade-relação no imaginário literário das américas

Jacques-Stéphen Alexis e a particularidade haitiana

Alameda

Grafia atualizada segundo o Acordo Ortográfico da Língua Portuguesa de 1990, que entrou em vigor no Brasil em 2009.

Edição: Haroldo Ceravolo Sereza e Joana Monteleone
Projeto gráfico, diagramação e capa: Maria Beatriz de Paula Machado
Assistente acadêmica: Tamara Santos
Revisão: Alexandra Colontini
Imagem da capa: Pixabay

CIP-BRASIL. CATALOGAÇÃO NA PUBLICAÇÃO
SINDICATO NACIONAL DOS EDITORES DE LIVROS, RJ

J47t

Jean, Dieumettre
Transculturação e identidade-relação no imaginário literário das Américas : Jacques-Stéphen Alexis e a particularidade haitiana / Dieumettre Jean. - 1. ed. - São Paulo : Alameda, 2022.
292 p. ; 21 cm.

Inclui bibliografia e índice
ISBN 978-65-5966-091-9

1. Alexis, Jacques-Stéphen, 1922-1961. 2. Literatura latino-americana - História e crítica. 3. Literatura e sociedade - América Central. I. Título.

22-75714 CDD: 860.9
CDU: 82.09(728)

ALAMEDA CASA EDITORIAL
Rua 13 de Maio, 353 – Bela Vista
CEP 01327-000 – São Paulo, SP
Tel. (11) 3012-2403
www.alamedaeditorial.com.br

Dedico este livro *in memoriam* do meu pai Lebon Jean e *in memoriam* de todos/as os/as desaparecidos/as de forma trágica, brutal e inesperada, especialmente, do meu irmão Christien Jean, que partiu para o mundo do além antes mesmo de completar seus oito anos e dos meus caríssimos amigos-irmãos-geógrafos: Me. Francky Altinéus, que nos deixou de maneira trágica, com apenas trinta e um anos, e Dr. Fernando Antonio Da Silva, que infelizmente partiu para eternidade, antes mesmo de completar seus vinte e sete anos.

SUMÁRIO

Introdução: mapeando territórios

Colonização e civilização?
A maldição mais comum nessa matéria é de se deixar iludir, de uma boa fé, de uma hipocrisia colectiva, hábil em mal colocar os problemas para melhor legitimar as odiosas soluções que as trazemos.
A colonização pôs realmente em contato?
Aimé Césaire, *Discours sur le colonialisme*, 1955.[1]

Desde os primeiros contatos dos Conquistadores com os Caribes, vislumbra-se efetivamente em perspectiva somente um diálogo que vai do mesmo ao mesmo, e que se arranca dolorosamente do campo do imaginário. Não seria, portanto, a partir desta dissolução da alteridade do "outro", portanto deste fechamento à toda novidade real, à toda irrupção do novo mundo real, que se desenvolveu o processo da conquista do "outro"?
Laënnec Hurbon, *Le barbare imaginaire*, 1987.[2]

---

1 Colonisation et civilisation?
La malédiction la plus commune en cette matière est d'être la dupe d'une bonne foi d'une hypocrisie collective, habile à mal poser les problèmes pour mieux légitimer les odieuses solutions qu'on les apporte.
La colonisation a-t-elle vraiment mis en contact? Ou si l'on préfère de toutes les manières d'établir le contact, était-elle la meilleure?

2 Depuis les premiers contacts des Conquistadores avec les Caraïbes, l'on ne voit effectivement à l'oeuvre qu'un dialogue qui va du même au même, et qui s'arrache avec peine du champ de l'imaginaire. Ne serait-ce

Estes dois excertos colocados como epígrafe destas palavras iniciais ajudam-nos a introduzir o estudo[3] aqui apresentado, cuja principal ambição é a de estudar o *locus* das noções de transculturação e identidade-relação enunciadas respectivamente pelo cubano Fernando Ortiz e pelo martinicano Édouard Glissant nos imaginários literários das Américas, focalizando na particularidade haitiana, com a análise do romance *Compère Général Soleil*, de Jacques-Stéphen Alexis.[4] A escolha desses excertos explica-se pelo fato de que eles permitem problematizar previamente a chegada dos europeus nas Américas, a qual provocará mais tarde a exterminação dos ameríndios e o desenraizamento de milhões de africanos e africanas para serem escravizados e escravizadas nas Américas. Como se sabe, falar de africanos escravizados é falar, como escreve Aimé Césaire em *Discours du colonialisme*, de milhões de homens

---

donc pas à partir de cette dissolution de l'altérité de "l'autre", donc de cette fermeture à toute nouveauté réelle, à toute irruption d'un nouveau monde réel, que s'est développé le processus de la conquête du monde?

3 Este livro é resultante da minha pesquisa de Mestrado em Letras intitulada *Identidade-Relação e Transculturação: uma leitura do romance Compère Général Soleil, de Jacques-Stéphen Alexis*, realizada entre 2016 e 2018, sob a orientação da professora doutora Leila de Aguiar Costa, no Programa de Pós-Graduação em Letras na Escola de Filosofia Letras e Ciências Humanas da Universidade Federal de São Paulo. O livro segue os mesmos capítulos da dissertação, com algumas ampliações.

4 Não há uma uniformidade na grafia do nome de Jacques-Stéphen Alexis. Em uma mesma obra, seu nome encontra-se escrito tanto Jacques Stéphen Alexis quanto como Jacques-Stéphen Alexis, ou ainda Jacques Stephen Alexis. Neste estudo, adotei a grafia Jacques-Stéphen Alexis pelo motivo de que, em uma carta de Alexis à sua filha Florance Alexis, ele abreviou seu nome com hífen J.-S. Alexis; logo, com base nisso, resolvi adotar o nome com hífen Jacques-Stéphen Alexis, salvo quando aparece em título de trabalho ou citações de outros autores.

dos quais foram arrancados seus deuses, sua terra, seus hábitos e sua sabedoria; é falar de milhões de homens a quem foi inculcado sabiamente o medo, o complexo de inferioridade, o tremor e o 'ajoelhamento'; é falar igualmente, como diria Édouard Glissant em *Introduction à une poétique du divers*, de milhões de migrantes *nus* que perderam tudo que os constituía como *seres-humanos* (suas línguas, suas culturas, seus deuses, suas tradições e até os seus nomes). Diante de tudo isso, como os *seres-humanos* desenraizados e transplantados nas Américas e seus descendentes conseguiram desviar a assimilação e o despojamento impostos pela colonização e, mais tarde, conseguiram adquirir sua 'independência'? Quais são as principais estratégias adotadas por eles para construir sua identidade sociocultural e política? Como as literaturas que eles inventam se configuram no universo mundial das literaturas?

Em *Américanité et mobilités transculturelles*, Zilá Bernd observa que, apesar do fato de que cada um dos territórios elaborou suas respostas pessoais e suas soluções originais, por meio de uma diversidade de estratégias emprestadas de similaridade e de diferença, e apesar da prodigiosa heterogeneidade de respostas adotadas do norte ao sul do continente durante os períodos colonial e pós-colonial (BERND, 2009, p.2), nas Américas, as literaturas tiveram de enfrentar problemas comuns: dar-se um sistema literário que emerge fora de um *continuum* literário ou de uma tradição literária lentamente construída.

Dito isso, este estudo, cujo próprio título é composto pelo prefixo 'trans' – o qual, conforme observa Bernd (*op. cit.*, p.5), implica deslocamento, ir além, sair de si –, parte da hipótese de que –, que eles sejam reivindicados, reinventados, ressignificados, reinterpretados ou parodiados, rastros profundos oriundos da escravização e da colonização que sofreram os países dessa região –, assombram os imaginários literário, social, cultural e político no continente americano em geral e do Caribe em particular. Significaria postular que, após o colapso do sistema desumanizante da colonização, as literaturas que se constituem no espaço americano figuram os prodigiosos esforços dos africanos transplantados e seus descendentes nas Américas em condições terríveis, por suas estratégias para eludir "os horríveis mecanismos desculturalizantes ou assimilacionistas da colonização", para emprestar os termos de René Depestre, em *Bonjour et adieu à la négritude*. Conforme destaca Depestre, "o prodigioso esforço de legítima defesa manifestou-se na religião, na magia, na música, na dança, na medicina popular, nos falares crioulos, na literatura oral e em tantas outras expressões da sabedoria dos povos do continente americano" (DEPESTRE, 1980, p.93).

Para tratar a hipótese e responder objetivamente à pretensão ambiciosa deste trabalho, necessita-se percorrer diversos momentos históricos e, por isso mesmo, utilizo um método que envolve um movimento duplo (dialético), que articula o passado e presente, possibilitando projetar o futuro. Tal movimento se concretiza a partir de uma combinação de dois horizontes metodológicos: para a fundamentação teórica da pesquisa, realiza-se uma análise bibliográfica que mobiliza trabalhos sobre questões relativas à identidade-relação, à transculturação, ao folclore/cultura popular, de acordo com, principalmente, Jean Price-Mars (1928; 1956; 1959), Fernando Ortiz (1940), Édouard Glissant (1981; 1990; 1996; 1997; 2009), Jacques-Stéphen Alexis (1956; 1957) de um lado; e, por outro, realiza-se a análise do romance *Compère Général Soleil*, do haitiano Jacques-Stéphen Alexis, com base em questões relativas ao modo romanesco e à teoria narrativa, tais como Gérard Genette (1972; 1983; 1987), Carlos Reis e Ana Cristina M. Lopes (1998) e Wolfang Iser (2002).

Os principais textos utilizados nesta obra são escritos em francês, motivo pelo qual as citações são apresentadas traduzidas em português no corpo do texto e, em nota de rodapé, são apresentadas na língua original. A mesma estratégia é adotada para as citações do romance: são escritas no corpo do estudo em português e, em nota de rodapé, os excertos estão transcritos na língua original.

Para cumprir os objetivos e desenvolver a hipótese do presente estudo, que contém várias limitações, as quais se referem, sobretudo, a questões de método,[5] este livro é organizado em quatro capítulos.

É objetivo do primeiro capítulo, "Identidade-relação, transculturação e folclore cultura/nacional", pensar o aparato teórico que norteia a pesquisa. Nele, remonto um pouco ao tempo, com intuito de esboçar um panorama histórico sobre a formação étnico-cultural dos povos americanos. Após essa trajetória temporal, discuto os conceitos de transculturação de Fernando Ortiz; de identidade-relação, enunciado por Édouard Glissant; e de folclore/cultura nacional, conforme as perspectivas de Jean Price-Mars e Jacques-Stéphen Alexis. Para poder situar a teoria da identidade-relação de Glissant, é necessário convocar também, nesse capítulo, a teoria do rizoma, de Deleuze e Guattari, pois o próprio Glissant assinala que se apropria desta para construir sua teoria de identidade-relação.

No segundo capítulo, "A particularidade haitiana: o Haiti como terra matriz", além do nascimento do Haiti como país independente e de sua literatura, estudo o chamado *Indigénisme*

5 As limitações metodológicas referem-se ao fato que o *corpus* de estudos desta pesquisa se apoia em análise de romance, enquanto o corpus poderia ser ampliado com os modos poético e dramático.

Haïtien que, nascido com o lançamento da revista *Indigène*, em 1927, promove uma identidade que busca ir ao encontro do outro, na sua diferença. Vislumbrará-se que este capítulo é assim intitulado pelo lugar vanguardista que o Haiti sempre procura assumir na construção dos imaginários político, cultural e literário em prol do povo negro. Enfim, além da complexidade linguística e da escrita no Haiti, nesse capítulo, que é de cunho historiográfico, apresento o romance *Compère Général Soleil*, do haitiano Jacques-Stéphen Alexis, com intuito de apreciá-lo em seus contextos histórico, temporal e espacial.

O terceiro capítulo, "Alexis teórico e romanesco – uma leitura de *Compère Général Soleil*" tem como principal objetivo esboçar a concepção alexisiana da arte-literária, que ultrapassa fronteiras. Com algumas notas sobre o chamado *realismo maravilhoso dos haitianos*, observamos que Alexis oferece uma teoria que projeta os estudos literários da América Latina. A ideia é igualmente aquela de observar se a concepção artístico-literária de Alexis auxilia na compreensão de sua obra romanesca. No capítulo, analiso seu romance *Compère Général Soleil* à luz dos fatos históricos figurados na narrativa e as realidades sócio-históricas do Haiti.

Por sua vez, o quarto capítulo, "Identidade-relação, transculturação e folclore em *Compère Général Soleil*", propõe uma leitura analítica do romance à luz dessas três temáticas. Para os primeiros temas, é necessário observar como se dão relações entre as personagens de grupos sociais diferentes na narrativa. E, à luz da ocorrência de ditados populares, risos, canções e rituais religiosos, explora-se como se organiza a configuração de folclore/cultura do povo haitiano na organização da narrativa.

Por fim, embora este estudo tenha uma pretensão ambiciosa, ele não estabelece parâmetros definitivos, isto é, ele não esgota os questionamentos investigados, mas busca suscitar novos questionamentos, novas inquietações ao *locus* de noções como transculturação, identidade-relação na construção dos imaginários cultural, social, político e literário nas Américas da crioulização.

I. Transculturação, identidade-relação e folclore/cultura nacional

Há tanto tempo. Desde o primeiro barco, quando este comércio não era ainda mais que uma aventura cujos lucros ninguém sabia se seriam convenientes, até a *Rose-Marie*, na época em que se torna um negócio proveitoso, sim, até amanhã que viu os dois antepassados desembarcarem da *Rose-Marie* para começarem a história que é a verdadeira história para mim. Conte-me o passado papai Longoué! O que é o passado?

Édouard Glissant, *Le quatrième siècle* [1964] 1986.

Preâmbulo: "O pesadelo do passado" na construção identitária das Américas

Como sabemos, negro, latino-americano e haitianos até a medula dos ossos, sou o produto de várias raças e de várias civilizações. Antes de tudo e acima de tudo, filho da África, sou herdeiro do Caribe, do ameríndio, da Europa, graças a um secreto caminho de sangue e à longa sobrevivência das culturas depois das suas mortes. Da mesma maneira, sou herdeiro da velha Europa, sobretudo, da Espanha e da França. (ALEXIS, Jacques-Stéphen Alexis. La belle amour humaine, 1957).[1]

1 *La belle amour humaine* é um breve texto, escrito em 1º janeiro de 1957, em forma de carta endereçada em particular aos intelectuais haitianos, e

Quando o romancista e crítico literário haitiano Jacques-Stéphen Alexis define sua identidade como uma composição de várias ramificações (filho da África, herdeiro do Caribe, do ameríndio, da Europa), ele se apoia no "resultado etno-histórico do doloroso processo de mestiçagem e de simbiose" (DEPESTRE, 1980, p.86), que compõe a formação dos povos das Américas ou a construção da identidade do *ser-caribenho* e do *ser-latino-americano*. Seguindo essa perspectiva, René Depestre em *Bonjour et adieu négritude*[2] salienta que "a 'essência' humana na região das Américas de que nos ocupamos, é, na sua realidade histórica, o conjunto das relações sociais e *raciais* que, do século XVI até nossos dias, os colonos, os escravos, os alforriados e seus descendentes viveram neste continente" (DEPESTRE, 1980, p.87). Sendo assim, o postulado de Alexis convida-nos a (re) visitar a "História", o "Passado", quando é questão de definir ou abordar a identidade do *ser-haitiano*, *ser-caribenho*, do *ser-americano*. Em outras termos, trata-se de (re)pensar o passado como um pesadelo na constante busca identitária e na (re)definição de elementos culturais dos povos da América e do Caribe.

Nessa perspectiva, fazemos questão, inicialmente, de empreender caminhos históricos que conduzem à formação dos povos do continente a fim de melhor introduzir o objeto deste livro: de um lado, há as noções de identidade-relação e transcul-

---

ao homem em geral. Ali, Alexis registrou seus votos de felicidade para o ano novo. Trata-se de um apelo ao culto do humanismo. Eis um dentre os principais desejos formulados pelo autor: amemos e tenhamos confiança um pouco mais no homem em todos os lugares, isto é, em nós mesmos, e que isso se reflita em nossas ações, bem como em nossos trabalhos.

2 Esta obra é traduzida em português, no Brasil, por Maria Nazareth Fonseca e Ivan Cupertino. A citação acima é retirada desta tradução.

turação enunciadas respectivamente pelo martinicano Édouard Glissant[3] e pelo cubano Fernando Ortiz; e, do outro, o pensamento do crítico e romancista haitiano Jacques-Stéphen Alexis na constituição das literaturas dessa região.

O ano de 1492, momento em que Cristóvão Colombo e seus companheiros desembarcaram nas Américas, marca um tempo, "o início da era Moderna" (TODOROV, 1982, p.8) ou da "Modernidade" (DUSSEL, 1993, p.7), bem como o início de uma violência sem precedência na História da humanidade. De acordo com Tzvetan Todorov, em *A conquista da América: a questão do Outro*, "Apesar de toda data que permite separar duas épocas ser arbitrária, nenhuma é mais indicada para marcar o início da Era Moderna do que o ano de 1492, ano em que Colombo atravessa o oceano Atlântico" (TODOROV, 1982, p.8). Essa formulação de Todorov se articula à tese principal defendida por Enrique Dussel na obra *1492: o encobrimento do outro, a origem do mito da modernidade*, segundo a qual:

> O ano de 1492 é a data do "nascimento" da Modernidade, embora sua gestação – como o feto – leve um tempo de crescimento intra-uterino. A modernidade originou-se nas cidades europeias medievais, livres, centrados de enorme criatividade. Mas

3 Escritor martinicano, Édouard Glissant (1928-2011) propõe, entre outros, os conceitos de *antillanité, tout monde* e *relation*; e enuncia igualmente a noção de *créolisation* e de *pensée archipélique*. É autor de um conjunto de obra conceitual e literária e de um pensamento "opaco". Glissant experimenta quase todos os gêneros literários: romance, poesia, teatro e ensaio filosófico. Se muitas vezes ele é catalogado dentre os teóricos pós-coloniais, o pensamento glissantiano resiste irredutível a uma corrente, pois, conforme salienta o próprio autor, o pensamento glissantiano é um pensamento "opaco".

> "nasceu" quando a Europa pôde se confrontar com o seu "Outro" e controlá-lo, vencê-lo, violentá-lo: quando pôde se definir como um "ego" descobridor, conquistador, colonizador da Alteridade constitutiva da própria Modernidade. De qualquer maneira, esse Outro não foi "descoberto" como Outro, mas foi "en-coberto" como o "si-mesmo" que a Europa já era desde sempre. De maneira que 1492 será o momento do "nascimento" da Modernidade como conceito, o momento concreto da "origem" de um "mito" de violência sacrificial muito particular, e, ao mesmo tempo, um processo de "en-cobrimento" do não-europeu (ENRIQUE, 1993, p.7, grifos do autor).

Como pode-se observar com base nesses autores, o ano de 1492 marca o "início" da História da humanidade em geral e do continente americano e do Caribe em particular, pois, como sublinha Todorov, apesar de que "a história do globo é, claramente, feita de conquistas e derrotas, de colonizações e descobertas dos outros; é a conquista da América que anuncia e funda nossa identidade presente", a ponto que "somos todos descendentes diretos de Colombo, é nele que começa nossa genealogia" (TODOROV, *op. cit.*, p.8). Foi assim que, a partir de 1492, nasce igualmente, como observa muito bem Enrique Dussel, uma violência sem precedência, provocando a exterminação dos ameríndios[4] que habitavam o continente americano e o Caribe,

4 Por exemplo, os conquistadores espanhóis desembarcaram na ilha do Ayiti Quisqueya, em 5 de dezembro de 1492, e se tornaram, anos mais tarde, exterminadores de todos os ameríndios que habitavam a ilha. De acordo com o crítico haitiano Maximilien Laroche, em menos de quinze anos após sua chegada, os conquistadores espanhóis massacraram um milhão de habitantes da ilha conhecida hoje como Haiti (LAROCHE, 1991, p.20).

além da transplantação de milhões de *seres-humanos-africanos* em condição infrahumana na região. Assim, vários são os autores/pesquisadores (Jacques-Stéphen Alexis, Jean Price-Mars, Édouard Glissant, J. Satyres, H. Vété-Congolo, para listar apenas alguns nomes) que estudam as atrocidades e a particularidade da colonização e da escravização nas Américas, bem como seus impactos nos imaginários literário, sociocultural e político dos povos que delas são oriundos. O processo colonizador e a escravizador iniciados com a chegada dos conquistadores espanhóis são, portanto, marcadores determinantes dos povos do continente americano.

Baseado em Darcy Ribeiro, Emmanuel Bonfil Batalla e Rex Nettleford,[5] Édouard Glissant aponta, em *Introduction à une poétique du divers* (1996), a constituição de três Américas, que correspondem a três momentos históricos do continente: Meso-América – América dos povos autóctones, ou seja, dos povos-testemunhas, daqueles que sempre lá estiveram –; Euro-

A necessidade de trabalhadores levou-os a importar negros da África: o primeiro grupo de escravizados chegou à ilha em 1501 (PRICE-MARS, 1956; BELLEGARDE, 2012). Entretanto, importa assinalar que os espanhóis conheceram algumas adversidades na ilha. Em 1625, conquistadores franceses ali desembarcaram, atacaram os espanhóis e eliminaram a parte oeste, renomeada Saint-Domingue (atual República do Haiti). Uma vez implantada sua dominação, a França continuou a importar seres-humanos provindos de diversas regiões da África, para transplantá-los em sua colônia. São dessas confluências e transmutações de povos e de culturas que se origina o "povo haitiano". Entende-se, portanto, que o postulado de Alexis relaciona-se diretamente à história, à forma de povoamento desses países do continente americano que sofreram o tráfico de ser humano – e à desumanização advinda da colonização.

5 Glissant não destaca nenhuma obra desses autores que o auxiliaram na sua teoria; citou-os apenas, sem mencionar nenhuma obra.

América – América daqueles que chegaram da Europa e conservaram no novo continente seus usos, seus costumes, bem como as tradições do país de origem (Quebec, Canadá, Estados Unidos e uma parte cultural do Chile e da Argentina); e Neo-América ou América da Crioulização, composta em grande parte por escravizados provenientes da África, desprovidos de seus usos, de seus costumes, de suas tradições, de seus rituais – proibidos, aliás, de serem praticados (GLISSANT, 1996, p.12-13). Para o autor, essa América é constituída pelo Caribe, pelo nordeste do Brasil, pelas Guianas e por Curaçao, pelo Sul dos Estados Unidos, pela costa caribenha, pela Venezuela e pela Colômbia, por uma grande parte da América central e pelo México (GLISSANT, 1996, p.13-14). Ainda assinala que a Neo-América revela-se especial no que se refere ao povoamento e às confrontações de povos e de elementos culturais.

Dessa forma, autores como Jean Price-Mars em *Ainsi parla l'oncle* (1928) e *Formation ethnique, folk-lore et culture du peuple haïtien* (1956); Aimé Césaire em *Cahier du retour au pays natal* (1939) e *Le Discours sur le colonialisme* (1950), Fernando Ortiz em *Contrapunteo cubano del tabaco y el azúcar* (1940); Tzvetan Todorov em *La conquête de l'Amérique: la question de l'autre* (1983), Édouard Glissant em *Le Discours antillais* (1981), *Poétique de la relation* (1990) e *Introduction à une poétique du divers* (1995); René Depestre em *Bonjour et adieu négritude* (1982), Enrique Dussel em *1492 O Encobrimento do Outro* (1993), Hanétha Vété-Congolo em *L'inreroralité caribéenne: le mot conté de l'identité vers une traité d'esthétique caribéenne*, cada qual à sua maneira, escolheram estudar essa América petrificada por confrontações culturais e por cruzamento de povos oriundos de horizontes diversos. As consequências etno-históricas da colonização e escravização permitiram entender que, a partir de

1492, a Neo-América, ou Meso-América, passa a ser a terra da barbárie por excelência ou de uma violência extrema na História da humanidade. Todavia, foi a raça negra vitimada pelo tráfico de seres humanos transplantados em terríveis condições para serem escravizados no Novo-Mundo que pagou (e continua pagar) o pesado fardo dessa colonização e escravização.

O pesado fardo que os africanos transplantados e seus descendentes nas Américas pagaram (e continuam pagar) não ocorreu somente na escravidão (SIMASOTCHI-BRONÈS, 2004, p.16) que já existia, pois, "os europeus cultivam a cultura de escravização[6] bem antes da colonização da América" (VÉTÉ-CONGOLO, 2016, p.44), mas, sobretudo, na "morte social e ontológica [a qual] fazia que o escravo neoamericano passou do estado de homem àquele de mercado, de objeto, que ele não foi mais considerado como ser humano" (SIMASOTCHI-BRONÈS, *op. cit.* 2004, p.16). Assim, para melhor compreender nossos imaginários literário, sociocultural e político, torna-

6 Vété-Congolo (2016, p.144-145) apresenta uma consideração detalhada sobre a cultura da escravização dos europeus desde a Grécia antiga à Roma Antiga. Conforme suas observações, na Grécia Antiga, um dos berços da cultura e do pensamento, as teorias normativas haviam sido emitidas em favor do cativeiro de homem por homem. Enquanto Aristóteles, por exemplo, afirmava que a escravização e a tirania relevam da natureza, Platão possuía cerca de cinquenta escravizados, e, na Grécia, era comum que as residências possuíssem uma dezena de escravizados. Na Roma Antiga, também berço da cultura e do pensamento europeus, a escravização existia não sobre alguma lei natural, mas sobre um código jurídico que fazia dela uma instituição de direito. De acordo com a autora, o escravizado era tão assujeitado e inferiorizado em Roma, quanto na Grécia e na América. Mais tarde, na América, observaria-se claramente a influência das duas filosofias da Europa, quer dizer, amálgama da escravização pensada como natural e legal, escravização normativa e legalmente legitimada.

-se importante voltarmos às nossas raízes, buscarmos entender de onde viemos.

Durante mais de três séculos, mais de vinte milhões de homens foram arrancados de seu continente natal e vendidos em outras partes do Novo Mundo (MAYARD, 1934, p.10), em meio aos horrores que acompanham o tráfico negreiro (PRICE-MARS, 1957). Esse desenraizamento de milhões de pessoas de seu meio habitual, de seus deuses protetores, da comunidade tutelar de toda África para as Américas (GLISSANT, 1990, p.17), despossuídos de todas as possibilidades de praticar suas culturas, fariam da história dos povos da Neo-América a mais comovente do mundo. Baseado na teoria glissantiana, o que se petrifica nesse desancoramento de seres para as colônias das Américas é o desconhecido enfrentado sem preparação, sem desafio, é a experiência do abismo, as torturas, a degeneração do ser:

> A experiência do abismo está no abismo e fora dele. Tormento daqueles que nunca saíram do abismo: passados "da barriga" do negreiro "à barriga" roxa dos fundos do mar. Mas as atrocidades vividas não morreram, foram vivificadas no *continuum-discontinuum*: o pânico do país novo, o temor do país de origem, aliança enfim com a terra imposta, sofrida, redimida. A memória desconhecida do abismo serviu de limo para essas metamorfoses. Os povos que então se constituíram, mesmo que tivessem esquecido o abismo, mesmo que não pudessem imaginar a paixão daqueles que pereceram nesse abismo, nem por isso deixaram de tecer um véu com o qual, sem regressar à *Terra-d'avant* ["Terra-Natal"], se ergueram nesta terra, súbita e estupefata. Aqui encontraram os primeiros ocupantes do abismo, eles

> também deportados por uma imóvel perturbação. (GLISSANT, 1990, p.19-20).[7] (Tradução minha).

A irrupção forçada nesse espaço – pois, o deportado não escolheu o novo espaço que tornara seu – estabelece uma relação problemática entre o espaço e a violência da história no nosso imaginário. É justamente tal relação problemática que nos define em relação aos povos que não sofreram a escravização. Assim, como observa Édouard Glissant, os povos que frequentaram o abismo não se veem, pois, como seres eleitos, isto é, não legitimam um mito fundador, como é o caso de outros povos, sobretudo aqueles da Europa. Para Glissant, esses povos não pensam em inventar os poderes da modernidade, vivem apenas a relação que decifram à medida que vem o esquecimento do seu abismo; e sua memória assim se reforça (GLISSANT, 1990, p.20).

Na América e no Caribe, durante mais de três séculos que durara a colonização, há um encontro de elementos culturais vindos de horizontes absolutamente diversos (ORTIZ, 1978; GLISSANT, 1996), elementos culturais que se crioulizam, se imbricam e se confundem para dar nascimento a algo absolu-

---

7 *L'expérience du gouffre est au gouffre et hors de lui. Tourment de ceux qui ne sont jamais sortis du gouffre: passés directement du ventre violet des fonds de mer. Mais leur épreuve ne fut pas morte, elle s'est vivifiée dans ce continu-discontinu: la panique du pays nouveau, la hantise du pays d'avant, l'alliance enfin avec la terre imposée, soufferte, rédimée. La mémoire non sue de l'abîme a servi de limon pour ces métamorphoses. Les peuples qui se constituèrent alors, quand même ils auraient oublié le gouffre, quand même ils ne sauraient imaginer la passion de ceux qui y sombrèrent, n'en ont pas moins tissé (un voile) avec quoi, ne revenant pas à la Terre-D'avant, ils se sont élevés sur cette terre-ci, soudaine et stupéfaite. Ils y ont rencontré les premiers occupants, eux aussi déportés par un immobile saccage.*

tamente imprevisível, a saber, a realidade crioula, uma cultura compósita (GLISSANT, 1990; 1996), baseada em identidade-relação. Isso significaria dizer que a Neo-América – no Brasil, nas costas caribenhas, nas ilhas ou no sul dos Estados Unidos – experimenta a crioulização através da escravidão, da opressão, do desapossamento perpetrados pelos diversos sistemas escravocratas, cuja abolição se estende por um período (mais ou menos de 1830 a 1888). Com tais desapossamentos, opressões e crimes, realiza-se uma verdadeira conversão do "ser" (GLISSANT, 1996, p.15, grifos meus).

Nessa perspectiva, várias são as histórias da Neo-América que precisam ser (re)contadas e (re)constituídas para a atualização da memória. São histórias imersas em atrocidades, em modos de (con)viver o desenraizamento, em modos de "ser" e de "estar" em um espaço marcado, entre outros, por brutalidades e constantes contatos de elementos culturais ou costumes dos mais diversos. Das atrocidades provenientes da escravização, destes elementos culturais postos em presença ou em contato, surge, na América da crioulização, o pensamento dos rastros, noção que se relaciona a uma identidade- relação, a uma cultura compósita ou transcultural; que penetram com intensidade, como se verá mais adiante, as produções literárias desses países.

O *Détour* como "desordem organizada"

O regresso é, como salienta Édouard Glissant (1981, p.3), a primeira pulsão de uma população que não tem certeza que vai manter no novo lugar a antiga ordem de seus valores. Mas, no caso dos africanos transplantados à força nas Américas, onde "a entrada à escravização já é uma irrupção forçada em um espaço outro" (SIMASOTCHI-BRONÈS, 2004, p.23), em um espaço onde se inscreve uma relação de carrasco/vítima, essa pulsão era simplesmente impossível. Para Glissant, em todas as partes nas Américas, a pulsão de regresso desaparecera pouco a pouco na inserção na nova terra. Isso era possível, certamente, graças à prática de *détour*,[8] no sentido que Glissant o entende na obra *Le discours Antillais*: "um resultante de um entrelaçamento assumido como tal" (1981, p.32), um meio indireto para iludir a despossessão imposta pela colonização. Afinal, como observa Vété-Congolo,

> um dos principais fundadores da colonização e do pensamento colonial e escravocrata é ancorado na noção de posse e na de despossessão. Logo, a hegemonia e o valor de possuir e despossuir se materializam na sua capacidade de possuir e de despossuir o Outro (VÉTÉ-CONGOLO, 2016, p.143-144).

Todavia, "enfrentados à desordem implacável do *cólon*" (GLISSANT, 1997, p.19) e o impossível regresso às suas terras de origem, africanos transplantados, "amarrados no sofrimento que eles enfrentaram, tiveram o gênio de inventar estratégias e astúcias a fim de lutar contra a despossessão, a barbárie, a desumanização imposta pelo sistema escravocrata" (GLISSANT, *ibidem*). Assim, apesar do abismo e da proibição de praticar suas culturas de origens, os africanos, vítimas do tráfico negreiro para as Américas, carregaram consigo rastros de seus deuses, de seus costumes, de suas linguagens de modo a conviver com a despossessão. É como afirma Glissant: precipitamos em nós mesmos os rastros[9] de nossas histórias ofuscadas, não para desviar logo um

8 Literalmente, a palavra *détour* em francês é traduzida por "desvio" em português. Todavia, neste trabalho, decidi mantê-lo em francês.

9 A palavra *trace*, em francês, pode ser traduzida tanto por "traço" quanto por "rastro" ou, ainda, pela palavra pouco utilizada em português "rasto".

modelo de humanidade que contraporíamos, mas para (re)construir uma identidade composta de rastros.

Nesse sentido, a prática de *détour* era importante para esses seres transplantados nas Américas, na medida em que esta teria permitido melhor conviver, de um lado, com a desterritorialização (perda material e simbólica da sua terra de origem) e, de outro lado, com a reterritorialização (reconhecer e investir o novo território que tornara seu). É como salienta Zilá Bernd, a desterritorialização é seguida de movimentos de reterritorialização que restaura o território cultural perdido e "a emergência" de novos elementos culturais, de "estratégias novas". Esse postulado de base nos conduz diretamente à formulação de Glissant, segundo a qual:

> O *détour* não é uma recusa sistemática de ver. Não, não é um modo da cegueira voluntária, nem uma prática deliberada de fuga diantes das realidades. Como costume, é resultado de um entrelaçamento de negatividades assumidas como tal. [...]. O *détour* é recurso último de um povo cuja dominação por um Outro é ocultada. É preciso buscar alhures o princípio da dominação. O *détour* leva assim a algum lugar, quando o impossível que ele contorna tende a ser resolvido em "positividades concretas" (GLISSANT, 1980, p.32-33).[10] (Tradução minha)

Todavia, optamos aqui pela palavra "rastro", pelo fato de que ela, em português, corresponde melhor à realidade que a palavra *trace* em francês carrega consigo aqui neste trabalho.

10 *Le détour n'est pas un refus systématique de voir. Non, ce n'est pas un mode de la cécité volontaire ni une pratique délibérée de fuite devant les réalités. Il résulte, comme coutume, d'un enchevêtrement de négativités assumées comme telles. [...]. Le détour est le recours ultime d'une population dont la domination par un Autre est occultée: Il faut aller chercher ailleurs le principe de*

A atitude de desviar o insuportável leva o transplantado a salvaguardar elementos, valores, costumes da terra de origem; a fim de não "naturalizar" e não "internalizar" sua situação de escravizado. Consequentemente, para não sucumbir às reduções do Outro, de seus "mestres" e de seus carrascos, assim como para exorcizar o *retour* [regresso] impossível à sua terra *alma mater*, foi necessário adotar estratégias astutas para contrariar (mesmo que de maneira pacífica) o sistema da colonização e da escravização. Procurou-se, então, transformar o "*retour* impossível à sua terra de origem em um tipo de *détour*" (GLISSANT, 1981). Assim, conforme essa perspectiva glissantiana, o *détour* não é fuga, nem renúncia, mas a arte nova de se conhecer melhor, como filosofia de vida. A prática de *détour*, como atitude, como consciência, como filosofia, permite aos africanos transplantados adotarem a camuflagem como estratégia de existência diante de seus "carrascos".

Por esse viés, o *détour* surge quando as forças em presença não são proporcionais, cenário no qual o mais fraco procura enfrentar o mais forte apenas de maneira indireta. Essa ideia se articula com a seguinte reflexão do narrador de René Maran, no romance *Batouala*:

> A vingança não é uma comida que se come quente. É bom esconder o ódio sobre a mais afetuosa cordialidade, a cordialidade como sendo a cinza que se joga no fogo para deixá-lo latente. Cabana, plantações, cabritos, colocamos tudo à disposição do nosso inimigo. A desconfiança deve ser adormecida. Este jogo de enganar pode, assim, durar mui-

---

domination. Le détour mène donc quelque part, quand l'impossible qu'il contourne tend à se résoudre en "positivités" concrètes.

> to tempo. Ódio é uma longa paciência. (MARAN, 1921, p.104).[11] (Tradução minha)

Para as personagens de Maran nesse romance, pratica-se *détour* "fazendo a pantera". A pantera é a "besta cruel que vagueia pelo mato, sobretudo nas noites sem lua" (MARAN, 1921, p.104). Nesse ponto, e em certa medida, a concepção das personagens maranianas dialoga com a do protagonista Roger Sainclair, no romance *Le nègre masqué,* de Stéphen Alexis, que vê na prática de *détour* uma desordem, mas uma desordem "ordenada".[12] É uma desordem organizada que leva o *ser-humano* dominado e escravizado a construir uma consciência que o permite aliviar o peso das repressões. Logo, entende-se a medida extrema tomada pelo protagonista Ti Noël do romance *Le royaume de ce monde*, de Alejo Carpentier, para escapar da imposição do outro. O narrador de Carpentier relata que Ti Noël tinha pensado muito e, como não via como ajudar seus próximos, como temia que o fizessem trabalhar apesar da sua idade avançada e como percebeu que a forma humana causaria tanto sofrimentos, resolveu transformar-se ou metamorfosear-se para um determinado tempo, com o objetivo de seguir os acontecimentos sob um aspecto menos

11 *La vengeance n'est pas aliment qui se mange chaud. Il est bon de cacher la haine sous la plus affectueuse cordialité, la cordialité étant la cendre qu'on répand sur le feu afin de permettre de couver. Case, plantations, cabris, on met tout à la disposition de son ennemi. Il faut endormir la méfiance. Ce jeu de dupes peut ainsi durer longtemps. La haine est une longue patience.*

12 Para o protagonista, os desastres da raça branca em relação à raça negra provocarão uma guerra em que, à luz dos incêndios, os negros encontrarão sua alegria, e se libertarão das ferozes repressões.(ALEXIS, [1933] 2010, p.17).

horrível (CARPENTIER, [1954] 1996, p.212). Essa transformação pode ser pensada como uma forma de *détour* para se livrar do insuportável. É essa mesma prática de *détour* para escapar daquilo que não se pode suportar que conduz mais tarde em *marronnage.*[13]

O *marronnage,* como fenômeno histórico, é muito estudado, sobretudo, nas áreas de História. Todavia, não se trata aqui de fazer a genealogia dessa prática histórica, tampouco estudá-la na sua complexidade, mas sim traçar um quadro sobre o contexto de emergência dessa prática, a fim de compreender como esta se articula com a prática de détour para fundamentar uma poética no continente americano e no Caribe, que é a de "resistência".

No seu texto *Marronnage et marronnage,* Raphaël Lucas salienta que o termo *marronnage,* no continente americano e no Caribe, revela um campo vasto e complexo, uma vez que seu impacto sobre as sociedades coloniais, seu itinerário espaço-temporal e as percepções se diferenciam de acordo com os países (LUCAS, 2002, p.13). Termo generalizado no espaço caribenho, "a palavra *marronnage* provém do léxico ibérico (*cimarron*), emprestado dos primeiros habitantes de Quisqueya, os Arawaks" (BÉCHACQ, 2006, p.203). De acordo com Dimitri Béchacq, em *Les parcours du marronnage dans l'histoire haïtienne,* o termo designava, na origem, animais domesticados que voltam à vida selvagem; no contexto escravagista, são os indivíduos escravizados que fugiram das plantações. A base territorial do *marronnage* eram os cam-

13 O termo *marronnage,* nas colônias francesas do Caribe, corresponde ao termo "quilombo" no Brasil colônia. Os *mornes* designam, no Haiti, as colinas e montanhas: eram lugares privilegiados de instalação, às vezes provisórios, de dokko (campos entrincheirados de *marrons,* chamados "palanques" em Cuba e "quilombos" no Brasil) (BÉCHACQ, 2006).

pos fortificados nas *mornes* (montanhas), e o escravizado que o praticou é chamado *marron*. Nas montanhas, o *marron* praticou sua religião, seus cultos, definiu estratégias e preparou-se para atacar as plantações. Trata-se de uma prática de resistência ativa a um sistema escravagista (DUPUIS & LUCAS 2002 citado por BÉCHACQ, *op. cit.*, p.206).

Com base nessas notas, é perceptível que a prática de *marronnage* exprime uma alegria de 'viver livre', sem se submeter à imposição do Outro. Assim, o *marronnage* como desejo histórico levou os escravos a fugir, uma fuga que não pode ser entendida como um simples abandono, mas trata-se antes de um "deslocamento", um "deslocamentos forçado e merecido". Como salienta Jean Casimir, o *marronnage* é um "deslocamento do mais fraco em resposta à imposição irracional da vontade do mais forte". Incapazes de contrariar seu carrasco nas plantações, escravizados tinham decidido deslocar-se de maneira a não apenas praticar seu sistema de valor e preservar sua liberdade, mas também a buscar a força necessária para voltar e atacar as plantações.[14]

Dessa forma, com o desejo de libertar-se da servidão, o *marronnage* é concebido como uma expressão de socialização, uma filosofia de vida. É segundo essa mesma perspectiva que que a prática de *marronnage* histórico se constitui mais tarde

14 Neste ponto, consideramos o papel catalisador do fenômeno de *marronnage* nas revoltas dos escravizados de Saint-Domingue. Nas suas obras, *Les marrons du syllabaire* (1953) e *Les marrons de la liberté* (1972), o historiador Jean Fouchard expõe a importância deste fenômeno durante o período colonial. Segundo ele, "Apesar das ameaças e castigos que corriam (Ordem de Galliffet de 16 de Agosto de 1700) até aos jarretes cortados – um administrador da Martinica propunha mesmo a castração – o marronnage nunca teve interrupção" (Fouchard, 1988, p.45).

em *marronnage* ideológico para as massas assujeitadas. É como salienta René Depestre (1980, p.99):

> A história socio-cultural das massas submissas do hemisfério ocidental é globalmente a história da marronagem ideológica que lhes permitiu, não reinterpretar a Europa da espada, da cruz e do chicote, através de não se sabe qual imutável "mentalidade africana", mas, dar prova de uma criatividade heróica, para reelaborar novos modos de sentir, de pensar e de agir.

Depreende-se desta passagem que o *marronnage* não é fuga, mas ato de rebelião contra a desumanização, uma consciência, um ato histórico de resistências. Segue-se que o escravizado, desprovido do seu direito de "viver livre", de usufruir de sua liberdade como *ser-humano,* de praticar suas tradições, de retornar a sua terra *alma mater*, vê-se obrigado a imaginar estratégias de se livrar desse sistema da exploração. É nesse sentido que o *marronnage* histórico articula-se com o *détour* para fundamentar o imaginário poético, sociocultural e político do continente americano.

As línguas crioulas que emergem na colônia são, de acordo com Édouard Glissant, a primeira geografia de *détour*. Apoiado em Michel Benamou – que formula a hipótese segundo a qual a língua crioula seria uma '*dérision*' sistemática da linguagem do mestre: o escravizado confisca a linguagem que o mestre lhe impõe e a leva à extrema simplificação –, Glissant vê na língua crioula uma língua que, nas suas estruturas e em sua poética, assumiria no fundo o aspecto '*dérisoire*' de sua gênese. Significaria dizer que, graças ao *détour*, o transportado confisca palavras, elementos ou aspectos da língua do seu 'mestre' e do seu carrasco e os desviam, desfiguram-nos para dar luz a um novo código de comunicação que o mestre não compreenderá. Entretanto, Glissant reconhece que a língua crioula do Haiti escapa a essa finalidade original, pois, por simples razão histórica, o crioulo haitiano[15] ultrapassou rapidamente a noção de *détour* e se tornou a língua da nação haitiana (GLISSANT, 1981, p.32-33). Se o *détour* não conhece o mesmo resultado linguístico em todas as colônias nas Américas, ele favorece, no entanto, o surgimento tanto de um sincretismo religioso quanto de um sincretismo cultural. De acordo com Glissant, o sincretismo religioso é um avatar ostensivo do *détour*. Ele pode ser observado nos ritos brasileiros do candomblé, no vodu haitiano e nas crenças coletivas, assim como nas práticas de camponeses martinicanos; há aí algo de excessivo na representação deste sincretismo (GLISSANT, *op. cit.*, p.34).

---

15 A explicação de Glissant segundo a qual o crioulo haitiano escapa, por razão histórica, do *détour* para se tornar a língua da nação haitiana não parece muito pertinente, pois a nação haitiana é posterior a 1804. Talvez uma explicação mais convincente fosse recorrer ao lugar dessa língua crioula na colônia de Saint- Domingues: após sua formação, a língua se tornou mais tarde o "crioulo haitiano", que ocupava lugar de destaque na colônia de Saint-Domingues. Segundo Price-Mars (1959), a reedição do Código Negro de 1785 exigia que a proclamação fosse traduzida e publicada nessa língua. Fazia-se, igualmente, injunção, às segundas-feiras, ao proprietário de escravizados ou ao advogado ou, ainda, ao gerente econômico, de reunir os escravizados antes que começassem o trabalho para que lessem exaustivamente na versão em crioulo o artigo 40 do Código Negro. O código, importa assinalar, regia os deveres dos escravizados, que deveriam estar deles cientes (PRICE-MARS, *idem*). Nesse sentido, é necessário destacar que a língua dos escravizados foi além de um simples *détour*, como salienta Glissant; ela se tornou, igualmente, a língua administrativa da colônia.

Desse modo, as práticas históricas de *détour* e de *marronnage* como filosofia de vida e como estratégia de enfrentar o mais forte haviam permitido aos escravizados se livrarem da desumanização da colonização e escravização. Foi devido a essas práticas que favoreceram os escravizados de São Domingo, em 1791, a iniciarem suas revoltas contra o sistema colonial e arrancar sua liberdade dos *colons*, em 1804, fazendo o São Domingos (atual Haiti), como escreve Glissant [1997, p.139], "a terra matriz das terras das Antilhas, que não cessa de cumprir a audácia que concebeu e fez levantar a primeira nação negra do mundo da colonização".

Com tantas atrocidades e situações conflituosas, torna-se compreensível que, após o colapso do sistema escravocrata, as literaturas que se afirmaram em seu espaço foram (e continuam a ser) fortemente marcadas por rastros desse passado. Nesse ponto, de acordo com Glissant (1990, p.85),

> As literaturas do Caribe, sejam elas de línguas inglesa, espanhola ou francesa, introduzem de bom grado espessuras das rupturas – como tantos *détours* – na matéria de que tratam; colocam em prática, à maneira dos contos das Plantações, procedimentos de desdobramento, de esgotamento, de parênteses, de imersão do psicológico no drama do devir coletivo. (Tradução minha)[16]

16 *La littérature de la Caraïbe, qu'elles soient de langue anglaise, espagnole ou française, introduisent volontiers les épaisseurs des cassures – comme autant de détours – dans la matières dont elles traitent; mettant en pratique, à la manière des contes des Plantations, des procédés de redoublement, d'essoufflement, de parenthèse, d'immersion du psychologique dans le drame du devenir commun.*

Conforme a observação de Glissant, dir-se-ia que o *marronnage* histórico exerceu um *marronnage* inventor, cujas múltiplas expressões começam a fundar um *continuum*. Isso faz com que, de acordo com Glissant, essas literaturas não possam mais ser estimadas como apêndices exóticos aos corpos literários franceses, espanhóis ou ingleses. Elas devem surgir, bruscamente, com a força de uma tradição que elas mesmas forjaram na relação das culturas. Nessa conjuntura, rastros do processo da colonização e da escravização, do passado tornam-se constantes nas produções literárias ou culturais pós-coloniais da América. Segue-se que, como argumenta Glissant em *Le Discours antillais*, a poética do continente americano, entendida como busca de duração, opõe-se, sobretudo, às poéticas europeias, caracterizadas pela inspiração e pelo "estilhaçamento do momento". Seguindo a teoria glissantiana, enfrentar o tempo é, portanto, para a poética americana, abandonar a linearidade. Na obra do romancista americano, importa opor-se ao tempo para (re)constituir melhor um passado, mesmo no que diz respeito às regiões da América onde a memória histórica não foi obliterada (GLISSANT, 1981, p.254-255). Ao se basear em tal raciocínio, observaria-se efetivamente que não há uma tradição literária lentamente amadurecida na Neo-América como, por exemplo, no caso europeu. Em outras palavras, diferentemente da tradição europeia, na qual se constata uma tradição literária lentamente consolidada, a produção literária nasce brutalmente no espaço americano, vitimado pela colonização e escravização europeias. A seguinte observação de Jacques-Stéphen Alexis sobre o surgimento do Haiti como país independente sintetiza bem a situação literária dos países recém-libertados da dominação colonial:

> A constituição da nação haitiana, em 1804, após a esmagadora vitória sobre o exército de Napoleão

> Bonaparte não é o fenômeno mais extraordinário de nossa existência como povo. Longe disso. O fato de que um povo negro, mais de 99% iletrado, ter podido, em alguns anos, apesar da hostilidade de todo o Ocidente colonialista, constituir uma elite letrada capaz de rivalizar com aquelas da Europa – eis o que é mais insigne e mais significativo". (ALEXIS, 1984, p.13 *apud* HOFFMANN, 1995, p.128).[17] (Tradução minha)

Essa observação de Alexis se relaciona com a teoria glissantiana, a qual expõe para o conhecimento que, após o colapso do sistema escravocrata, não havia tempo, então, impôs-se carregar em toda parte a audácia da modernidade. Para Glissant, a irrupção na modernidade, fora da tradição e do *continuum* literário, aparece como elemento específico do escritor americano quando quer significar a realidade de seus entornos. Como sublinha o crítico francês Léon-François Hoffmann, isso quer dizer que os estados que acederam à independência no mundo moderno tendem a ver na literatura o meio por excelência para a legitimação do seu novo estatuto político e um excelente veículo para construir o sentimento de solidariedade nacional junto aos novos cidadãos (HOFFMANN, 1995, p.80). Dessa forma, parafraseando o crítico alemão Ulrich Fleischmann, em Écrivain et société en Haïti, a questão da qualidade não se coloca, pois, inicialmente

17 *La constitution de la nation haïtienne en 1804 après l'écrasante victoire sur l'armée de Napoléon Bonaparte n'est pas le phénomène le plus extraordinaire de notre existence de peuple, loin de là. Le fait qu'un peuple nègre, illettré à plus de 99% ait pu en quelques années malgré l'hostilité de tout l'Occident colonialiste, se créer une élite lettrée capable de rivaliser avec celles de l'Europe, est bien plus insigne et significatif.*

no âmbito estético, mas, antes, no plano sociopolítico: essas literaturas poderiam ser consideradas 'uma forma particular' de comunicação entre um autor que dá conselhos e ensinamentos, e um público que procura examinar a "eficácia" desses conselhos, desses ensinamentos (FLEISCHMAN, 1976, p.9-10 grifos meus). Nesse sentido, dir-se-ia que a reação do leitor vem confirmar ou modificar a posição do autor; eis, então, um dos critérios de avaliação da obra literária nesses países.

A partir dessas considerações preliminares, sob os auspícios das temáticas de identidade-relação e de transculturação, cumpre destacar dois grandes momentos na literatura haitiana, da independência do país em 1804 ao início do período ditatorial em 1957. O primeiro momento estende-se de 1804 ao desembarque estadunidense no país em 1915; o segundo, de 1915 a 1957. Todavia, interessa-me apenas o segundo momento, visto que é nele que se insere o principal objeto de estudo desta pesquisa: o romance *Compère Général Soleil.*

Importa, doravante, apresentar as temáticas de transculturação, de identidade-relação e folclore/cultura nacional utilizadas como base teórica deste trabalho para que, em seguida, proponha-se uma reflexão sobre o segundo momento supramencionado. Assim, no que segue, discorremos separadamente sobre três conceitos teóricos, a saber, *transculturação*, *identidade-relação* e *folclore/cultura nacional.* O cotejo desses três conceitos servirá como subsídio teórico para refletir sobre questões identitárias nos países nas Américas – como o Haiti –, que sofreram longo processo de colonização.

Os conceitos da transculturação, da identidade-relação e de folclore/cultura nacional

O conceito de transculturação

Postulado pelo antropólogo cubano Fernando Ortiz, em 1940, em sua obra *Contrapunteo cubano del tabaco y el azúcar*, o conceito de transculturação passa a ocupar mais tarde lugar de destaque nos estudos culturais e literários da América Latina. Nesse registro, Rachel Esteves Lima, em seu artigo *A identidade cultural na crítica literária latino-americana*, ressalta que, nos anos 1970, o conceito de transculturação foi utilizado por autores como Ángel Rama para compreender a proposta inovadora dos escritores como José Maria Arguedas, Guimarães Rosa, Juan Rulfo, Graciliano Ramos e Gabriel Garcia Marques (LIMA, 2011, p.3). Para ela, a proposta inovadora desses escritores proporia a superação do regionalismo pitoresco ou problemático nos quais se baseavam as obras do século anterior. Apoiado em Antônio Cândido, Lima salienta que o prefixo *trans*, de corte espacial, aponta para a desterritorialização no domínio da arte que prevê um espaço intervalar de criação, no qual a obra literária não se atém nem à cópia acrítica nem à pretensa originalidade isolacionista (LIMA, *op. cit.*).

Esse conceito de transculturação fundamenta-se em um estudo do povoamento, principalmente de Cuba, e preocupa-se em definir o ser-cubano, sua formação étnico- cultural e suas relações de identificação e diferenciação estabelecidas entre si e os outros povos. Embora focalize nas questões identitárias do povo cubano, os processos ressaltados são os mesmos que haviam acontecido nos países da Neo-América ou da América da crioulização. Cabe salientar que o interesse aqui não é discorrer sobre o pensamento de Ortiz, mas somente apresentar e discutir as linhas de forças do conceito transculturação.

Importa, em primeiro lugar, ressaltar que o conceito de transculturação opõe-se ao conceito de aculturação dominante nas ciências humanas. De início, Ortiz sublinha que "transculturação" é o neologismo que deve substituir o conceito de "aculturação" que, segundo sua argumentação, é um termo pouco adequado para explicar o trânsito de uma cultura de origem a uma nova cultura. Pois, na sua perspectiva, o conceito de "aculturação" representaria uma perda da cultura de origem daqueles que teriam sido aculturados. Entendendo por aculturação o processo de trânsito de uma cultura para outra, e suas repercussões sociais de todos os tipos, Ortiz pondera que o conceito de transculturação é o vocábulo mais apropriado para explicar tais processos. Logo na sua apresentação, ele salienta que:

> Escolhemos o termo transculturação para expressar os variadíssimos fenômenos que se originam em Cuba por meio das complexas transmutações de culturas que ali se verificam; sem conhecê-las, é impossível entender a evolução do povo cubano em seus aspectos econômico, institucional, jurídico, ético, religioso, artístico, linguístico, psicológico, sexual etc... (ORTIZ, 1940, p.93).[18] (Tradução minha)

Faz-se necessário assinalar novamente que Ortiz fundamenta sua formulação histórica de Cuba. Conforme prossegue,

18 *Hemos escogido el vocablo transculturación para expresar los variadísimo fenómenos que se originan en Cuba por la complejísimo transmutación de culturas que aquí se verifican, sin conocer las cuales es imposible entender la evolución del pueblo cubano, así en lo económico como en lo institucional, jurídico, ético, religioso, artístico, linguístico, psicológico, y en los demás aspectos da su vida.*

a verdadeira história de Cuba é a história de suas intrincadíssimas transculturações, de um processo histórico que se articula com a própria formação étnico-cultural experimentada pelo país ao longo do tempo, ressaltando três aportes étnico-sociculturais na formação do povo cubano.

O primeiro dá-se pela transculturação do índio paleolítico ao neolítico e seu desaparecimento por não se adaptar ao impacto da nova cultura castelhana (ORTIZ, 1940). Posteriormente, considera-se uma corrente incessante de imigrantes brancos: espanhóis, de culturas diversas das sociedades ibéricas peninsulares e transplantadas a um Novo Mundo, onde tudo era novo para eles, da natureza à humanidade, e onde tinham que se reajustar a um novo sincretismo de culturas (ORTIZ, *op. cit.*, p.93). Por último, o autor destaca a transculturação de uma contínua torrente humana, de seres africanos, de etnias e culturas diversas, procedentes de todas as comarcas costeiras da África, desde o Senegal, passando pela Guiné, Congo e Angola no Atlântico, até aquelas de Moçambique, na costa oriental do continente africano. Assinala-se *todos* os seres arrancados de seus núcleos sociais originais, com suas culturas destroçadas e oprimidas sob o peso das culturas hegemônicas nas colônias.

Esses processos de transmutações culturais observados por Ortiz permitem entender até que ponto a história da Modernidade que se inicia em 1492 é a história de confrontações, de tensões, de contatos, de intercâmbios, de transformações de culturas, reforçando as ideias de desterritorialização e de reterritorialização que constituem a formação etnico-cultural das Américas. É como salienta Fernando Ortiz:

> [...] As culturas migratórias, em ondas esporádicas ou em fluxo contínuo, espontâneas ou não, [são] oriundas dos mais variados lugares: indígenas

> continentais, judeus, lusitanos, anglo-saxões, franceses, norte-americanos e até mongóis amarelos de Macau, Cantão e de outras regiões do que foi o Império Celeste. E cada imigrante como desarraigado de sua terra natal é um movimento duplo de desajuste e de reajuste, de desculturação ou exculturação e de aculturação ou inculturação, e por fim, de síntese de transculturação. (ORTIZ, 1940, p.93).[19] (Tradução minha)

Para Ortiz, em todos os povos, a evolução histórica significa, sempre, um trânsito vital de culturas, segundo um ritmo mais ou menos lento, ou rápido. O autor destaca que, em Cuba, foram tantas e tão diversas as culturas que influenciaram a formação do povo, em posições espaciais e categorias estruturais, que essa imensa mestiçagem de raças e culturas sobrepuja em transcendência qualquer outro fenômeno histórico. No final da formulação do seu conceito, Fernando Ortiz afirma que a transculturação é central e totalmente indispensável para compreender a história do povo cubano e, por razões análogas, de toda a América. Essa última consideração de Ortiz, é fundamental, pois, ao longo da sua formulação, ao dedicar uma atenção extremamente particular à formação étnico-cultural do povo cubano, ele dá a impressão de uma suposta superiorida-

19 [...] *las culturas inmigratorias, en oleadas esporádicas o en manaderos cotinous, siempre fluentes e influentes y de las más varias oriundeces: indios continentales, judio, lusitanos, anglojasones, franceses norteamericanos y hasta amarillos monogoloides de Macao, Cantón y otras regiones del que fue Império Celeste. Y cada imigrante como um desarraigado de su tierra nativa en doble trance de desajuste y de reajuste, de desaculturación o exculturación y de aculturación o inculturación, y al fin de síntes, de transculturación.*

de[20] étnico-cultural dos negros que foram transplantados para o Cuba sobre os demais transplantados nas Américas, enquanto os mesmos processos observados ocorreram em toda a América da crioulização. Portanto, é bastante siginificativa a maneira como o autor concluiu sua formação.

Nesta altura, entendemos a necessidade de reiterar as discussões apresentadas nos dois primeiros pontos deste capítulo: no contexto das Américas ou da América da crioulização, os estudos sobre as confluências de culturas são frutíferas e, por sua vez, o conceito de transculturação apresenta muitas vantagens para estudar a formação etnico-histórica dos povos das Américas. Nesse contexto, o conceito de transculturação revela-se inegável na medida em que, nele, como assinala Zilá Bernd, na obra *Amércanité et mobilités transculturelles*, observamos trocas, perdas e benefícios ao passar de uma cultura para a outra, assim como a criação de elementos culturais outros, carregando as marcas indeléveis da cultura de origem e da cultura de chegada (2009, p.4).

20 Nesse ponto, na sua dissertação de Mestrado intilulada *Transculturação: Fernando Ortiz, o negro e a identidade nacional cubana 1906-1940,* Emerson Divino Ribeiro de Oliveira destaca que Fernando Ortiz valoriza o elemento negro na cultura cubana com uma suposta superioridade cultural dos negros que foram transplantados para Cuba. Para Oliveira, isso significa que Ortiz consideraria os negros que foram transplantados para Cuba como mais cultos do que os negros transplantados para outras regiões da América – daí a sua superioridade cultural em relação aos negros do restante do Novo Mundo (ORTIZ, 1906, *apud* OLIVEIRA, 2003, p.48). Todavia, não podemos negar que a atenção particular que Ortiz deu aos negros transplantados para Cuba na formulação do seu conceito poderia ser ligada ao fato de que o próprio autor é cubano, expressando apenas uma senbilidade para/com seus concidadãos.

Essas observações ecoam nas obras de autores como Jacques-Stéphen Alexis em *Du réalisme merveilleux des haïtiens*, Jean Price-Mars em *Formation ethnique, folk-lore et culture du peuple haïtien*, René Depestre em *Bonjour et adieu Négritude*, que permitiriam entrever, no povoamento do Haiti, tal como no dos demais povos das Américas, os mesmos processos de confluências de culturas observados por Ortiz. No contexto das Américas, realiza um exame da diversidade dos elementos culturais dos povos autóctones; pensa, em seguida, a invasão dos conquistadores espanhóis e franceses – detendo-se na transplantação de africanos oriundos de diversas regiões da África –; e conclui com confluências culturais de povos e de culturas, bem como o surgimento progressivo de uma cultura compósita na colônia. Segundo Alexis, foi com base nessas confrontações de povos e de culturas, no curso de um longo amadurecimento histórico durante o qual os resíduos da população autóctone "*chèmes*" misturaram-se em São Domingos aos múltiplos elementos africanos trazidos pelo Tráfico (Mandingas, Bambaras, Ibos, Peuhls, Aradas, Congos etc...), assim como elementos europeus (principalmente franceses e espanhóis), que uma nova cultura emergiu (ALEXIS, 1956, p.249). É justamente essa nova cultura que corresponde à noção de transculturação de Ortiz e à noção da cultura compósita de Glissant.

Nesse sentido, entende-se que o conceito de transculturação é manifestamente o produto de fenômenos de confrontações ou de contatos étnico-culturais e pode ser utilizado como base conceitual para refletir sobre as culturas emergidas da escravidão. Em resumo, o processo de transmutações culturais concebido pelo antropólogo Fernando Ortiz articula-se às relações interculturais da seguinte forma: em um primeiro momento, ocorre a perda de uma cultura precedente (desculturação), seguida da aquisição de uma nova cultura (aculturação) e a criação de novos fenômenos culturais (neoculturação), que terminam por cristalizar uma síntese que compreende todas essas fases (transculturação). Segundo essa perspectiva, o conceito transculturação é configurado como todo processo que envolve duas ou mais culturas, em que as culturas envolvidas sofram perdas e ganhos, ao passo que o resultado desse processo é outra cultura. Vê-se assim que, nesse processo, não há desculturação e aculturação propriamente ditas, mas uma (re)criação ou (re) invenção cultural, em que ocorrem, simultaneamente, perdas, ganhos, seleções, assimilações, (re)descobertas.

Graças ao conceito de transculturação, o antropólogo cubano Fernando Ortiz aponta hoje para certo tipo de reconhecimento dos diferentes elementos culturais que participam da formação das expressões culturais desses países da Neo-América ou América da crioulização. Em outras palavras, Ortiz sugere ao historiador, ao ficcionista e ao antropólogo que (re)escrevam o passado, que (des)figurem o presente dos povos emergidos ao longo processo da colonização. Isso significa, para glosar Guedeyi Yaeneta Oyama, uma revisão obrigatória da história oficial, e, consequentemente, uma recuperação dos estragos no inconsciente do povo originado da colonização. Percebe-se, então, que graças ao termo "transculturação", Ortiz constrói subsídios teóricos para os estudos culturais e literários nos países que, como o Haiti, conheceram o processo de colonização. Isso porque, nesses países, as confrontações entre culturas ou seus contatos favoreceram o surgimento de culturas híbridas, responsáveis pela construção de uma identidade híbrida, uma identidade-relação.

Tais formulações possibilitam entender que a identidade desses povos da América Latina e do Caribe resulta de sincretismo cultural, de contatos entre povos e de culturas de horizontes diferentes. Todavia, observa-se uma contribuição distinta de cada uma dessas culturas para a construção identitária desses países. Por esse viés, o pensamento do martinicano acerca da identidade-relação e da crioulização, aparece como amplificador do paradigma de transculturação formulado pelo antropólogo Fernando Ortiz.

Do pensamento do rastro à identidade-relação

Assim como o conceito de transculturação, o paradigma da identidade-relação, proposto pelo escritor martinicano Édouard Glissant, é fundamental para pensar os elementos culturais que perpassam as obras literárias dos países da Neo-América ou América da Crioulização. Para formular sua teoria da relação, Glissant parte de uma análise crítica dos pressupostos científicos e filosóficos que estão na base das teorias sobre a identidade, bem como do pensamento histórico e filosófico do Ocidente. Inicialmente, o autor afirma, em *Le discours antillais*, que "o Ocidente não é o Oeste, tampouco um lugar, mas, antes, um projeto" (GLISSANT, 1981, p.14); em outras palavras, o Ocidente é um projeto de "generalização", de "universalização" do pensamento do "Uno" (GLISSANT, 1990, p.61, grifos meus). À luz dessa consideração, ele busca desenraizar e desconstruir o projeto de globalização que sempre determinou a relação do Ocidente com o Outro. Essa obsessão do Ocidente pela assimilação e fagocitose do Outro reflete não só a determinação de autodesignar-se como o "Centro do Mundo", mas também sua ambição de desenvolver um pensamento único, uma cultura universal e, por ricochete, a supressão ou a erradicação da "Diversidade", da "Alteridade". Ou seja, o que o Ocidente busca impor ao mundo não são suas opiniões, mas seus sistemas de pensamento ou seu pensamento de sistema.

Em Glissant, o pensamento de sistema ou pensamento continental é configurado como pensamento fechado, que se fundamenta em um mito legitimador e que se apropria da História da humanidade, moldando-a, estruturando-a à sua maneira. Conforme sustenta Glissant (*op. cit.*, p.17), os pensamentos do sistema ou sistemas de pensamento ou, ainda, o pensamento continental,foram prodigiosamente fecundos, prodigiosamente conquistadores e prodigiosamente mortais.

Relacionando às comunidades[21] atávicas das quais se originam algumas culturas atávicas, o pensamento de sistema baseia-se na ideia de uma gênese, isto é, de uma criação do mundo, assim como na ideia de uma filiação; ou seja, de um elo contínuo do presente da comunidade a essa gênese (GLISSANT, *ibidem*, p.34-35). Nesse registro, a literatura torna-se lugar por excelência de legitimação do mito fundador. Por conseguinte, a obra literária, por ser produzida dentro de um contexto sociopolítico, busca apresentar a visão do mundo – Glissant chega mesmo a afirmar que "Sob o poema aparentemente mais claro, pulsa em surdina uma visão do mundo".[22] Entende-se, portanto, o motivo pelo qual Glissant postula que "O grito poético está no início da formação de todas as comunidades atávicas"[23](Tradução minha). Fazem parte desses gritos poéticos "fundadores" de comunidades o *Antigo Testamento*, a *Ilíada*, a *Odisséia*, a *Canção de Rolando*, os *Nibelungen*, o *Kalevala* finlandês, os livros sagra-

21 Glissant entende por comunidades atávicas as velhas comunidades da Ásia, da África negra, da Europa e das culturas ameríndias (GLISSANT, 1996, p.34).

22 *sous le poème le plus clair en apparence bat en sourdine une vision du monde.*

23 *au départ de toutes les communautés ataviques, il y a le cri poétique.*

do da Índia; as *Sagas* islandesas, o *PopolVuh* e o *Chilam Balam* dos Ameríndios (GLISSANT, *op. cit.*, p.35).

Nessa perspectiva, a tradição literária (oral ou escrita) desempenha função relevante na legitimação de uma comunidade – seu direito de posse de um território. Eis por que o pensamento épico estaria muito próximo do mito (GLISSANT, *ibidem*, p.28). Baseado no capítulo três da *Estética* de Hegel, Glissant caracteriza

> esta literatura épica [é] como uma literatura da consciência da comunidade, mas uma consciência ainda ingênua, isto é, ainda não política, em um momento em que a comunidade não está ainda certa de sua ordem, em um momento em que necessita sentir-se segura em relação à essa ordem (seja com a *Ilíada*, com a *Canção do Rolando* ou com o *Antigo Testamento*). (GLISSANT, *ibidem*, p.35).[24] (Tradução minha)

Ora, para Glissant, esse grito poético da consciência incipiente é igualmente o grito da consciência excludente. Isso significa que o épico tradicional reúne tudo aquilo que constitui a comunidade e exclui tudo aquilo que não pertence a ela. Tal hipótese se verifica, sobretudo, em outras invenções do épico, que são mais imperiais, como a *Eneida* para o Império romano; a *Divina Comédia* para o universo católico; ou em criações mais

---

24 *cette littérature épique comme une littérature de la conscience de la communauté, mais une conscience encore naïve, c'est-à-dire pas encore politique, à un moment où la communauté n'est pas encore sûre de son ordre, à un moment où elle a besoin de rassurer sur son ordre (que ce soit avec l'Iliade, la Chanson de Roland ou l'Ancien Testament).*

secretamente pungentes como *Les tragiques* de Agrippa d'Aubigné para a consciência protestante (GLISSANT, *ibidem*, p.35).

Todavia, conforme a teoria glissantiana, se durante muito tempo o pensamento de sistema modelou a vida, as línguas e as culturas da humanidade, este não consegue, hoje, considerar o não-sistema generalizado das culturas do mundo. Logo, apesar de suas influências sobre a História da Humanidade, o pensamento de sistema não chega a dar conta dos novos movimentos do imaginário da humanidade. Em consequência, segundo Glissant em *Introduction à la poétique du divers*, uma outra forma de pensamento, mais intuitivo, mais frágil, ameaçado, mas sintonizado com o caos-mundo[25] e seus imprevistos, desenvolve-se, apoiando-se quiçá nas conquistas das Ciências Humanas e Sociais, mas derivado de uma visão do poético e do imaginário do mundo. Glissant chama essa nova forma de pensamento *archipélique.*[26] Esse pensamento *archipélique* é um desdobramento da ideia de *errance,* com qual o autor inicia sua teoria da relação. Em Glissant, *pensée de l'errance*, *pensée de la*

25 Caos-mundo é, para Glissant, os choques, o entrelaçamento, as repulsões, as atrações, as convivências, as oposições e os conflitos entre as culturas dos povos na totalidade-mundo contemporâneo (GLISSANT, 2009, p.82). Trata-se de uma poética que se baseia no imaginário das línguas e das culturas do mundo contemporâneo. Vê-se, portanto, que o caos-mundo se refere os encontros – conflituosos ou não – de línguas e de culturas.

26 *Archipélique, que* pode ser traduzido por "arquipélago" em português, é, antes de tudo, um lugar de geografia. Ciente disso, Glissant leva em consideração os diferentes arquipélagos para construir seu pensamento. Parte dos arquipélagos do extremo Pacífico, passando pelos Arquipélagos da América do Sul, da Escandinávia, do Oceano Indiano, da Indonésia, para se deter no arquipélago do Caribe. As realidades dos arquipélagos, particularmente os do Caribe, ofereceram a Glissant o quadro e a matriz da sua teoria de relação que se debruça sobre a diversidade (GLISSANT, 2009, p.48-49).

trace e *pensée archipélique*,[27] que traduzimos, respectivamente, por *pensamento da errância*, *pensamento do rastro* e *pensamento--arquipélago*, são complementares e constituem o fundamento da teoria da relação de Glissant.

O pensamento da *errance* é, antes de tudo, "o pensamento do reativo, que concebe a totalidade-mundo, porém, renuncia voluntariamente à pretensão de unificá-la e possuí-la" (GLISSANT, 1990, p.32-33). Em *Philosophie de la relation*, Glissant sintetiza:

> O pensamento da *errance* não é o perturbado pensamento da dispersão, mas é o das nossas reuniões não pretendidas previamente, por qual migramos de absolutos seres às variações da relação, onde se revela o ser-como-ente, a indistinção da essência e da substância, de repouso e de movimento. A *errance* não é a exploração, colonial ou não, nem o abandono das derivas. Ela sabe ser imóvel e encarregada. (2009, p.61).[28] (Tradução minha)

Se se concordar com a argumentação de Glissant, pelo pensamento da *errance* (errância), recusam-se as raízes únicas

27 Graças a essas noções (pensamento da errância, pensamento do rastro e pensamento-arquipélago), Glissant formula o pensamento do rizoma, pedra angular do que chama "poética da relação", segundo a qual toda identidade estabelece certa relação com outra. Ou seja, toda identidade vai ao encontro de outra identidade.

28 *La pensée de l'errance n'est pas l'éperdue pensée de la dispersion mais celle de nos ralliements non prétendus d'avance, par quoi nous migrons des absolus de l'Être aux variations de la Relation, où se révèle l'être-comme- étant, l'indistinction de l'essence et de la substance, de la demeure et du mouvement. L'errance n'est pas l'exploration, coloniale ou non, ni abandon à des errements. Elle sait être immobile, et emporter* (sic.).

que aniquilam tudo a sua volta: o pensamento da *errance* é aquele de enraizamentos solidários e de raiz em rizoma. Decorre daí a noção de identidade, fundamental na poética glissantiana. Para formular tal noção, que se desdobra, mais tarde, em identidade raiz-única, ligada às culturas atávicas, e a identidade-rizoma, ou identidade-relação ligada às culturas compósitas, Glissant recorre à noção do rizoma elaborada por Gilles Deleuze e Félix Guattari.

Sobre a teoria do rizoma de Deleuze e Guatarri

A teoria do rizoma na filosofia deleuziana e guattariana é tributária de considerações particulares sobre a imagem do livro, da árvore e de suas raízes. Deleuze e Guattari partem da organização física do livro[29] para afirmar que este não tem objeto, tampouco sujeito, mas é feito de matérias diversamente formadas de datas e de velocidade muito diferentes (DELEUZE e GUATTARI, 1980, p.9). Assinala-se, nesse sentido, que escrever nada tem a ver com significar, mas com palmilhar e cartografar, apesar de serem regiões ainda por vir. Na sua perspectiva, o livro imita o mundo, como a arte imita a natureza por procedimentos próprios e que levam ao que a natureza não pode ou não pode mais imitar.

Seguindo na pista da lei do livro, que se caracteriza pela reflexão do Uno que se faz dois, Deleuze e Guattari introduzem

29 A teoria do livro proposta pelos autores de *Mille Plateaux* fundamenta-se no agenciamento textual que, sob os auspícios da máquina, é objeto de uma desestratificação. Segundo essa perspectiva, salienta-se que o livro é um agenciamento das linhas de segmentaridade, estratos, desterritorialização e de estratificação. Nesse sentido, os autores enunciam a metáfora do Corpo sem Órgão (CsO) para descrever o essencial do livro, que são as unidades de medida: "*quantificar a escrita*".

o conceito de árvore-raiz e salientam que o livro, enquanto realidade espiritual - a árvore ou a raiz como imagem -, não cessa de desenvolver a lei do Uno que origina Dois, dois que se fazem quatro e, assim, sucessivamente. É essa lógica binária, árvore-raiz, que se impõe profundamente no pensamento ocidental; ou seja, é a imagem da árvore-raiz que inspirou todo o pensamento do Ocidente.

A esse respeito, Deleuze e Guattari sustentam que:

> A lógica binária é a realidade espiritual, da árvore-raiz. Até uma disciplina tão "avançada" como a Linguística retém para sua base essa imagem da árvore-raiz, que a relaciona à reflexão clássica (assim é Chomsky e a árvore sintagmática, começando em um ponto S para proceder por dicotomia). Isso significa dizer que este pensamento nunca compreendeu a multiplicidade: necessita-lhe uma forte unidade principal suposta para chegar a duas, segundo um método espiritual. (DELEUZE e GUATTARI, 1980, p.11).[30] (Tradução minha)

Graças a essa lógica binária, pode-se passar do Uno a dois, do dois a quatro ou cinco, mas sempre com a condição de dispor de uma forte unidade principal, a do pivô, que suporta as raízes principais e secundárias (DELEUZE e GUATTARI, *op. cit.*, p.13). Conforme argumentam, a árvore dominou a reali-

30 *La logique binaire est la réalité spirituelle, l'arbre-racine. Même une discipline aussi "avancée" que la linguistique garde pour image de base de l'arbre-racine, qui la rattache à la réflexion classique (ainsi Chomsky et l'arbre syntagmatique, commençant à un point S pour procéder par dichotomie). Autant dire que cette pensée n'a jamais compris la multiplicité: il lui faut une forte unité principale supposée pour arriver à deux suivent une méthode spirituelle.*

dade ocidental e todo o pensamento ocidental, da botânica à biologia, à anatomia, mas igualmente à gnoseologia, à ontologia e a toda a filosofia...: o fundamento-raiz, *Grund, roots* e *fundations.* Porém, a árvore ou a raiz inspiram uma triste imagem do pensamento que não cessa de imitar o múltiplo, a partir de uma unidade superior, de centro ou de segmentos. Como observa, igualmente, Sousa Dias, a árvore como noo-modelo pretende dar conta das multiplicidades reais, mas só consegue produzir pseudomultiplicidades, impondo eixos de subjetivação; em vez de afirmarem a si mesmas, por si mesmas, afirmaram-se como unidade prévia, ou superior, de um centro de coordenação ou de um ponto primeiro de ramificação (DIAS, 1995, p.109). Ainda conforme expõe Sousa Dias, suscita-lhe uma transcendência, dessubstantiva-as, reduzindo-as ao múltiplo como sua triste imitação, simples derivação do uno, do Um-Todo: o um que se faz dois, (três, quatro etc.) sem deixar de ser um. É como observam Deleuze e Guattari:

> [...] Não basta dizer Viva o múltiplo, embora seja um grito difícil de fazer [...]. É necessário fazer o múltiplo, não acrescentando sempre uma dimensão superior mas, ao contrário, da maneira mais simples, com força de sobriedade, no nível das dimensões que se dispõe sempre n-1 (é apenas assim que o Uno faz parte do múltiplo, estando sempre subtraído dele). (DELEUZE e GUATTARI, 1980, p.13).[31] (Tradução minha)

31 *Il ne suffit pas dire Vive le multiple, bien que ce cri soit difficile à pousser [..]. Le multiple, Il faut le faire, non pas en ajoutant toujours une dimension supérieure, mais au contraire le plus simplement, à force de sobriété, au niveau*

Para Deleuze e Guattari, subtrair o único da multiplicidade a ser constituído é escrever n-1. É esse sistema (n-1) que os autores chamam de rizoma[32] que, enquanto haste, distingue-se absolutamente das raízes, das radículas do enraizamento. O que se observa nele, então, é a construção de uma filosofia que propõe outra maneira de "com-viver" a diferença, outra maneira de "estar com e no mundo". É que, como assinala Sousa Dias, em Deleuze e Guattari, fazer rizoma não é só pensar de modo diferente, mas é também uma outra maneira de ver, de sentir, de viver tanto uma noopolítica alternativa como uma existência impessoal: instalar-se entre as coisas, pensar e ser "entre". (DIAS, 1995, p.111, grifos meus).

Nesse registro, Deleuze e Guattari (*op. cit.*, p.31) sintetizam os principais motivos do rizoma:

> Diferentemente das árvores e de suas raízes, o rizoma conecta um ponto qualquer a outro ponto qualquer, e cada um desses traços não remete a traços da mesma natureza; coloca em jogo regi-

---

des dimensions dont on dispose, toujours n-1 (c'est seulement ainsi que l'un fait partie du multiple, en étant toujours soustrait).

32 Deleuze e Guattari postulam seis caracteres aproximativos do rizoma: 1º e 2º - princípios de conexão e de heterogeneidade (qualquer ponto do rizoma pode conectar-se a outro, e deve fazê-lo); 3º - princípio de multiplicidade (é apenas quando o múltiplo é efetivamente tratado como substantivo, multiplicidade; não tem mais relação alguma com o Uno como sujeito ou como objeto, como realidade espiritual e natural); 4º - princípio de ruptura a-significante (contra os cortes demasiado significantes que separam as estruturas) ou que atravessam uma estrutura; e 5º e 6º - princípio de cartografia e de decalcomania (um rizoma não pode ser justificado por nenhum modelo estrutural ou gerativo) (DELEUZE e GUATTARI, 1980, p.13- 19).

> mes de signos muito diferentes e até estados de não-signos. O rizoma não se deixa direcionar nem ao Uno nem ao múltiplo. Ele não é o Uno que se faz em dois, nem o mesmo que deriva três, quatro ou cinco etc.. Ele não é o múltiplo do qual deriva Uno, nem ao qual o Uno acrescentar-se-ia (n + 1). Ele não é feito de unidades, mas de dimensões, ou melhor, de direções ambulantes. Ele constitui multiplicidades lineares a *n* dimensões, sem sujeito nem objeto, exibíveis em um plano de consistência, e do qual o Uno é sempre subtraído (n – 1).[33] (Tradução minha)

Depreende-se, portanto, da noção de rizoma todo um pensamento que promove o reconhecimento da multiplicidade, da diferença. Opera-se também toda uma desconstrução do pensamento dominante "ocidental", que tende a erigir-se como único racional. Rompendo com o pesadelo da metáfora da árvore e de suas raízes no pensamento ocidental que privilegia um centro, Deleuze e Guattari promovem, através da noção rizoma, um pensamento que apaga ou recusa voluntariamente um "centro". O que, então, se compõem são infinitas, múltiplas

33 À la différence des arbres ou de leurs racines, le rhizome connecte un point quelconque avec un autre point quelconque, et chacun de ses traits ne renvoie pas nécessairement à des traits de même nature, il met en jeu des régimes de signes très différents et même des états de non-signes. *Le rhizome ne se laisse ramener ni à l'un ni au multiple. Il n'est l'un qui devient deux, ni même qui deviendrait directement trois, quatre ou cinq, ect. Il n'est pas un multiple qui dérive de l'Un, ni auquel l'Un s'ajouterait (n+1). Il n'est pas fait d'unités, mais de dimensions, ou plutôt de directions mouvantes. Il constitue des multiplicités linéaire à n dimensions, sans sujet ni objet, étables sur un plan de consistance, et dont l'un est toujours (n –1).*

conexões, fluxo constante "de fuga, de movimentos de desterritorialização, de reterritorialização ou ainda de desestratificação" (DELEUZE e GUATTARI, 1980, p.9).

É nessa filosofia que se promove a multiplicidade da qual Édouard Glissant se nutre para formular sua teoria de identidade.

A teoria de identidade de Glissant

O paradigma de identidade glissantiana que se desdobra em identidade-raiz única, ligada às culturas atávicas e "identidade-rizoma ou identidade-relação", ligadas à cuturas compósitas.

A identidade-raiz única busca suprimir, açambarcar o que está ao seu redor. Ela é

> I) fundada longinquamente em uma visão, um mito, da criação do mundo; II) santificada pela violência oculta de uma filiação que não é resultado deste episódio fundador; III) ratificada pela pretensão à legitimidade, que permite a uma comunidade tradicionalmente proclamar seu direito à possessão de uma terra, que se torna assim seu território; IV) preservada pela projeção sobre outros territórios que é legítimo conquistar – e com um projeto de saber. (GLISSANT, 1990, p.157-158).[34] (Tradução minha)

34 I) *lointainement fondée dans une vision, un mythe, de la création du monde;* II) *est sanctifiée par la violence cachée d'une filiation qui ne découle avec rigueur de cet épisode fondateur;* III) *est ratifiée par la prétention à la légitimité, qui permet à une communauté de proclamer son droit à la possession d'une terre, laquelle devienne ainsi son territoire;* IV) *est préservée par la projection sur d'autres territoires qu'il devient légitime de conquérir – et par un projet de savoir.*

Observa-se nessa passagem em destaque que a identidade-raiz única tem como referência o pensamento de si, ou seja, o si próprio e o território como fundamento. Para seu fortalecimento, ela mobiliza o pensamento do outro e a viagem. É essa identidade com raiz única, promovida pelo pensamento de sistema ou pensamento continental, a principal responsável pelos massacres, pelos genocídios, pelo desenraizamento de milhares de seres-humanos em condições infra-humanas de suas terras de origem da África para serem transplantados à força nas Américas. É porque a identidade com raiz única não respeita o que Amin Maalouf chama de postulado de base da universalidade que se leva a considerar que há direitos inerentes à base da dignidade humana (MAALOUF, 1998, p.122). Respeitar a dignidade humana é respeitar todo homem, o *ser-humano*, qualquer que seja sua cor, sua religião, sua nacionalidade, seu sexo, etc; é considerar que todo homem, enquanto *ser-humano*, pertence à mesma humanidade. É segundo essa perspectiva que Amin Maalouf, em *Les Identités meurtrières,* denuncia a concepção que reduz a identidade a "uma filiação única, que instala o homem em uma atitude parcial, sectária, intolerante, às vezes em suicídio; concepção que o transforma, muitas vezes, em atirador ou em fã de atirador" (MAALOUF, *op. cit.*, p.39). Ao denunciar tal concepção, o autor pondera que a humanidade, porque múltipla, é *a priori* uma – as identidades se tornam ou podem tornar-se mortais quando são concebidas de maneira tribal, opondo "Nós contra os Outros".[35] Assim entende-se que a identidade é complexa e não se limita a

35 Importa ressaltar aqui, de acordo com Glissant (1996), que a identidade-raiz única não foi sempre mortal, posto que produziu obras magníficas na história da humanidade.

uma única filiação: ela é a soma de pertencimentos mais ou menos relevantes, mas todos significativos.

Nessa mesma perspectiva, a poética de Glissant insurge-se contra essa identidade-raiz única – que supõe o *asservissement* (a sujeição) do Outro, o fechamento sobre si mesmo – mas, igualmente, formula uma alternativa ética e estética, um novo imaginário: a identidade-relação.

A identidade-raiz única liga-se às culturas atávicas. A identidade-relação, por sua vez, liga-se às culturas compósitas,[36] ela

> I) está ligada, não a uma criação do mundo, mas ao vivido consciente e contraditório dos contatos entre as culturas; II) é dada na trama caótica da Relação e não na violência oculta da filiação; III) não concebe nenhuma legitimidade como fiadora de seu direito, mas circula em uma perspectiva nova; IV) não se apresenta uma terra como território, de onde se projeta para outro território, mas como um lugar onde tudo é *donné-avec* em vez de *com-prendre*. (GLISSANT, 1990, p.158).[37] (Tradução minha).

---

36 Em Glissant, culturas compósitas são culturas que se formam nas confluências ou nos contatos, nas confrontações culturais oriundas de horizontes diversos. Ou seja, são as culturas crioulas, culturas que emergiram da colonização. As culturas ditas compósitas não se formaram a partir de uma conjunção de "normas", mas fundaram-se nas margens, com todo tipo de matérias que escaparam à paciência da regra e se precipitaram no mundo pela necessidade, pela angústia, pela opressão, pela cobiça ou pelo apetite de aventuras (GLISSANT, 1990, p.105). Um dos elementos centrais das culturas compósitas são as línguas crioulas; vêm, em seguida, o vodu/candomblé e os diferentes ritmos musicais de expressões crioulas.

37 I) *est liée, non pas à une création du monde, mais au vécu conscient et contradictoire des contacts des cultures*; II) *est donnée dans le trame chaotique de la Relation et non pas dans la violence cachée de la filiation*; III)

É seguindo essa perspectiva que se compreende que a identidade-relação é uma identidade aberta, que acolhe a diversidade, a alteridade, a intervalorização um dos outros, a entre-ajuda. Assim como a noção do rizoma de Deleuze e Guattari, trata-se de uma nova forma de pensar a identidade: um sistema de relação, que pode ser definido como uma atitude, que nos leva a compreender o Outro, e a (com)viver com Ele, a compartilhar sua condição de existência. A identidade se dá, então, pela multiplicidade, movimenta-se graças a um deslocamento das noções de autenticidade e identidade nacional. Pois, doravante, a identidade pressupõe a coexistência, a convivência de formas culturais tradicionais e modernas em um mesmo espaço. Nessa perspectiva, a essência da identidade-relação enunciada pelo pensador martinicano pode se resumir na seguinte formulação do próprio: "Atue no seu lugar, pense com o mundo" (GLISSANT, 2009, p.87).[38] (Tradução minha). Eis como a poética da relação glissantiana nos conduz diretamente a refletir sobre nossa condição no e com o mundo, nos conduz igualmente a refletir o mundo, um "inseparável de nossas solidões individuais e coletivas" para emprestar as próprias palavras de Édouard Glissant.

Dessa forma, de acordo com Glissant, a identidade-relação exalta o pensamento da *errance* e da totalidade-mundo. Contra as doenças da identidade-raiz única, esse pensamento é (e continua a ser) o condutor infinito da identidade-relação. O pensamento da relação de Glissant propõe, assim, uma des-

---

ne conçoit aucune légitimité comme garante de son droit, mais circule dans une étendue nouvelle; IV) *ne se présente pas une terre comme un territoire, d'où on projette vers d'autre territoire, mais comme un lieu où tout est "donné-avec" en place de "com-prendre"*.

38 *Agis dans ton lieu, pense avec le monde.*

construção do sistema de pensamento redutor e dominante promovido pela "mundialização", que ganha cada vez mais espaço depois da queda do muro de Berlim. Esse contra-pensamento explora a *errance*, que é lugar da repetição, pois organiza as infinitas variações que, por sua vez, configuram essa mesma repetição como momento de reconhecimento (GLISSANT, *op. cit.*, p.87). A repetição é, por isso mesmo, vista como forma de conhecimento no nosso mundo; é graças à repetição que começamos a ver os indícios de uma novidade que pouco a pouco se revela (GLISSANT, 1981, p.32). Dessa maneira, a repetição deve ser compreendida como um recurso de enfrentamento da dominação, mas não como inútil desdobramento (GLISSANT, *ibidem*). Foi pela repetição para enfrentar a língua dominante, a língua dos seus carrascos que surgem, em colônias do Novo Mundo, línguas crioulas, além do sincretismo cultural ou religioso; razão pela qual Glissant (1981, 32) destaca que linguistas observam que a sintaxe do crioulo tradicional imita voluntariamente a linguagem da criança pelo recurso da repetição, como por exemplo, *bel bel iche*, que pode ser traduzido em português por "criança lindíssima".

A essa altura é necessário reiterar que esta identidade-relação se articula com o pensamento-arquipélago, que vem reforçar e ampliar o pensamento da *errância*. Como assinalado anteriormente, o pensamento-*archipélique* é um contra-pensamento que se opõe ao pensamento do sistema. Isto é, o pensamento-arquipélago configura-se, em Glissant, como pensamento não-sistêmico, indutivo, que explora o imprevisto do *tout- monde,* da "totalidade-mundo"[39] e que sintoniza a escrita com a oralidade

39 Além de ser o título de um romance de Glissant, o *Tout-monde* (totalidade-mundo) é configurado na poética glissantiana como o desejo de co-

e a oralidade com a escrita (GLISSANT, 1996, p.43-44). Nessa mesma perspectiva, na sua obra *Introduction à une poétique du divers*, Édouard Glissant faz a seguinte observação:

> O que hoje vejo são continentes que se "tornam arquipélagos",[40] pelo menos de ponto de vista de um olhar exterior. As Américas tornam-se arquipélagos, constituem-se em regiões para além das fronteiras nacionais. A Europa torna-se arquipélago. As regiões linguísticas, as regiões culturais, para além das barreiras das nações, são ilhas, mas ilhas abertas, e essa é a sua principal condição de sobrevivência. (GLISSANT, 1996, p.44).[41] (Tradução minha)

Com a *archipélisation* do mundo, Glissant possibilita entrever que as velhas percepções preestabelecidas do pensamento continental – do antigo pensamento de previsão do mundo, que faziam com que as línguas não-francas fossem percebidas como línguas voltadas sobre si mesmas, línguas de folclorização e do

---

nhecer a totalidade do mundo, de se aproximar dela em sua diversidade, sem intenção alguma de dominação (GLISSANT, 1996, p.129-130).

40 Do substantivo *Archipel*, Glissant formulou o verbo "*archipéliser*" para explicar a nova realidade do mundo. Assim, a imagem do arquipélago foi concedida à luz da metamorfose do mundo. Conforme o raciocínio de Glissant, as regiões do mundo tornam-se ilhas, penínsulas, terras de mistura e passagem, onde o imaginário do mundo está em conexão, ou está em rede, ou ainda em relação.

41 *Ce que je vois aujourd'hui, c'est que les continents "s'archipélisent" du moins du point de vue d'un regard extérieur. Les Amériques "s'archipelisent", elle constituent en régions par-dessus des frontières nationales. L'Europe s'archipélise. Les régions linguistiques, les régions culturelles, par-delà les barrières des nations, sont des îles, mais des îles ouvertes, c'est leur principale condition de survie.*

particularismo ineficiente – não mais se sustentam. De acordo com sua argumentação, seria necessário que todas as línguas se entendessem através do espaço, nos três sentidos do termo entender: ouvir, compreender e harmonizar. Com essa concepção, articulam-se os imaginários das línguas e das culturas, que nos levam a escrever em presença de todas as línguas.

Ainda segundo a formulação glissantiana:

> Na Europa dos séculos XVIII e XIX, mesmo quando um escritor francês conhecesse a língua inglesa ou a língua italiana ou, ainda, a língua alemã, ele não a contemplava em sua escrita. As escritas eram monolíngues. Hoje em dia, mesmo quando um escritor não conhece nenhuma outra língua, ele considera, esteja ele ciente ou não, a existência dessas línguas que não estão à sua volta em seu processo de escrita. Não se pode mais escrever de maneira monolíngue. É-se obrigado a considerar os imaginários das línguas. (GLISSANT, 1996, p.112).[42] (Tradução minha)

Pensar os imaginários das línguas e das culturas torna-se importante no mundo de globalização em que vivemos hoje. Na teoria glissantiana, os imaginários das línguas atingem-nos graças a uma grande diversidade de meios inéditos: audiovisual,

---

42 *Dans l'Europe du XVIIIe et du XIXe, même quand un écrivain français connaissait la langue anglaise ou la langue italienne ou la langue allemande, il n'en tenait pas compte dans son écriture. Les écritures étaient monolingues. Aujourd'hui même quand un écrivain ne connaît aucune autre langue, il tient compte, qu'il le sache ou non, de l'existence de ces langues autour de lui dans son processus d'écriture. On ne peut plus écrire une langue d'une manière monolingue. On est obligé de tenir compte des imaginaires des langues.*

o rádio e a televisão. Faz-se necessário acrescentar a essa lista a internet, que se torna o elo que (inter)conecta os imaginários das línguas, os imaginários do mundo. De acordo com Édouard Glissant, hoje em dia, ao vermos uma paisagem africana, um texto em línguas que não conhecemos, essa paisagem ou língua estrangeiras nos impressiona e nos interpela (GLISSANT, 1996, p.112). É por esse motivo que a viagem e a tradução se tornam incontestáveis. Como afirma Glissant (*op. cit.*, p.46), a tradução, arte de saber tocar de leve e com aproximação, é uma prática de rastro que, contra a absoluta limitação do ser, contribui para acumular a *étendue* de todos os *étants* e de todos os existentes do mundo.

Resta-nos ressaltar que essa ideia de imaginários de língua está intimamente ligada ao conceito de crioulização, que ocupa lugar de destaque não apenas na teoria glissantiana, mas nos imaginários literário, sociocultural e político dos povos das Américas, vitimados pela escravização e colonização. Crioulização é um conceito – como se observará – que tem sua base nos mesmos fenômenos de confluências de culturas estudadas nas seções anteriores que conheceram as Américas. Ou seja, é a formação etnico-cultural das Américas que oferece base ao autor martinicano para formular seu conceito de crioulização.

Logo à entrada de *Introduction à une poétique du divers*, Glissant esclarece que quer defender a tese segundo a qual o mundo se 'crioulíza', deixando assim entrever que a crioulização começa a acontecer no mundo e se relaciona aos contatos de culturas, de imaginários e de movimentos. De acordo sua elaboração,

> As culturas do mundo colocadas em contato umas com outras de maneira fulminante e absolutamente consciente, hoje, transformam-se, permutando-se

> entre si, através de choques irremissíveis, de guerras impiedosas mas, igualmente, de avanços de consciência e de esperança que permitem dizer que as humanidades atuais dificilmente abandonam algo em que se obstinavam há muito tempo, a saber, que a identidade de um ser é exclusiva, diferente da identidade de todos os outros seres possíveis. (GLISSANT, 1996, p.15).[43] (Tradução minha)

De acordo com tal argumentação, a crioulização é um dos modos de mestiçagem e não apenas um resultante linguístico. Se o conceito de crioulização é derivado do termo "crioulo" e da realidade das línguas crioulas que nasceram em confluências etno- sociolinguísticas, hoje, esse conceito de crioulização vai além dessas realidades. São, na teoria glissantiana, fenômenos que permitem praticar uma nova perspectiva da humanidade, que passa por recomposição da paisagem mental dessas humanidades presentes, atualmente, no mundo. Glissant (1996, p, 18) observa que a crioulização supõe que os elementos culturais colocados em presença uns dos outros devem ser obrigatoriamente equivalentes em valor para que a crioulização aconteça. Trata-se de um tipo de reconhecimento do Outro na sua diferença. Isso significaria dizer que o pensamento do Outro é estéril sem o Outro-pensamento, sem o pensamento do Outro. Ou

43 *Les cultures du monde mises en contact de manière foudroyante et absolument consciente aujourd'hui les unes avec les autres se changent en échangeant à travers des heurts irrémissibles, des guerres sans pitié mais aussi des avancées de conscience et d'espoir qui permettent de dire que les humanités d'aujourd'hui abandonnent difficilement quelques choses à quoi elles s'obstinanaient depuis longtemps, à savoir que l'identité d'un être est exclusive de l'identité de tous les êtres possibles.*

seja, o pensamento do Outro é a generosidade moral que nos obrigaria a aceitar o princípio da alteridade, a conceber que o mundo não se constitui de um único bloco e que não há apenas uma verdade, a nossa, a minha (GLISSANT, *op. cit.*, p.169).

Com sua tese de que o mundo se "crioulizа" e de que todas as culturas se "crioulizam", Glissant leva-nos a pensar a realidade das culturas, das línguas que, desde decênios, estabelecem contatos entre si. Eis porque Glissant observa que o princípio, hoje em dia, é o de que não existe mais uma só cultura que possa reivindicar a pureza. Com efeito, no texto das Américas, o conceito de crioulização sugere uma renovação das noções de cultura nacional e de identidade nacional, que não devem ser pensadas de maneira fechada, mas sim de maneira continental sem esquecer-se de apreendê-las na sua heterogeneidade.

Os fenômenos de crioulização observados por Glissant podem ser pensados como desdobramentos das mudanças registradas ao longo do século XX. Em outras palavras, são essas mudanças que ofecerem bases para conceitualizar o processo de crioulização pelo qual o mundo está passando; pois, foi com base nessas mudanças ocorridas que povos de diferentes lugares foram obrigados ou começaram a imaginar, a pensar o mundo de outra forma. Nessa mesma linha, referindo-se ao século XX, em *Du réalisme merveilleux des Haïtiens,* Jacques-Stéphen Alexis sublinha:

> Em um século em que os homens já viajam na velocidade do som, em que as ideias ultrapassam as fronteiras sem passaporte, este século da maior descoberta energética de todos os tempos – descoberta que permite tantas liberações e tantos avanços ainda ontem inconcebíveis –, este século em que se iniciou a erradicação definitiva da injustiça e da exploração, este século em que todas as raças, todos os povos,

> todas as pátrias lançam-se impetuosamente na conquista de um nível de vida enfim humano, este século em que igualdade e progresso estão na ordem do dia, é natural que o conteúdo fundamental das obras de arte tenda a atingir o conjunto dos problemas que se colocam ao homem de todos os lugares. (ALEXIS, 1957, p.247).[44] (Tradução minha)

Dessarte, com tantos movimentos, torna-se compreensível que haja uma conversão, um certo tipo de contato, dos seres humanos, dos povos, das culturas e dos imaginários de todos. É segundo essa perspectiva que se compreende que se encontram neste século, por um lado, seres humanos que se transformam em "nômades", não com a intenção de explorar ou conquistar, mas em busca de melhor oportunidade de vida, de existência; por outro lado, encontram-se povos que se transformam, segundo a exigência do momento, em "acolhedores", bons ou maus.[45]

---

44 *En ce siècle où les hommes voyagent déjà à la vitesse du son, où les idées franchissent les frontières sans passeport, ce siècle de la plus grande découverte énergétique de tous les temps - découverte qui permet tant de libérations et tant de bonds en avant, hier encore inconcevables -, ce siècle où s'est entamée l'éradication définitive de l'injustice et de l'exploitation, ce siècle où toutes les races, tous les peuples, toutes les patries s'élancent impétueusement à la conquête d'un standard de vie enfin humain, ce siècle où égalité et projet sont à l'ordre du jour, il est naturel que le contenu fondamental des oeuvres d'art tend à atteindre l'ensemble des problèmes qui se pose à l'homme de partout.*

45 Essa ideia será desenvolvida mais para frente, quando se passar à análise do enredo do romance *Compère Général Soleil*: ali, várias personagens do romance viajaram pelo mundo, seja em busca de oportunidade, de bem-estar, seja para conhecer o mundo. Essa nova realidade exige uma outra forma de imaginar o mundo, outra forma de perceber a relação do "sociocultural", a relação entre viajantes e acolhedores.

Nota-se, portanto, que o pensamento do martinicano Édouard Glissant, graças a seus conceitos de identidade-relação e crioulização, reforça e amplia o conceito de transculturação do cubano Fernando Ortiz. Em *Introduction à une poétique du divers*, o autor sublinha que a noção *transculture* não é suficiente para explicar os fenômenos de contatos culturais; em sua perspectiva, o conceito de crioulização recobre, no fundo, essa noção de transcultura. Para ele, enquanto essa noção sugere que podemos calcular e contar os resultados de uma transculturação, a crioulização é imprevisível. A cada vez, ela produz excedentes, ou seja, aquilo que é produzido é imprevisível em relação aos componentes (GLISSANT, 1996, 127). É importante observar que as noções de transculturação, de identidade-relação, assim como a de crioulização, são igualmente importantes para refletir sobre a formação etnico-culturais e as relações culturais e literárias nas Américas.

Com base nos pensamentos de Glissant e de Ortiz, pode-se observar que as culturas de povos da Neo-América emergidas da colonização – de que faz parte o Haiti – são definidas como resultantes da síntese entre as culturas dos povos autóctones que viviam antes da chegada dos europeus, a cultura do colonizador europeu e as dos escravizados africanos transplantados no Novo Mundo. Por isso mesmo, é incontornável considerar essa síntese cultural quando se trata de estudar questões identitárias em países petrificados pelo longo processo de colonização e de escravização. A consciência dessa problemática de síntese cultural, de uma busca de (re)descobrir os elementos culturais dos quais originam as culturas nas Américas fizeram-se sentir nas produções literárias dessa região, a partir do início de século XX. No Haiti, por exemplo, essa consciência surgiu com a comemoração do centenário da independência em 1904, consciência reforçada com a ocupação estadunidense iniciada em 1915, que procurava estrangular a cultura do país; e, no Brasil, essa mesma consciência surgiu com a comemoração do centenário da sua independência em 1922, sobretudo, com a Semana da Arte Moderna.

Dito isto, são necessárias algumas notas sobre a noção de folclore e de cultura nacional para reforçar as bases teóricas e conceituais deste estudo.

Folclore/Cultura nacional

Importa, antes de tudo, ressaltar que o objetivo desta seção não é o de estudar a complexidade dos conceitos de folclore e de cultura, tampouco a formação histórica do folclore/cultura dos povos das Américas, pois, "esses conceitos e cada um dos elementos que o compõem são capazes de suscitar monografias", para emprestar os termos de Price- Mars. O que se lerá aqui são apenas algumas considerações gerais sobre esses conceitos, capazes de melhor abordar a particularidade haitiana nas Américas, com sua independência em 1804, que o impõe como terra matriz das Américas; com a estética promovida pelo *Indigénisme Haïtien* e, por consequência, entender os elementos folclóricos e culturais figurados no imaginário literário dessa região. Essas observações se nutrem em Alexis e em Price-Mars.

Em *Réalisme merveilleux des haïtiens*, Jacques-Stéphen Alexis pondera que o conceito de cultura não é, de modo geral, nada mais do que

> O produto desta tendência que impulsiona os homens a organizar os elementos de seu conhecimento do universo e da sociedade onde vivem, a organizá-los coletivamente em função do passado e do presente, para eles recompor uma imagem mais vasta que a aparência, imagem projetada no psi-

> quismo, em seus atos, em seus comportamentos e em todas as suas produções (ALEXIS, [1957] 1970, p.250).[46] (Tradução minha)

Ou seja, a formação de uma cultura se dá por uma necessidade coletiva, de se expressar em todos os domínios da atividade humana. De acordo com Alexis, é segundo essa perspectiva que se funda assim uma comunidade cultural historicamente constituída, por vezes contraditória, conflituosa, mais ou menos clara e mais ou menos estável (ALEXIS, *op. cit.*, p.250). Com essa concepção do termo cultura, articula-se o conceito de folclore – formulado por Price-Mars. Baseado em William J. Thorns, Jean Price-Mars destaca, em *Ainsi parla l'oncle*, que o conceito de *folk-lore* é composto por duas palavras saxônicas, "folk-lore, literalmente" *folk* – povo – e *lore* – saber. Isto é: *the lore of the people*, o saber do povo (PRICE-MARS, 1928, p.13). Ainda segundo Price-Mars, *folk-lore* corresponde às leis não escritas de um povo, à história não escrita do tempo primitivo. Em *Formation ethnique, folk-lore et culture du peuple haïtien*, Price-Mars observa que o conceito de folclore encobre a soma de crenças, superstições, lendas, contos, canções, adivinhas e costumes sobre as quais repousa a vida primitiva de um povo e que constitui os fundamentos da sua cultura (PRICE-MARS, 1956, p.43). No entanto, Price-Mars destaca que, com o desenvolvimento da vida "industrializada", muitas das maneiras antigas, dos costumes e das cerimônias foram rejeitadas pela "classe

46 *[...] le produit de cette tendance qui pousse les hommes à organiser les éléments de leur connaissance de l'univers et de la société où ils vivent, à les organiser collectivement, en fonction du passé et du présent, et à en recomposer une image plus vaste que l'apparence, image projetée dans le psychisme, dans leurs actes, dans leurs comportements et dans toutes leurs productions.*

alta", e tornaram-se gradualmente superstição e tradição para a classe baixa (*op. cit.*, p.13-14).

Convocando essas reflexões para a realidade do Haiti, em função da forma de povoamento e do surgimento do país como Nação, Jean Price-Mars destaca vários aportes na formação do folclore do povo haitiano:

> Primeiramente, ele é tão compósito quanto o próprio povo. Ele recolheu elementos com os quais se forma em todos os avatares da nossa vida aventurosa. A África deu a ele o quadro de nossas crenças e superstições enriquecidas pelo animismo universal. O mundo inteiro lhe ofereceu recursos inesgotáveis para construir suas lendas. A França cedeu a ele a moda e o molde de alguns de nossos contos. A vida camponesa amarga, simples e frugal a ele forneceu a moldura cenário. As recordações dolorosas e trágicas do comércio de escravos, os horrores da escravidão, as vicissitudes da dispersão forneceram os personagens. Em seguida, a imaginação criativa do negro, seu gosto pelo ritmo, seu sentido do lirismo coloriram a música, cadenciaram os *bout-rimés,* embelezaram as lendas; no final das contas, edificaram um folclore que é realmente o espelho fiel da nossa vida turbulenta, jogada e menosprezada mas, apesar de tudo, embriagada de otimismo e de candura infinita. (PRICE-MARS, 1956, p.44).[47] (Tradução minha)

---

47 *D'abord, il est aussi composite que le peuple lui-même. Il a ramassé les éléments dont il est formé dans tous les avatars de notre vie aventureuse. L'Afrique lui a donné l'armature de nos croyances et de nos superstitions étoffées par l'animisme universel. Le monde tout entier lui a dispensé des ressources inépuisables pour édifier ses légendes. La France lui a cédé le mode et le moule de quelques-uns de nos contes. La vie paysanne âpre, simple et frugale en a offert le cadre. Les*

Na mesma linha de pensamento, Jacques-Stéphen Alexis salienta que três são os aportes constitutivos da cultura haitiana: i) indígena taïno chemès; ii) africano de várias regiões da África; iii) ocidental e mais particularmente francês. É esse mesmo resultado etnico-cultural observado de Alexis que se constata nas Américas que sofreram a colonização e escravização, conforme já retratado.

No contexto haitiano, o aporte indígena situa-se mais, sobretudo, no vodu, no *rara*,[48] no carnaval. O aporte do Ocidente observa-se, sobretudo, na língua crioula haitiana; e o aporte africano encontra-se em todas as esferas da cultura haitiana. É como Alexis sublinha:

> A contribuição africana representa a maior parte da constituição da cultura haitiana. Qualquer que seja o campo da atividade criadora do povo haitiano que se considerar, nele se encontra a marca indelével do africano. Quer se trate da literatura oral, de nossas lendas, de nossos contos cantados ou do extraordinário romanceiro de Bouqui e de Malice; quer se trate de música ou de dança, quer se trate de artes plásticas ou de religião, é a filiação africana

souvenirs douloureux et tragiques de la traite, les horreurs de l'esclavage, les vicissitudes de la dispersion ont fourni les personnages. Puis, l'imagination créatrice du nègre, son goût du rythme, son sens du lyrisme ont coloré la chanson, cadencé les bouts-rimés, enjolivé les légendes, en fin de compte, édifié un folklore qui est vraiment le miroir fidèle de notre vie trouble, ballottée et bafouée mais malgré tout enivrée d'optimisme et de candeur infinie.

48 *Rara* é uma festividade rural no Haiti, que consiste em desfiles de rua, geralmente durante a semana da Páscoa. Ela é composta por um conjunto de trompetes cilíndricos de bambu, que podem igualmente ser feitos de tubos de metal, por tambores, maracás etc. Também caracterizado por alguns instrumentos Taïno-ameríndios, como guiros e maracás.

> que se impõe ao espírito. É inegável que todas as obras têm a cor haitiana, elas nos pertencem, refletem a terra onde vivemos, assim como nossa história épica e não poderiam ser superpostas àquelas de tal ou tal outro povo negro, mas elas têm um ar de família indiscutivelmente negro (ALEXIS, 1956, p.253).[49] (Tradução minha)

Esses diversos aportes misturaram-se para formar a cultura haitiana, embora o elemento africano tenha dominado a todos os outros. No entanto, nas elites haitianas, é comum ouvir dizer que o Haiti é de cultura francesa, embora ao longo do século XIX, a maioria da população fosse analfabeta, monolíngue e falasse apenas o haitiano, se se preferir o crioulo haitiano. Até 1929, apenas um décimo (1/10) da população haitiana era bilíngue (PRICE-MARS, 1959). Quer dizer, noventa por cento da população falava apenas o crioulo haitiano. Mas isso não impediu as classes dirigentes de afirmarem que o Haiti era de cultura francesa e que o vodu não mais existia. Nesse ponto, a título de exemplo, Constantin Mayard,[50]

---

49 *L'apport que présente la plus grande partie dans la constitution de la culture haïtienne, est l'apport africain. Quel que soit le domaine de l'activité créatrice du peuple haïtien que l'on considère, on retrouve l'empreinte indélébile du nègre. Qu'il s'agisse de la littérature orale, de nos légendes, de nos contes chantés ou de l'extraordinaire romancero de Bouqui et de Malice, qu'il s'agisse de musique ou de danse, qu'il s'agisse d'art plastique ou religion, c'est la filiation africaine qui s'impose à l'esprit. Certes, toutes ces oeuvres ont la couleur haïtienne, elles nous sont propres, elles reflètent la terre où nous vivons ainsi notre histoire épique, et ne sauraient être superposées à celles de tel ou tel peuple nègre, mais elles ont air de famille indiscutablement nègre.*

50 Constantin Mayard (1882-1940) foi um político, diplomata e escritor haitiano. Foi membro da elite econômica e apoiou a ocupação do país

na sua conferência inaugural pronunciada em Paris na sessão anual de *Œuvres des Isolées Coloniaux*, afirma:

> Não podia mais prever que, ainda hoje, a antiga Saint-Domingue, tornada o Estado livre do Haiti, de língua e de cultura francesas, permaneceria, graças à sua situação geográfica e sua formação, um centro de influência da primeira ordem de importância para a França, nesta zona do hemisfério americano. (MAYARD, 1934, p.7).[51] (Tradução minha)

Mayard afirma ainda que a história haitiana, particularmente até o início do século XX, é apenas um capítulo, um capítulo desassossegado, certamente, da França.[52] Outros escritores não hesitam em escrever que a totalidade da população falava ou compreendia francês fluentemente. Por exemplo, respondendo aos viajantes que pretendiam que a maioria dos Haitianos que falava crioulo fosse tratada de *petit-nègre* engraçado e infantil, um dos mais importantes escritores haitianos do século XIX, Louis-Joseph Janvier, em *Les Détracteurs de la race noire et de la République d'Haïti* (1882), não hesita em alegar que a língua francesa é o idioma

pelo governo estadunidense. Publicou inúmeros poemas em jornais e, em 1933, organizou alguns deles publicados sob o título *Trente Poèmes.*

51 *Il ne pouvait pas davantage prévoir que, de nos jours encore, l'ancienne Saint-Domingue, redevenue l'Etat libre d'Haïti, de langue et de culture française, resterait, grâce à sa situation géographique et grâce à sa formation, un centre d'influence de premier ordre d'importance pour la France, dans cette zone de l'hémisphère américain.*

52 Mayard baseia-se nos aportes que o Haiti ofereceu para a independência de outros países (Estados Unidos, Santo-Domingo, Venezuela). Permite, assim, dar a ver que o Haiti é filha mais velha da França, na medida em que dá continuidade aos ideais da Revolução Francesa.

comum no Haiti, o único em uso, e que todos os camponeses a compreendem (JANVIER, 1882, p.27 *apud* HOFFMAN, 1995, p.102). Nessa mesma linha, indignado de ver sua pátria considerada como a da superstição, até mesmo do canibalismo, Louis Audain escreveu, em 1903, em *Quelques fragments inédits de notre histoire contemporaine*: fala-se de vodu como se ainda existisse; mas aquilo só vive no estado de memória (AUDAIN, 1903, *apud* HOFFMAN, *op. cit.*, p.103). A se seguir essas observações, notar-se-ia em primeiro lugar uma rejeição, um não-reconhecimento ou ainda uma ocultação do aporte africano na cultura haitiana. Notar-se-ia igualmente a co-habitação de dois mundos com duas culturas: o mundo das elites dirigentes, de cultura e de língua francesas e o da massa popular de cultura africanizada e de língua crioula (como será estudado no próximo capítulo).

Um autor como Jacques-Stéphen Alexis re(des)configura essa co-habitação de dois mundos no mesmo espaço de maneira magistral. Nas suas obras romanescas, essa contradição é, muitas vezes, re(des)configurada como uma denúncia acerba contra injustiças, que elas sejam sociais, culturais, institucionais e religiosas. Nesse registro, a observação de Mudimbe-Boyi (1992), segundo a qual gritos de protesto estão presentes em todas as obras romanescas de Alexis, pode ser utilizada como instrumento de leitura das obras literárias no Haiti, sobretudo, a partir do século XX para cá. São gritos relacionados, como assinala igualmente Mudimbe-Boyi, à denúncia da alienação cultural daqueles que se distanciam da massa popular, da cultura tradicional, denúncia da alienação econômica do país diante os Estados Unidos, assim como da miséria da grande massa e da opulência da pequena elite.

Pela formação dos povos das Américas que sofreram a colonização e escravização – como o Haiti –, os estudos das literaturas conduzem sempre a questões de "etnografia tradicional"; tendo em vista que a formação desses povos (conforme observam autores como Jean Price-Mars, Fernando Ortiz, Jacques-Stéphen Alexis, Édouard Glissant, René Depestre, entre outros), é fruto de contatos entre civilizações diversas (povos autóctones, espanhóis, franceses, africanos provindos de regiões diversas etc.). É a síntese de todos esses contatos que, mais tarde, dá luz a uma cultura e a obras de cor caribenha, americana e haitiana, como afirma Mudimbe-Boyi (1992). Dessa forma, os estudos das literaturas das Américas impõem, sempre, a necessidade de (re)visitar o passado, de (des)figurar a história desses povos emergidos da colonização; pois as atrocidades provenientes da colonização e escravização assombram os imigários dos povos-descendentes delas, o que faz com que as expressões literárias que se afirmam depois do colapso do sistema escravocrata dialoguem com um passado longínquo, que se relaciona mais com uma etnografia tradicional do que com uma tradição literária.

Seguindo essa perspectiva, muitos teóricos dessas literaturas propõem uma estética "histórica", pela qual os conceitos de identidade-relação e de transculturação se revelam promissores. Essa estética convida inventores artísticos e literários a introduzir nas suas obras crenças religiosas, contos populares, costumes, assim como a vida social, econômica e política dos seus concidadãos em suas obras. É justamente, segundo esse viés, que se movimenta a estética do *Indigénisme Haïtien*; seu objetivo é aquele de reabilitar o aporte africano na cultural nacional (LAROCHE, 1981), defendendo a entrada da tradição, de folclore, de valores da massa popular na obra artístico-literária. Ainda: é justamente essa estética que Jacques-Stéphen Alexis defenderá em sua escrita.

A essa altura, faz-se necessário retratar no capítulo que se segue o que chamamos de particularidade haitiana, com alguns esboços sobre o surgimento do Haiti como nação independente, bem como prosseguir com o estudo do chamado *Indigénisme Haïtien* para que se possa compreender a articulação dos estudos apresentados acima sobre a construção dos imaginários artístico e literário nas literaturas das Américas.

II. A particularidade haitiana: Haiti como terra matriz

A terra matriz dos países antilhanos, Haiti.
Que não cessa de pagar a audácia que teve de conceber e erguer a primeira nação negra do mundo da colonização.
Que durante duzentos anos experimentou o que significa o Bloqueio, cada vez renovado.
Que sem trégua sofre em seus acampamentos e seu mar louco, e cresce em nossa imaginação.
Que por sua vez foi distribuído nas Américas, Caribe, Europa e África, refazendo a diáspora (Édouard Glissant. *Traité du Tout-monde*, 1997).[1] (Tradução minha)

Todas estas palavras: verdade, alienação, apropriação, habitação, "em casa", ipseidade, lugar do sujeito, lei, ficam, aos meus olhos, problemáticas (Jacques Derrida, *Le monolinguisme de l'autre*).[2] (Tradução minha)

1 *La terre matrice des pays antillais, Haiti.*
Qui n'en finit pas d'acquitter l'audace qu'elle eut de concevoir et faire lever la première nation nègre du monde de la colonisation.
Qui depuis deux cents ans a éprouvé ce que le Blocus veut dire, chaque fois renouvelé.
Qui sans répit souffre ses campements et sa mer folle, et grandit dans nos imaginaires.
Qui s'est distribuée à son tour dans les Amériques, la Caraïbe, l'Europe et L'Afrique, refaisant diaspora.

2 *Tous ces mots: vérité, aliénation, appropriation, habitation, "chez soi", ipseité, place du sujet, loi etc., demeurent à mes yeux problématiques.*

A "particularidade" haitiana

Quando, no seu poema, Édouard Glissant considera o Haiti como "a terra matriz dos países antilhos que concebeu e ergueu a primeira nação do mundo da colonização e a distribuiu nas Américas, no Caribe, na Europa e na África", conforme a epígrafe acima, ele se inspirou na História do Haiti, que serve de fonte de inspiração para várias gerações de escritores haitianos e estrangeiros.[3]

Em 1804, após uma revolta dos escravizados que durava doze anos,[4] o Haiti tornou-se o primeiro país da América Latina a conquistar sua independência e a primeira nação negra independente do Novo Mundo. Essa independência foi considerada pelas potências colonialistas ou escravagistas como um perigo a ser evitado e combatido – o contexto é, pois, aquele de um mundo escravista, onde "a escravidão só virá a ser abolida tardiamente se pensarmos em casos como aqueles das Antilhas francesas (1848), dos Estados Unidos (1863), de Cuba (1886) e do Brasil (1888)" (HOFFMAN, 1995, p.157; SANTANA, 2003, p.61).

---

3 Nesse ponto, dentre autores estrangeiros que se inspiram da História para compor suas obras romanescas e teatrais, cabem citar: Victor Hugo (*Bug Jargal*, 1820), Alphonse de Lamartine (poema épico, *Toussaint Louverture*, 1850), Victor Scholcheur (*Vie de Toussaint*, 1889), Alejo Carpentier (*Le royaume de ce monde*, 1954), Édouard Glissant (*Monsieur Toussaint*, 1961), Aimé Césaire (*Tragédie du rois Christophe*, 1963) entre outros.

4 Uma boa referência traduzida em português sobre a Revolução Haitiana é esta do Trinidadiano e Tobago: JAMES, Cyril Lionel Robert. *Os Jacobinos negros: Toussaint Louverture e a Revolução de São Domingos*. Trad. Afonso Teixeira Filho. São Paulo, SP: Boitempo, 2000. Ela foi publicada originalmente em francês, em 1939, com o nom *Les Jacobins noirs: Toussaint Louverture et la révolution de Saint- Domingue*.

O Haiti passa, então, a representar um exemplo tão perturbador quanto perigoso por ser a imagem de um foco de infecção revolucionária. Deveria, então, ser desviado o seu contato das demais regiões do Novo Mundo, sob pena de sofrerem a "maldição" pelo contágio (SANTANA, *op. cit.*, p.61) – eis aí pretextos com os quais todas as potências escravagistas ou colonialistas da época trabalharam para isolá-lo e asfixiá-lo. Isolado, enfraquecido e empobrecido, por reivindicar o direito à liberdade, o Haiti colocou-se virtualmente em guerra com grande parte da humanidade (PRICE-MARS, 1959, p.106). Os líderes haitianos viam-se, portanto, como observa Lannëc Hurbon (1987a), diante de um duplo desafio: superar divisões internas[5] criadas pela colonização e pela escravização e erigir um Estado independente capaz de se opor às potências escravagistas da época.

Consequentemente, as produções intelectuais do Haiti do século XIX (sobretudo, nos primeiros decênios) giram em torno dessa problemática: como responder às ameaças de estrangulamento da independência ou de restabelecimento da escravidão, defendendo a dignidade da nação recém-nascida; como lutar para (re)construir a imagem da raça negra; e, ao mesmo tempo, como

5 A primeira foi a divisão racial herdada da colonização. Em seguida, a divisão entre antigos escravizados crioulos (nascidos na colônia) e os antigos escravizados boçais (nascidos da África). É importante assinalar que o termo boçal, em português, refere-se ao escravo recém-chegado da África, que não falava ainda português. Nesse sentido, essa ocorrência lexical na língua portuguesa permite observar que o conceito boçal dá conta da divisão causada pela escravização. Assinala-se que, já durante a colonização, os primeiros se achavam superiores aos últimos. Há, ainda, a questão de *repartimiento* (política agrária). Aí estão os desencadeadores, em 17 outubro de 1806, do assassinato do proclamador da independência, Jean-Jacques Dessalines.

definir referências, valores para esse povo tão heterogêneo que não tinha em comum senão o ódio por seus ex-tiranos? Sobre essa problemática, o crítico alemão Ulrich Fleischmann, em *La Littérature haïtienne entre le régionalisme et l'internationalisation*[6] sublinha:

> No contexto da formação da nação, a literatura haitiana deve assumir uma dupla função, apologética e constitutiva, isto é, deve justificar, aos olhos do estrangeiro, o surgimento de um Estado de antigos escravos e incentivar a elaboração de uma consciência nacional e nacionalista junto a seus próprios cidadãos (FLEISCHMANN, 1968, p. 231 *apud* HOFFMANN, 1995, p.80).[7] (Tradução minha)

Os estudiosos da literatura do Haiti (estrangeiros e haitianos) reconhecem, com razão, que a literatura do país, de 1804 até o início do século XX, é uma literatura apologética: de um lado, explica o Haiti para os estrangeiros que mostram ignorar tudo sobre a História do país; por outro lado, elabora uma mentalidade coletiva nacional. É como escreve Frédéric Marcelin, em *Ducas-Hippolyte, son époque, ses oeuvres*: a literatura haitiana nos seus primeiros decênios de existência foi (e continua a ser) filosófica. Filosófica, na medida em que, como salienta Louis-Philippe Dalambert e Lyonel Trouillot (2010, p.41), questões como: Quem somos nós? O que queremos fazer de nós? Como

6 Texto original em alemão – *Die haitianische Literaturzwischen Regionalismus und Internationalisierung*–, citado em francês por Léon-François Hoffmann.

7 *Dans le cadre de la formation de la nation, la littérature est sensée assumer une double fonction apologétique et constitutive, c'est-à-dire qu'elle doit justifier, aux yeux de l'étranger, l'émergence d'un État d'anciens esclaves et encourager chez ses propres citoyens l'élaboration d'une conscience nationale et nationaliste.*

viver juntos? foram colocadas pela literatura, pela poesia, e não por textos de filosofia política.

Tratando a literatura haitiana como um discurso de génese, Frédéric Marcelin afirma:

> Nós a misturamos, esta literatura e, desde o início da nossa história, a todas as nossas lutas políticas. É ela que ilustrou nossas primeiras façanhas. É ela quem gravou nossos primeiros vagidos de liberdade (MARCELIN, 1878, p.167 *apud* HOFFMANN, *op. cit.* p.84).[8] (Tradução minha)

As observações de Marcelin sobre a literatura haitiana como discurso de gênese com e para a construção do imaginário coletivo no país sintetizam algumas ideias apresentadas no capítulo anterior: após o colapso do sistema da colonização e da escravagização, as literaturas que emergem se configuram como literaturas fundadoras, portadoras de um discurso de gênese. Além de se inscreverem em uma necessidade de nomear, de embelezar o real das Américas e representar a relação problemática entre espaço e violência histórica, essas literaturas procuram assumir um lugar no cenário mundial da literatura e no *concert international des nations* [concerto internacional das nações].

É por isso que, ao longo do século XIX, quando os detratores da independência do Haiti (etiquetada por eles de imatura) utilizaram as crises políticas provenientes das lutas pelo poder para denegrir a *raça negra*, os escritores haitianos passaram à ofensiva. Assim, como destaca Laënec Hurbon:

8 *nous l'avons mêlée, cette littérature et dès le commencement de notre histoire, à toutes nos luttes politiques. C'est elle qui illustra nos premiers exploits. C'est elle qui enregistra nos premiers vagissements vers la liberté.*

> Curiosamente, quase todos os escritores haitianos do século XIX (historiadores e antropólogos em particular) pretendem se situar naquilo que chamaram "defesa e ilustração da raça negra" no Haiti. Na verdade, tratava-se, para eles, de sustentar o programa da antropologia defensiva que tendia a mostrar que os ideais, os sistemas de valores, as práticas culturais do povo haitiano recentemente liberado da escravidão eram totalmente conformes aos da civilização ocidental (HURBON, 1987a, p. 82).[9] (Tradução minha)

Na perspectiva de conter as teses falaciosas sobre a *raça negra*, autores haitianos produzem nas suas obras um *contra-discurso*, um discurso, a um só tempo, ofensivo e defensivo. No final do século, para provar a atitude da raça negra à civilização, para refutar a definição do mundo negro como lugar por exelência do desenvolvimento da tirania, do canibalismo e da superstição (HURBON, 1987b, p.55), viu-se surgir um conjunto de obras que têm como linhas de força: defender e reabilitar a *raça negra*. Nessa perspectiva, em 1884, Louis-Joseph Janvier publica *L'égalité des races* e, um ano mais tarde, Anténor Firmin, em 1885, lança *De l'égalité des races humaines:*

---

9 *Curieusement, presque tous les écrivains haïtiens du XIXe siècle (historiens et anthropologues en particulier) prétendent se situer dans ce qu'ils ont appelé la "défense et illustration de la race noire" en Haïti. À la vérité, il s'agissait pour eux de soutenir un programme d'anthropologie défensive qui tendait à montrer que les idéaux, les systèmes de valeurs, les pratiques culturelles du peuple haïtien récemment libéré de l'esclavage étaient en tout point conformes à ceux de la civilisation occidentale.*

Anthropologie positive.[10] Em 1893, oito anos após o lançamento da obra de Firmin, Anibal Price publica *De la réhabilitation de la race noire par la République d'Haïti.*[11] Todas essas obras se

10 O título da obra de Firmin, *De l'égalité des races humaines* é uma paródia ao título do ensaio *Inégalité des races humaines* (1853-1855) do conde Joseph-Arthur de Gobineau. Nessa obra, Gobineau busca estabelecer teorias sobre supostas diferenças das raças humanas, que foram bem recebidas, sobretudo na Europa. Tomando como mote teses de desigualdades raciais desenvolvidas na época e essa obra de Gobineau, Antenor Firmin publica trinta anos após a de Gobineau, *De l'égalité des races humaines*, em que demonstra inconsistências lógicas, históricas e científicas de supostas doutrinas que defendem desigualdade natural das raças humanas. Através 650 páginas da obra, Firmin estuda conquistas da cultura negra desde o Egito antigo, passando pelo vale do Nilo, Sudão, Etiópia, detendo-se na conquista dos antigos escravizados que derrotaram as tropas francesas e fundaram a primeira "República Negra" independente do novo mundo. Evidenciando potenciais dos povos negros, Firmim defende nessa obra a principal tese de que todas as raças humanas são iguais, sem distinção de cor, de fisionomia. Embora o livro de Firmin revele-se um estudo fundamental sobre a natureza humana, a obra não somente foi marginalizada; foi-se necessário esperar até 2005 para que fosse traduzida em inglês.

11 Da mesma forma como Firmin, Hannibal Price publica *De la réhabilitation de la race noire par la République d'Haïti* (1893) contra as representações que marginalizam e discriminam a raça negra em geral e o povo haitiano em particular. A obra de Hannibal Price é igualmente uma resposta ao livro *Hayti, or The black Republic* do inglês protestante Spenser St-John publicado em Londres en 1884, traduzido e publicado em Paris em 1886 sob o título *Haiti ou la République Noire*. St-John busca representar o povo haitiano como povo bárbaro, sem civilização, que pratica cerimônias bárbaras. Com base nessas representações racistas, na sua obra de mais setecentos páginas, além de questionar o princípio da identidade do homem na sua diversidade racial, Hannibal Price busca combater o que ele chama de "*littérature malsaine*" dos intelectuais pró-escravidão,

inscrevem na lógica de defender e reabilitar a *raça negra*, cujos autores haitianos pretendem ser sua porta-voz.

Assim como salienta o crítico haitiano Duraciné Valval, nessa época, cada texto escrito por um Negro ou um Mulato[12] diminui o número de inimigos e de detratores do Haiti e aumenta o número daqueles que estão convencidos da capacidade moral e intelectual dos negros (1933, p.476). A escrita passa a ser, desse modo, um registro, uma paixão para os intelectuais haitianos do século XIX, que evidenciam potenciais do povo negro em geral, a fim de construir uma imagem posivista com e para a *raça negra*.

Todavia, é graças a um duplo discurso que os escritores haitianos do século procuram defender e/ou (re)habitar a *raça negra*: um é endereçado ao estrangeiro; outro aos seus concidãos haitianos. De acordo com Hoffmann (1995, p.102), o patriotismo se volta, às vezes, no primeiro discurso, para o chauvinismo; a valorização de qualidades e de sucessos de haitianos não evitam o exagero para combater as representações caricaturais de seus detratores. Nesse sentido, para que se logre tocar os estrangeiros a quem se dirige, esse discurso deve ser publicado ou pelo

---

muitas vezes racistas, que não fazem senão produzir teorias falaciosas sobre diferenças entre as raças.

12 Apesar de, muitas vezes, o termo "mulato" ter uma conotação pejorativa, o emprego neste trabalho tal como foi utilizado na colônia e no Haiti pós-independente: o sujeito de cor da pele clara que gozava mais privilégio em relação ao escravizado e antigo-escravizado de cor da pele escura. Como observa igualmente Jean Reynold Jean-`Pierre em seu texto, *La Révolution anti-esclavagiste et anti-colonialiste de Saint-Domingue 1789 – 1804*, vantagem da cor de pele na colônia era tão evidente que, apesar de os mulatos serem considerados inferiores ao sujeito de cor da pele branca, sob pretexto que têm pele mais clara do que o sujeito de cor da pele escura, eles não paravam de discriminar esses últimos.

menos difundido no exterior, isto é, quase sempre na França, em Paris. No discurso endereçado aos haitianos, exprimem-se em panfletos ou em periódicos nacionais ou, ainda, em obras ficcionais publicadas no Haiti, as quais não podem sair do país (HOFFMANN, *op. cit.*, p.103): como se tratam de autocríticas ou críticas severas endereçadas às elites do país e aos seus concidadãos, esse discurso arriscaria contribuir para macular a imagem do país. É como diz o ditado haitiano: *rad sal lave an fanmi* (roupas sujas se lavam em casa).

Dessa forma, o primeiro período de implantação do Estado no Haiti parece se estender de 1804 a 1915, que corresponde tanto a uma longa busca dos governos haitianos junto às potências coloniais para obter e consolidar o reconhecimento da independência (HURBON, 1987a), quanto a uma busca de se aproximar as essas potências no que se refere a valores, religião e costumes (FLEISCHMANN 1976; DAMBERT & TROUILLOT, 2010). De fato, para parafrasear Laënec Hurbon, era necessário para a elite da época que envidasse todos os esforços para apresentar o Estado-Nação haitiano segundo o modelo ocidental e, assim, trabalhar para impulsionar, na clandestinidade, as práticas culturais específicas do povo haitiano, consideradas no Ocidente símbolos primitivos ou bárbaros. Nessa conjuntura, o culto do vodu, a língua crioula (criada no contexto da sociedade da escravidão), os costumes familiares (reabilitados da África ao Haiti) devem ser vistos como obstáculos para participação do país na universalidade humana, representada pelo modelo cultural ocidental (HURBON, *op. cit.*, p.12). Por conseguinte, o vodu – enquanto sincretismo religioso e cultural que salvaguarda elementos culturais mais diversos dos ancestrais – foi acusado de macular a reputação da nação haitiana com suas práticas; foi, por isso mesmo, sistematicamente vilipendiado por um conjunto de campanhas chamadas 'anti-supersticiosas'.[13] Em 1860, com a Concordata[14] assinada entre o Vaticano e o Estado haitiano, oficializou-se o catolicismo como religião de Estado e, por ricochete, oficializou-se a campanha anti-vodu – pois, o Vodu foi visto como superstições, fetichismo, aspectos primitivos das crenças religiosas guardadas no meio rural. Impunha-se destruí-lo. De acordo com Lewis Ampidu Clorméus,

> Em um relatório apresentado ao ministro dos cultos em 1861, o padre Pascal propõe eixos e meios de intervenção a fim de "moralizar e civilizar a República Haitiana". Nessa perspectiva, deseja "abolir a religião Vodu", pôr fim às "reuniões diabólicas" que atrapalham o "progresso do Evangelho" e a tranquilidade do país. É ali que se tramam as conspirações,

13 Nicholls (1975), Jean Pierre (2009) e Clorméus (2012) permitem observar que, a partir da assinatura da Concordata de 1860 a 1942, cinco campanhas oficiais antisupersticiosas foram organizadas pela Igreja Católica em colaboração com o Estado (1864, 1886, 1911-1912, 1930, 1939-1942). Segundo Nicholls (1975, p.666), na segunda campanha de 1911-1912, circulavam panfletos da presidência, incentivando repressões contra o *vodou*, a exterminações de fiéis e principalmente o *hougan* (sacerdote do vodu). Nesses panfletos, o então presidente do país, Cincinnatus Leconte, chama a atenção dos camponeses sobre as penas severas que são reservadas para quem adere à religião vodou no código penal haitiano vigente.

14 Em 28 de março 1860, em Roma, a Igreja Católica e o Estado haitiano assinaram uma Concordata denominada "Concordata de 1860", que permite à igreja católica implementar sua própria disciplina sem a intromissão do Estado. Também a Concordata conferiu à igreja católica a educação e a "formação de uma elite pró-ocidental, vitrine para o reconhecimento do país no exterior" (JEAN PIERRE, *idem*, p.70).

> é ali que o culto à idolatria está ainda em evidência (CLORMÉUS, 2012, p.105).[15] (Tradução minha)

Entretanto, as perseguições da religião vodu foram anteriores à Concordata de 1860, que vem apenas oficializá-las. Isso porque, embora desempenhasse papel de vanguarda nas revoltas pela independência do país,[16] logo após sua conquista, o vodu foi considerado incapaz, pelas autoridades haitianas, de garantir à nação um reconhecimento internacional. Dessa forma, como igualmente observa Jean Gardy Jean Pierre em sua dissertação *Haiti uma República do Vodu?*, a rejeição do vodu viabiliza a

---

15 *Dans un rapport adressé au ministre des cultes en 1861, le père Pascal propose des axes et moyens d'intervention en vue de "moraliser et civiliser la République Haïtienne". Dans cette perspective, il souhaite "abolir les Vaudoux", en finir avec les "réunions diaboliques" qui nuisent au "progrès de l'Évangile" et "à la tranquillité du pays. C'est là que se trament les conspirations, c'est là que le culte idolâtre est encore en honneur.*

16 Em 1791, o Haiti lança as bases de sua independência com uma célebre cerimônia de vodu em Bois- Caïman. Na noite do dia 14 de agosto 1791, sob a direção de Boukman, aconteceu uma cerimônia no Bois-Caïman, onde morava Lenormand de Mezi (localizada no norte do país); ali, os escravizados presentes juraram fidelidade entre eles e rezaram ao seu Deus (PRICE-MARS, 1928). Boukman – cujo nome completo é Dutty Boukman (*houngan*, sacerdote de vodu que foi um dos primeiros líderes mais em evidência do início da Revolução haitiana) - liderou essa cerimônia que teria sido um catalisador para a revolta dos escravos, antes de ser morto pelos franceses em novembro de 1791. Os franceses exibiram sua cabeça em uma tentativa de dissipar o mito de invencibilidade que se cultivara sobre Boukman. Nessa cerimônia, um porco é sacrificado e todos bebem o sangue do animal (pacto de sangue) e fazem juramento de fidelidade à luta. O vodu é sempre visto como uma religião de resistência, o que explica quiçá que seja sistematicamente perseguido pelas autoridades.

coexistência de dois mundos: uma pequena elite que tem como referência o ocidente e sua cultura e uma classe média voltada igualmente para o ocidente; bem como uma grande massa de camponeses marginalizada, que conserva os traços das culturas ancestrais de matrizes africanas.

Com efeito, apesar dos esforços de alguns autores, como dos poetas Oswald Durand (1840-1806), Maxillon Coicou (1867-1908) e dos romancistas Justin Lhérison (1872-1907), Antoine Inocent (1873-1960), a literatura haitiana, de 1804 a 1915, foi dominada por tendências da elite da época: o objetivo era demonstrar, direta e indiretamente, que o haitiano negro, como o branco, era capaz de criar literatura. Porém, como ressalta Fleischmann (1976), o branco era o francês e, durante o primeiro século da independência, os haitianos educados sentiram-se realmente assombrados pela França: vestiam-se, comiam, pensavam à francesa e, sobretudo, escreviam poemas seguindo as escolas francesas. É justamente essa tendência afrancesada da elite que o etnólogo haitiano Jean Price-Mars censura em todas suas obras etnográficas: acusa-a de elite de indolência, criticando-a por julgar-se um *Français coloré*.

Assim, a realidade da grande massa haitiana, a cultura, o crioulo haitiano, o vodu, bem como a tradição popular e o folclore foram negligenciadas na literatura haitiana (DALEMBERT e TROUILLOT, 2010). Foi necessário esperar o aparecimento do *Indigénisme* para que a literatura haitiana se emancipasse e abandonasse as cascas de modelo para valorizar o folclore e a cultura popular – e, por conseguinte, o vodu e as falas populares. Foi necessário igualmente esperar esse momento para que se observasse uma exploração da complexidade linguística do país, para que camponeses aparecessem nas obras literárias não mais como objeto de desdém, mas como seres autênticos, depositários da cultura de matriz africana.

O *Indigénisme Haïtien*: o espírito migrador e a consciência transnacional

A História Literária observa que, em geral, os movimentos artísticos e literários são produtos de certos fatores, muitas vezes exteriores, de um tempo determinado. Nesse viés, é importante ressaltar que o *Indigénisme Haïtien* não escapa a essa lógica. Ele é tributário de antecedências ou fatores históricos, internos e externos. Os fatores exteriores têm a ver com as próprias mudanças registradas no início do século XX. No que diz respeito às antecedências internas, importa frisar a situação política do país no início desse século que conduz a invasão estadunidense do país. Segundo essa baliza, o movimento *Indigéniste Haïtien* deve ser compreendido a partir desses acontecimentos históricos registrados naquele século.

Alguns antecedentes

No século XX, registram-se acontecimentos que provocavam transformações radicais e profundas na estrutura social, no pensamento e no modo de agir dos seres humanos. Autores de várias áreas de conhecimento não hesitam em ressaltar influências, desdobramentos dos acontecimentos desse século no psiquismo coletivo e no imaginário coletivo. Observa-se durante esse período, entre outros: o apogeu da época industrial e técnica, a formação de classe proletária, o estabelecimento do capitalismo (BRITO, 1997), sem esquecer as duas guerras mundiais, as lutas de classe, as crises econômicas de 1929-30, as guerras civis. De acordo com a abordagem de João Luis Lafetá, naquele século, o mundo inteiro é marcado por um recrudescimento de lutas ideológicas: fascismo, nazismo, comunismo, socialismo e liberalismo medem suas forças em disputa ativa; os imperialismos se expandem, o capitalismo se consolida e, em contrapartida, as frentes populares se organizam para enfrentá-lo (LAFETÁ, 2000, p.16-17).

Foram consideráveis os impactos desses acontecimentos no campo da arte e da literatura. De acordo com Normelia Parise, ao longo daquele século, no momento em que a Europa "*se crioulizá*", para retomar o termo de Glissant (1996); no momento em que, "em Paris, então capital cultural e literária, as "artes negras" passam a ocupar lugar de destaque na produção e reflexão sobre a música, a pintura, a escultura, a literatura" (PARISE, 2014, p.73, grifos meus), nas Américas e no Caribe encontra-se a (re)valorização e/ou a (re)habilitação do índio, do negro, do camponês, do excluído do interior. Logo se observa a constituição de uma arte e de uma literatura que abraçam problemas do seu tempo. Nessa conjuntura, nas Américas e no Caribe, surgiram movimentos artistíco-literários, como sublinha Parise (*op. cit.*), o Modernismo, a Antropofagia, o *Indigénisme*, a Negritude buscavam valorizar o índio, o negro, a fim de incorporar a cultura popular e a tradição oral à produção artística e literária.

No que tange ao Haiti, no final do século XIX, enquanto o país se preparava para a celebração, em 1904, do centenário de sua independência, muitas vozes avisadas se elevaram para alertar a elite dirigente (elite "indolente", e que continua a sê-lo ainda hoje) do futuro perigo no qual cairia a nação, caso não se achasse um *consensus* sobre problemas e dissensos nacionais. Entretanto, essas vozes não foram ouvidas, e dissensos fratricidas acumularam-se até 1915 – ano fatídico para a nação haitiana.

Assim, de acordo com David Nicholls (1975), o dia de 27 de julho de 1915 é data que ficará gravada na memória coletiva do povo haitiano. Segundo Price-Mars, embora não haja povo no mundo mais ciumento para proteger ou defender sua independência que o povo haitiano (PRICE-MARS, 1959), em 27 de julho de 1915 ele assistiu impotente à invasão de seu território por soldados estadunidenses, que impuseram uma ocupação militar[17] sem precedentes. Tal ocupação transformava o Haiti em verdadeira colônia dos Estados Unidos, de modo que o supremo comissário da ocupação tinha mais poder do que o presidente (BELLEGARDE, 2012). Essa ocupação foi vista pela maioria da população como uma segunda colonização do país. Um autor como Maximilien Laroche considera essa data como o ano do início da recolonização do Haiti. Eis porque a necessidade de se organizar a fim de desocupar o país tornava-se o espírito mesmo do período. Entende-se, então, por quais razões Jean Price-Mars, em seu ensaio intitulado *Essai sur la littérature et les arts haïtiens de 1900 à 1957*, salienta que a invasão estadunidense do território haitiano foi uma verdadeira catástrofe, pois o ocupante considera o haitiano um povo selvagem, sem civilização e sem cultura (PRICE- MARS, 1959), pretexto fútil evocado para acabar com a cultura local e substituí-la por aquela dos estadunidenses. Assim, os estadunidenses se davam por missão "civilizar" e calar a "barbárie" (JEAN-PIERRE, 2009, p.73).

17 O Haiti terminou o século XIX e iniciou o século XX imerso em crises de instabilidades políticas crônicas. Conforme destaca Gaillard (1993), no intervalo que precede 1915, a sociedade haitiana foi abalada por revoltas camponesas. Nessas situações de tensão, de 1911 a 1915, seis presidentes se sucederam na direção do país, e no ano 1915, quatro nomes se apresentaram para a sucessão presidencial.

Essa situação foi entendida pela maioria da população como uma humilhação. Diante dessa humilhação, a indignação, a revolta ou submissão passam a serem as únicas portas da saída. O poeta haitiano Edmond Laforest (1876-1915), por exemplo, escolhe simplesmente o suicídio. Em 17 de outubro de 1915, dia do assassinato do fundador da Nação-Haitiana, Laforest faz um pronunciamento público, criticando a elite haitiana e exprimindo seu repúdio a essa ocupação estadunidense. Acreditando ser a melhor forma de repudiar essa ocupação, com um dicionário francês no pescoço, ele se mata em uma piscina. Mas, inúmeros haitianos que se sentiram machucados até o fundo dos ossos não seguiram Laforest, e escolheram a revolta para repudiar essa ocupação. Foi ali que ocorreu uma onda de resistência, inicialmente armada, em seguida cultural e ideológica; seus impactos iriam se instalar profundamente nas letras, na arte e no pensamento do povo haitiano.

Se a ocupação estadunidense do Haiti se deu em razão de crises políticas internas, importa igualmente ressaltar que a velha pretensão das grandes potências como França, Alemanha, Estados Unidos em controlar o Haiti igualmente contribuíram para desencadeá-la. Nesse sentido, tais crises foram utilizadas como pretextos para a invasão dos *marines* estadunidenses. Isso significa sublinhar que essa ocupação militar do Haiti se inscrevia nas grandes linhas da política exterior do governo estadunidense no decorrer do século XX. Afinal, como se sabe, um dos objetivos capitais daquele governo foi o de impedir que potências europeias interviessem nas políticas internas da região.[18] Assim, duran-

---

18 A esse respeito, importa lembrar a famosa doutrina – comumente chamada "doutrina de Monroe" – do ex-presidente dos Estados Unidos de 1818 a 1825, James Monroe (1758-1831): "a América para os americanos".

te a primeira parte do século XX, viu-se que os Estados Unidos ocuparam vários países do Caribe; por conseguinte, a invasão do Haiti, em 1915, fazia parte de uma estratégia que visava controlar toda a região caribenha (NICHOLLS, 1975, p.656).

Como observado anteriormente, a invasão estadunidense não encontrou uma verdadeira resistência armada no país. A história retém o nome de Pierre Sully como único soldado que não obedece à ordem da força ocupante e que, por isso, é executado. Porém, como suas principais ações (repressão constante contra o povo, sistema de corveia, destruição da base econômica da vida dos trabalhadores rurais) afetavam os camponeses, no mesmo ano, são principalmente estes que oferecem resistências armadas marginais à força ocupante. Diante das resistências, em setembro 1918, o chefe da *gendarmerie* estadunidense abole a corveia (BELLEGARDE, 1937). No entanto, a ordem de abolição não foi plenamente cumprida; por consequência, o sentimento antiestadunidense dos camponeses se generalizou. Sob a liderança do antigo oficial do exército haitiano e chefe dos *Cacos,*[19] Challemagne Péralte organiza uma primeira insurreição que envolve cerca de 40 mil homens, dos quais apenas 5 mil homens foram armados. Em 1919, Charlemagne Péralte é preso e executado pelo capitão das forças ocupantes, Heerman Hanneken, que recebeu uma medalha de honra do então governo estadunidense como recompensa pela execução. O corpo de Péralte foi martirizado, estendido e fixado em um pedaço de madeira como se fosse um crucifixo, e exposto à população. Apesar dessa barbárie, as resistências armadas contra as forças ocupantes continuaram, lideradas dessa vez pelo tenente Benoit

---

19 *Cacos* é o nome dado, desde o século XIX, aos revolucionários do Norte do Haiti; aqueles do Sul são chamados *Piquets*.

Batraville, o qual também é executado pelas forças estadunidenses em 1920. Essas insurreições terminam em 1920. Apoiado no historiador Raymodo Leslie Buelle, Dantès Bellegarde, em *La résistance haïtienne: L'occupation américaine d'Haïti* relata:

> Os haitianos declaram que durante essa revolta foram executados 3.500 camponeses haitianos; o então periódico *Union Patriotique* destacou 4.000 prisioneiros mortos em Cabo-Haitiano e 5475 mortos no campo de concentração de Chabert. A comissão senatorial de investigação de 1921 a 1922 estima o número de vítimas haitiano a 1.500 e de 12 a 15 o número dos ocupantes mortos. [...] (BELLEGARDE, *op. cit.*, p.57).[20]

Ainda: o autor sublinha que, apesar de muitos processos na Corte marcial pelo governo haitiano contra *marines* acusados de execução ilegal de haitianos, nenhum soldado acusado foi julgado. Estes são apenas alguns dos exemplos mais brutais da ação e da barbárie da força ocupante sobre o povo haitiano. Com o racismo, a discriminação racial, social e econômica que a ocupação carrega consigo, muitos membros da elite haitiana que apoiaram inicialmente essa ocupação passam a militar na oposição. Acostumada a se pensar como uma aristocracia de pele clara, todos eram vistos aos olhos dos estadunidenses igualmente como negros, com todo o peso de discriminação social

20 *Les Haïtiens ont déclaré que, pendant cette insurrection des Cacos, 3,500 paysans furent tués; que, de plus, suivant l'Union Patriotique, 4,000 prisonniers moururent dans la prison du Cap-Haïtien et 5,475 dans le camp de concentration de Chabert. La commission sénatoriale d'enquête de 1921-1922 estima le nombre des victimes haïtiennes à 1,500 et celui des marines tués à 12 ou 15.*

e econômica que isso implicava na sociedade haitiana. Antigos apoiadores passam a criticar a política educacional dos invasores por privilegiar questões técnicas sobre os estudos clássicos tradicionais, revelando certo ressentimento da elite haitiana contra o materialismo dos estadunidenses (ANDRADE, 2016).

Dessa forma, a ocupação estadunidense leva as elites, sobretudo econômica e intelectual do país, a perguntar-se sobre sua identidade, de modo diverso àquele que costumavam. Eis então que, no seio de tais mudanças históricas e tensões sociopolíticas, surgiu no Haiti, nos primeiros decênios daquele século, o que ficou conhecido no pensamento haitiano como movimento *Indigéniste* ou *Indigénisme.*

A Revue Indigène *e suas aspirações*

Embora o conceito de *Indigénisme*, pelo valor que carrega, tenha existido nas letras haitianas desde a independência do país em 1804, ele eclode como movimento artístico-literário-cultural e político com o lançamento da *Revue Indigène*[21] e com um programa definido em 1927.

Importa salientar, antes de tudo, que o termo *indigène* origina-se do latim *indigena*: *indi*, ou *endu* (no interior, no país) e *gena* (nascido, inusitado, gerar). De acordo com o *Universalis Encyclopédie d'Anthropologie*, no *Dictionnaire de la Langue Française, Lexilogos. Tome, 3 [1873]* e *Dictionnaire de l'Académie*

---

21 A *Revue Indigène*, com subtítulo *Les arts et La vie*, dirigida por Emile Roumer, foi fundada por um grupo de jovens escritores da então elite decadente haitiana, dentre outros, Normile Sylvain (1900-1929), Jacques-Roumain (1907-1944), Antonio Vieux (1904-1961), Carl Brouard (1902-1965), Philippe Toby- Marcelin (1904-1975), Emile Roumer (1903-1988), Daniel Heurtelou (1904 -?).

française. 8 éd. T.2 [1932], o termo *indigène* pode ser utilizado em duas acepções: a primeira adjetiva; a outra, substantiva. *Indigène,* como substantivo, refere-se àquele originário de um país ou de uma região; ainda como substantivo, refere-se a quem desde sempre habita em um país; diz respeito, igualmente, a plantas, a animais e a produções (plantas indígenas, animais indígenas, produções indígenas) (DAF, 1932). Todavia, esse termo ganha conotações pejorativas, a ponto de ser utilizado como insulto. No Haiti, durante muito tempo, *indigène* é considerado um dos maiores insultos que se pode infligir a uma pessoa. É nesse sentido que, Normil G. Sylvain, assina o primeiro número da revista, e escreve: "como se faz da palavra *indigène* um insulto, nós a reivindicamos como um título, o ponto de vista do *indigène*" (SYLVAIN, 1927, p.10).[22] (Tradução minha)

O primeiro número da *Revue* data de julho de 1927, sob a dominação de *Chronique- Programme*. Nesse número, Sylvain expõe as grandes linhas do movimento:

> Queremos que, em todo o país, outras vozes se elevem. Os cantores são do Norte e do Sul, eles cantam o haitiano. Ajudam a conhecê-lo, a amá-lo conhecendo, revelam-nos para nós mesmos e dão-nos motivos de orgulho nacional (SYLVAIN, 1927, p.3).[23] (Tradução minha)

---

22 *comme on fait une manière d'insulte du mot indigène nous le revendiquons comme le titre, le point de vue de l'indigène.*

23 *Nous voulons que de tout le pays d'autres voix répondent. Les chanteurs sont du Nord et ils sont du midi, ils chantent le pays haïtien. Ils aident à le connaître, à l'aimer en le connaissant, nous révèlent à nous-même, nous donnent des motifs de fierté nationale.*

Os jovens da revista não se preocupam com a recepção de suas mensagens, para eles, importa a produção da mensagem. Sobretudo, são motivados pela ação de proferir "grito sincero" (SYLVAIN, *op. cit.*). Um grito sincero contra a exploração do homem pelo homem, um grito contra a injustiça estrutural, contra a alienação cultural e religiosa, um grito em prol da construção de outra consciência para enfrentar junto os problemas do momento.

Por isso mesmo, os representantes da revista descrevem objetivamente as grandes linhas do movimento. Eles deixam saber claramente que se trata de um convite para se juntarem. É segundo essa perspectiva que eles afirmam que, com essa Revista,

> I) Queremos tentar encontrar razões em comum para amar uns aos outros nas razões de crer; II) Reunir de um lado a alma de boas vontades que procuram seu caminho e vagam com salto alto na escuridão, reunindo-os através da arte pela Beleza; III) Encontrar o tempo onde os haitianos se amavam ou viver era para nós uma doçura, doçura em nossas paisagens tranquilas entre nossas montanhas e o mar que canta (SYLVAIN, *ibidem*, p.8).[24] (Tradução minha)

Ainda, Sylvain salienta que o objetivo da Revista é propor um quadro fiel e vivo das diversas manifestações da vida e do pensamento do Haiti contemporâneo, destacando que, com a

24 I) *Nous voulons essayer de retrouver en commun des raisons de s'aimer dans des raisons de croire;* II) *Réunir d'un côté unanime l'âme des bonnes volontés qui cherchent leur voie et errent à talons dans les ténèbres, les réunir par l'art, dans la Beauté ;* III) *Retrouver le temps où les haïtiens s'aimaient, où de vivre était chez nous une douceur, douceur dans nos paysages tranquilles entre nos mornes et la mer qui chante.*

Revista, desejam tomar posição na perspectiva daqueles que se arriscam para que houvesse no futuro um Haiti próspero, feliz e livre. Para compreender melhor os objetivos dos proponentes da *Revista,* torna-se necessário apresentar algumas breves notas sobre alguns acontecimentos que precedem ao lançamento do *Chronique-Programme.*

Como afirmado anteriormente, a intromissão dos estadunidenses na administração interna do Haiti, que era vista como a segunda colonização do país, provocou uma consciência sem precedência nas elites nacionais. A elite intelectual empreendeu um conjunto de colóquios, de fóruns, de conferências para preparar a opinião pública – nacional e internacional – contra a ocupação estadunidense. O etnógrafo haitiano Jean Price-Mars propôs, graças às suas conferências, estudar a origem do folclore da cultura haitiana; aliás, o conjunto de conferências proferidas sobre essa temática foi publicado em 1928 com o título *Ainsi parla l'oncle,*[25] obra que marcaria profundamente as produções intelectuais no país por muito tempo. O título dela remete a uma personagem principal dos contos populares haitianos: *Tonton Bouki* (tio Bouki), que está sempre acompanhado de Malice. Tonton Bouki e Malice são relevantes personagens do imaginário haitiano: o primeiro encarna a estupidez; a segunda, a astúcia. Nesse ponto, de acordo com Duraciné Vaval, existe no Haiti toda uma mina de lendas populares, espécie de troça,

25 Essa obra é uma compilação de conferências proferidas pelo autor no Haiti entre 1919 a 1922. São conferências de caráter etnográfico, nas quais o autor estuda o folclore, a cultura popular, e expõe os benefícios que a literatura pode tirar da exploração da cultura, do folclore nacional – muito rico, mas pouco explorado, pouco conhecido. Desde então, a obra tornou-se fonte de orientação para os escritores haitianos e estrangeiros negros.

do "Roman de Renard", em que os protagonistas se chamam P'tit Malice, personificação da astúcia, e Bouki, personificação da força brutal e da glutonaria (VAVAL, 1933, p.368).

Durante o período colonial, *tonton* Bouki representa o *nèg bosal* (o escravizado transplantado, o recém-chegado que não é ainda batizado); e, Malice, por sua vez, o *nèg kreyòl* (o escravizado nascido na colônia ou antigo transplantado que já é batizado). Após a independência do país, a primeira passa a representar o camponês; a segunda, o citadino. Nesse registro, Price-Mars (1928, p.23) salienta:

> Um e outro são porta-vozes das nossas reclamações e das nossas amarguras, ambos são significativos de nossos hábitos de assimilação. [...] À sua maneira, eles são o que a vida nos oferece em todo lugar no mundo de estupidez, de vaidade pueril e de habilidade cautelosa. Eles são representativos de um estado de espírito, muito próximo quiçá da natureza, não porque eles são negros, mas porque eles foram elaborados na mais autêntica argila humana. Eles devem, portanto, ser caros para nós, pois divertiram durante muito tempo nossa infância; porque, ainda hoje, provocam a primeira centelha de curiosidade na imaginação dos nossos excluídos; e, enfim, porque neles satisfazem este gosto de mistério que é um dos magníficos privilégios da nossa espécie.[26] (Tradução minha)

26 *L'un et l'autre sont les porte-parole de nos doléances et de nos amertumes, l'un et l'autre sont significatifs de nos habitudes d'assimilation. [...]. Ils sont à leur manière ce que la vie nous offre partout sur le globe de balourdise, de vanité puérile et d'habileté cauteleuse. Ils sont représentatifs d'un état d'esprit très près de nature sans doute, non point parce qu'ils sont nègres, mais parce*

Partindo da importância dessas personagens no imaginário, no folclore do povo haitiano, o trabalho de Price- Mars estuda os fundamentos da cultura do mesmo. Embora reconheça a importância de ambos no imaginário do *ser-haitiano*, Price-Mars acaba por valorizar mais a personagem Bouki do que aquela de Malice. Como também observa Normelia M. Parise, a valorização de Bouki representaria a valorização da cultura *bosal*, a cultura do camponês, de matriz africana. Aliás, o próprio Price-Mars alega que a valorização da cultura "nacional" haitiana deve passar pela reabilitação do aporte da África. É justamente por isso que Price-Mars inicia sua obra com defesa e ilustração do folclore haitiano, que deve muito à África. Através de um estudo da "religião" e da origem de elementos folclóricos do *ser-haitiano*, Price-Mars demonstra como as tradições africanas nutrem o imaginário haitiano; assim como evidencia quão ricos são esses elementos folclóricos.

A publicação dessa obra de Price-Mars marca uma etapa crucial, não apenas nas letras e no pensamento do Haiti, mas também no pensamento do mundo negro. É justamente nesse registro que Léopold Sédar Senghor afirma:

> Há nomes que soam como um manifesto. Assim me foi revelado o nome do Doutor Jean Price-Mars quando o ouvi pela primeira vez. Estudante à Sorbonne, eu havia começado a refletir sobre o problema de um renascimento cultural na África negra,

---

qu'ils ont été pétris dans la plus authentique argile humaine. Ils doivent donc nous être chers parce qu'ils ont longtemps amusé notre enfance, parce que, maintenant encore, ils font jaillir la première étincelle de curiosité dans l'imagination de nos rejetons, et enfin parce qu'ils satisfont en eux ce goût du mystère qui est l'un des magnifiques privilèges de notre espèce.

> e procurava um patrocínio que podia me garantir o sucesso de tal empreendimento. No decorrer de minha busca, iria encontrar [...] Price-Mars. [...] mostrando-me os tesouros da Negritude que tinha descoberto sobre e na terra haitiana, convidando-me a descobrir os mesmos valores, mais virgens e mais fortes, sobre e na terra africana. Hoje, todos os etnógrafos e escritores negros de expressão francesa devem muito a Jean Price-Mars; o essencial, esta verdade que temos a chance de sermos nós-mesmos somente se não repudiamos nenhum aporte da herança ancestral. Singularmente as escritas. Em primeiro lugar os Haitianos [...], os Antilhanos, os Africanos, e, sobretudo, eu mesmo (SENGHOR, 1956 *apud* DALEMBERT e TROUILLOT, 2010, p.24).[27] (Tradução minha)

A escritora guadalupense Maryse Condé alinha-se a Senghor e destaca que "*Ainsi parla l'oncle* ilumina de maneira magistral os esforços que nossos ancestrais deveram ter cum-

---

27 *Il est des noms qui sonnent comme un manifeste. Tel me fut révelé le nom du Docteur Jean Price-Mars lorsque je l'entendis pour la première fois. Étudiant à la Sorbonne, j'avais commencé de réfléchir au problème d'une reconnaissance culturelle en Afrique noire, et je me cherchais [...] un parrainage qui put garrantir le succès de l'entreprise. Au cours de ma quête je devais trouver [...] Jean Price-Mars. [...] me montrant les trésors de la Négritude qu'il avait découverts sur et dans la terre haïtienne, il m'appelait à decouvrir les mêmes valeurs, mais vierges et plus fortes, sur et dans la terre d'Afrique. Aujourd'hui tous les ethnologues et écrivains nègres d'expression française doivent beaucoup à Jean Price-Mars; l'essentiel, cette vérité que "nous n'avons de la chance d'être nous-mêmes que si nous ne répudions aucune part de l'héritage ancestrale. Singulièrement les écrits. D'abord les Haïtiens [...], les Antillais, les Africains [...], et surtout moi-même.*

prido para entrar (e nós, após eles) no círculo proibido da humanidade" (CONDÉ, 2009).[28](Tradução minha). Nesse mesmo registro, o crítico francês Léon François Hoffman, em *Littérature d'Haïti,* afirma que a aparição da *Revue Indigène* marca um momento decisivo no pensamento haitiano e que *Ainsi parla l'oncle* é obra diretriz do *Indigénisme Haïtien.* Para ele, os historiadores da literatura haitiana são praticamente unânimes em considerar que a publicação dessa revista marca uma virada decisiva nas letras haitianas. Por outro lado, observa que o livro *Ainsi parla l'oncle* é considerado por muitos críticos a "bíblia" do *Indigénisme Haïtien.* Na mesma linha, Judith Charles afirma que, com *Ainsi parla l'oncle,* Jean Price-Mars leva o *Indigénisme* a seu triunfo definitivo – livro que deve, pois, ser entendido como o trabalho fundamental a marcar uma data capital na história da tomada da consciência nacional do povo haitiano (CHARLES, 1984). Todas essas considerações elogiosas a seu favor mostram as incontornáveis contribuições de Price-Mars na elaboração de uma consciência contra a assimilação e a imposição do outro que se construiu no Haiti e no mundo negro durante seu tempo. Foi-se necessária essa consciência crítica contra a assimilação para o surgimento do *Indigénisme Haïtien.*

É segundo essa perspectiva que se compreende a afirmação de Price-Mars (1959) segundo a qual é do caos de sentimentos, de ressentimentos e de paixões que surge o *Indigénisme Haïtien.* Seu *motus* é bastante paradigmático: "sejamos nós mesmos o mais completamente possível".[29] Nesse

---

28 *Ainsi parla l'oncle illumine de manière magistrale les efforts que nos pères ont dû accomplir pour entrer (et nous après eux) dans le cercle interdit de l'humanité.*

29 O lema "*soyons nous-même le plus complètement que possible*" é devido ao que Price-Mars chama *bovarisme collectif,* configurado como sentimento

registro, a literatura haitiana deve poder representar, com-figurar problemas do haitiano. Segundo essa perspectiva, sob o prisma do *Indigénisme*, Price-Mars deixa entender que

> A literatura haitiana deve poder expor, estudar, definir os problemas do homem haitiano para que seja dito que este tipo da espécie humana é um produto específico do meio formal. Ele carrega a marca das condições históricas, sociais, econômicas, e, mesmo, da paisagem geográfica que fizeram dele o que é um homem – encarregado de oferecer aos homens, aos seus semelhantes, o estigma dos vícios, bem como os benefícios de qualidades inerentes a toda natureza humana. Por isso, doravante, a arte haitiana exprimirá de modo exuberante toda a substância original e fecunda de nosso folclore: poesia, prosa, música, pintura, escultura, arquitetura (PRICE- MARS, 1959, p.23).[30] (Tradução minha)

---

de desprezo de sua própria cultura em favor de outra cultura vigente no Haiti. Assim, esse lema é concebido como um apelo para uma conscientização. Por conseguinte, Price-Mars pondera que, face à ocupação, a defesa militar era insuficiente: os escritores recorriam à resistência cultural para, desse modo, formar a unidade nacional. Segundo essa perspectiva, historiadores e críticos literários definem o *Indigénisme Haïtien* como a busca da identidade decorrente do nacionalismo anti-imperialismo frente à ocupação estadunidense (MEZILAS, 2008).

30 *la littérature haïtienne doit pouvoir exposer, étudier, définir les problèmes de l'homme haïtien de telle façon que soit établi que ce spécimen de l'espèce humaine est un produit spécifique du milieu qui l'a formé. Il porte l'empreinte des conditions historiques, sociales, économiques voire du paysage géographique qui ont fait de lui ce qu'il est - un homme - chargé d'offrir aux autres hommes, ses senblables, le stigmate des défauts autant que le bénéfice des qualités inhérents à toute nature humaine. Donc, désomais, l'art haïtien*

É justamente por esse ideal que se desenrola o orbe das aspirações da *intelligentsia* haitiana que se esforçou a concretizar uma estética que abraça problemas do seu tempo. Roger Gaillard, em *L'Indigénisme Haïtien et ses Avatars*, alinha-se a Price-Mars e formula que o *Indigénisme Haïtien* define-se como a vontade dos artistas de se inspirarem (quanto aos temas e à forma de suas produções) nos costumes, nos valores (da música, religião e dança) que pertencem à vida, à cultura nacional" (GAILLARD, 1993, p. 9). Já Normil Sylvain, no manifesto do movimento, expõe:

> O que sugerimos fazer de nossa revista: um quadro fiel e vivo das diversas manifestações da vida e do pensamento haitiano contemporâneo. Vida intelectual e artística, vida econômica e comercial. O ponto de vista haitiano das questões, a maneira como compreendemos as coisas e como se faz da palavra *indigène* um insulto, nós a reivindicamos como um título, o ponto de vista dos *indigènes*. Um retorno à sinceridade e ao natural, o modelo vivo, à descrição direta, um perfume mais acentuado de haitiano (SYLVAIN, 1927, p.9-10).[31] (Tradução minha)

---

exprimera en panache toute la substance originale et féconde de notre folklore: poésie, prose, musique, peinture, sculpture, architecture.

31 *Ce que nous proposons de faire de notre revue, c'est un tableau fidèle et vivant des diverses manifestations de la vie et de la pensée haïtienne contemporaine. Vie intellectuelle et artistique, vie économique et commerciale. Le point de vie haïtienne des questions, la façon dont nous envisageons les choses et comme on fait une manière d'insulte du mot indigène nous le revandiquons comme titre, le point de vue des indigènes. Un retour à la sincérité et au naturel, au modèle vivant, à la description directe, un parfum plus accentué d'haïtien.*

A partir de então, o termo *indigène* passa a designar, no contexto haitiano, um esforço para (re)habilitar elementos autóctones pela valorização da cultura popular, da cultura do chamado "excluído do interior" ou ainda do "*nèg andeyò*". Trata-se de uma estética renovadora: incorporar a realidade local, a vida espiritual do camponês, depositário da cultura nacional, cultura de matriz africana. Convém destacar, com apoio no texto de Glodel Mezilas intitulado *¿Qué es el indigenismo haitiano?*, que o *Indigénisme* tem uma longa história no processo político-ideológico na América Latina. Nesse texto, Mezilas observa que o *Indigénisme*, concebido no contexto latino-americano como movimento político-cultural e antropológico, tem desempenhado um papel importante nas políticas da assimilação da região. Assim, foi necessário esperar o surgimento desse movimento para que os povos indígenas se tornassem atores políticos e sociais na América Latina, transformando-se em sujeitos ativos, em vez de permanecerem objetos passivos (ACCACIA, 1993 *apud* MEZILAS, 2008).

Conforme a *Universalis Encyclopédie d'Anthropologie*, a conscientização na América Latina efetua-se, sobretudo, com a consolidação do liberalismo que suscitou o movimento de independência diante da Espanha. No entanto, a independência desses países não traz consigo emancipação para a população indígena e outros grupos marginalizados. O que se observa depois do colapso do sistema colonial europeu nas regiões é um tipo de colonialismo interno. É como se a legislação colonial desaparecesse, mas a situação de exploração, de desigualdade permanecesse. Essa situação mobiliza pouco a pouco alguns setores da sociedade não-indígena e, no seio destes, surge o movimento chamado *indigeniste*. Segundo a *Universalis Encyclopédie d'Anthropologie*, o indigenismo trata-se inicialmente de uma ideologia não-indígena que, no início, defende os povos indígenas através de uma abordagem humanitária até romântica,[32] e, manifesta-se, principalmente, nas produções literárias. É o caso, por exemplo, do indianismo[33] brasileiro que, no decorrer do século XIX, procura romantizar o povo indígena.

No Brasil, conforme salienta Luzia Aparecida Oliva dos Santos, em *O percurso da indianidade na literatura brasileira: matizes da figuração* (2009), a tentativa de se construir uma literatura essencialmente brasileira, alicerçada no indígena como herói e na natureza exuberante, produziu uma realidade artificiosa,

32 Falar de visão romântica é se referir a uma categorização anacrônica que, na História da Literatura, remete aos termos de "romantismo" e "romântico". Entende-se por romantismo o movimento intelectual artístico-literário que surge no final do século XVIII na Inglaterra e na Alemanha e se espalha por toda a Europa durante o século XIX, até a década de 1850. Na literatura e na arte, trata-se de um vasto movimento de renovação intelectual, artístico-literário que se opõe contra o "cânone" chamado "classicismo", visando exaltar a natureza, o culto do "eu", a sensibilidade, a imaginação, a melancolia, o gosto contemporâneo, a cor local etc. Todavia, Henry Bayle (1778-1842), conhecido como Stendhal, um dos primeiros no início do XIX a se sublevar contra o cânone dito "clássico", não falava em Romantismo, mas em *Romanticisme*. Stendhal afirma que, em todas as artes, o romântico é o que representa os homens de hoje e não aqueles dos tempos heróicos tão longe de nós, e que talvez nunca tenham existido. No contexto do surgimento dos movimentos indigenistas, a visão romântica enquadra-se nessa perspectiva stendhaliana.

33 De acordo com Luzia Aparecida Oliva dos Santos, o termo indigenismo alcançou seu apogeu no cenário de um complexo movimento que reuniu, a um só tempo, aspectos históricos e culturais e tentativa de libertação das formas cristalizadas nos movimentos anteriores, em especial do racionalismo clássico. Para isso, como afirma Sodré (1969, p.257 *apud* SANTOS, 2009, p.20), era fundamental reconhecer no índio o homem bom por natureza, para institucionalizar o elemento brasileiro.

ao "traduzir para termos nacionais a temática da Idade Média", permitindo a escritores como Gonçalves Dias e José de Alencar reservarem "ao índio virtudes convencionais de antigos fidalgos e cavaleiros" (SANTOS, 2009, p.21). Vestido na pele romântica, o índio deixaria a condição de antropófago e bárbaro para se constituir como fundador da nação brasileira a partir da confraternização com o não índio, conforme observa Santos (*op. cit.*).

No entanto, em concordância com argumentação de Mezilas, o *Indigénisme* tem se mostrado diferente no contexto haitiano, pois no Haiti, não havia povo indígena, e não se tratava de um movimento que procurava idealizar ou (re)vivificar os índios – a população autóctone – exterminadas pelos espanhóis. Tratava-se, antes, de movimento de libertação da cultura popular, de movimento de denúncia e de ruptura. Movimento que, a partir de então, tornou-se sua expressão e sua manifestação nas diferentes áreas de criação artística e literária no Haiti. Isto é, como observa igualmente Mezilas, o *Indigénisme Haïtien* representou uma corrente de resistência cultural e ideológica face à ocupação militar estadunidense e, ao mesmo tempo, lançou bases sociais, políticas, artísticas-literárias e culturais para o Haiti por vir.

As breves notas sobre alguns acontecimentos anteriores ao lançamento da *Revue Indigène* permitem pensar o *Indigénisme Haïtien* como *détour* e *retour*. O *détour* não é abandono, mas estratégias adotadas para contornar o perigo da assimilação; é a estratégia de sobrevivência face ao pensamento do sistema. O *retour* não é *retour* físico para a terra de origem, para a terra dos ancestrais, mas reconhecimento da existência do Outro, *retour*[34] espiritual à terra *alma mater*, convite ao encontro de

34 O termo *retour* faz lembrar a publicação, em 1939, de *Cahier d'un retour au pays natal*, de Aimé Césaire, considerada um grito pela consolidação

almas irmãs, conforme discutido anteriormente. Esse *retour* não deve levar apenas à África, mas também à América Latina. Por tal motivo, no primeiro número da *Revue Indigène*, Normil Sylvain, exprime sua indignação diante do esquecimento da América Latina no pensamento haitiano: "Somos culpados por ignorar a América Latina, porque as origens são semelhantes e porque um perigo comum nos ameaça" (SYLVAIN, 1927, p.6). Para os jovens que fundam a Revista, entre outros, Émile Roumer, Jacques Roumain, Normil Sylvain na América Latina (espanhola e inglesa), o povo haitiano tem o glorioso destino comum de manter com o Canadá e as Antilhas francesas as tradições e a língua francesa, honra funesta e perigosa, pois se valia de um século de isolamento. Ainda, de acordo com eles, a República Dominicana, que compartilha seu território, não participa desse infortúnio, visto que pertence à América Latina de 18 Repúblicas. Todavia, recomendam um conhecimento da literatura e da alma da América Latina, um *retour* às literaturas irmãs das Américas.

---

de uma identidade negra. Como nota Yayatou (2016), essa obra torna-se referência incontornável para a maioria dos escritores e intelectuais africanos, bem como para a *intelligentsia* das "diásporas" negras nas décadas posteriores. Observa-se que, nesta pesquisa, não me refero, e voluntariamente, ao paradigma da "identidade negra" por, pelo menos, duas razões. Primeiramente, a proposta do movimento *Indigéniste Haïtien* vai além de uma simples busca de identidade negra, pois o que o *Indigénisme* no Haiti promove é um tipo de responsabilidade histórica, certo tipo de defesa da dignidade humana. Em segundo lugar, essa problemática de negritude é bastante complexa e ambígua e não é o objeto deste estudo. Pela complexidade do assunto, acho que seria mais interessante realizar um estudo direcionado especificamente a ele, em vez de abordá-lo de uma maneira superficial.

Dessa forma, habitados pelo sentimento de revolta, de *chambardement*, a proposta dos jovens intelectuais que assinaram o primeiro número da revista não é a de promover uma literatura fechada, uma identidade nacional limitada, mas certo tipo de reconhecimento do Outro para melhor se descobrir. Assim, como observa Zilá Bernd (2009, p.22), a noção de identidade promovida pelos articuladores do movimento ultrapassa os limites de essencialismo, aquele que leva os Latino-Americanos a se definirem como índios ou como negros, expondo que somos, antes de tudo, Homens. Apesar de assinalar que a diferença de língua os isolou da América Latina, os signatários da *Revue* propõem chaves de leitura para melhor enriquecer a literatura haitiana, como por exemplo, San Juana Inês de la Cruz, Amado Nervo, Alfonso Rey, do México; Lugones Enrique Larrela, da Argentina; Monlalvo, admirador de Garcia Moreno, do Equador; Ruben Dario, da Nicarágua; Gonçalves Dias, Castro Alves, Gonçalves Magalhães, Machado de Assis, Ruy Barbosa, do Brasil (SYLVAIN, 1927, p.7-8). Ainda, vão mais longe ao afirmar que todos haitianos deveriam ter memorizado – e sobre ele meditado – o livro *El destino del continente*, do argentino Manuel Urgate. Por outro lado, exortam os intelectuais haitianos a ensinar aos latinos-americanos a contribuição do Haiti à civilização latina.

Em suma, é notável que os jovens da *Revue* promovem um tipo de abertura, de caminho para entrar na diversidade, na alteridade; ocasião, assim, de inventar o homem, o cidadão por vir, o cidadão da humanidade, de uma humanidade renovada. Nota-se, então, quão importantes são a teoria da identidade-relação, de crioulização de Édouard Glissant, o conceito de transculturação de Fernando Ortiz e a nova estética promovida pelos articuladores do *Indigénisme Haïtien* nos imaginários artístico-

-literários e cultural das Américas em geral nos imaginários artístico-literários e cultural do Haiti em particular.

Resta estudar a (im)possibilidade de delimitar esse movimento,[35] tão prolífico no pensamento artístico-literário e ideológico-político do Haiti. Se o *Indigénisme* propriamente como movimento no Haiti surgiu em 1927 com o lançamento da *Revue Indigène*, chegar ao período limítrofe é comple-

35 Fardin (2009) é um dos críticos a classificar o Movimento em etapas ou fases – em número de quatro. A primeira corresponde ao período que vai da invasão do território haitiano pelo governo estadunidense de 1915 ao aparecimento da revista *Indigène* em 1927. Essa etapa é denominada "os escritores à margem do movimento indigenista". Mas o que se observa nesse período é o crescimento vertiginoso do sentimento nacionalista, da militância. A segunda fase estende-se entre 1927 (com aparecimento da revista *Indigène)* e 1934 (ano da desocupação do território nacional pelo governo estadunidense). A terceira fase, chamada *Les Griots*, surgiu com a revista *Les Griots* em 1930, e estende-se até 1940. Enfim, a quarta fase denomina-se "Afro-indigenistas revoltados" e estende-se mais ou menos de 1940 a 1961. Essa classificação de Fardin é problemática, sobretudo porque é difícil admitir o surgimento da Revista *Les Griots* como uma fase propriamente dita do movimento – os ideais promovidos pelos representantes, acima de tudo por François Duvalier, da Revista *Les Griots* não se enquadram nos ideais do *Indigénisme*. Embora tenha se baseado nas teorias de Price-Mars sobre o *Indigénisme*, Duvalier Papa-Doc deformou os ideais de Price-Mars, para construir uma teoria de *noirisme* fundada sobre o obscurantismo. Ele levou as contradições às suas últimas consequências, promovendo uma supremacia negra que apregoa a neutralização do chamado branco ou mulato. Graças às suas ideias obscurantistas, chegou à presidência do país em 1957, implantou uma ditadura feroz, exterminando, dentre milhares de haitianos, o influente membro do movimento indigenista, Jacques-Stéphen Alexis. Em 1971, nos albores da sua morte, legou o poder para seu filho Jean-Claude, de apenas 19 anos, que continuou com o mesmo obscurantismo até 1986.

xo. Embora haja críticos e historiadores (Dieudonné Fardien, Roger Gaillard) da literatura haitiana que salientam que o movimento indigenista no Haiti se estende até por volta dos anos 1960, é muito difícil delimitá-lo. Afinal, como destacam Louis-Phillipe Dalembert e Lyonel Trouillot: o *Indigénisme* é o termo escolhido pelos historiadores da literatura haitiana para designar um conjunto de proposições culturais e literárias formuladas nos anos 1920, e que continuam a suscitar interesses (DALEMLERT e TROUILLOT, 2010, p.16). Para eles, duas datas devem ser retidas: 1927, o lançamento da *Revue indigène* que, nos seus cinco números, promovera a modernidade e a *haïtianité*; e 1928, o ano da publicação de *Ainsi parla l'oncle*, de Jean Price-Mars. Dalambert e Trouillot ressaltam que, com o *Indigénisme*, a literatura, assim como a música, a dança, a pintura, abriram-se à modernidade e à cultura popular, bem como aos seus cotidianos, explorando assim novos temas e novas formas. Há, na história da literatura haitiana, um antes e um depois do *Indigénisme*. Haverá, certamente, críticos e reavaliações; mas, desde então, uma porta abriu-se para uma literatura menos refratária ao popular, menos prisioneira do modelo francês (DALAMBERT e TROUILLOT, 2010). Assim, ela abre-se para a alteridade. Mais tarde, a literatura de expressão crioula ganhará mais espaço nas letras haitianas. Aliás, o *Indigénisme* defende que o progresso do Haiti depende do reconhecimento e da aceitação dos diferentes componentes da cultura haitiana – com predominância de matiz africano.

Os primeiros anos do movimento foram dominados pela produção poética. Poetas como Carl Brouard, com *Amours Pharmaceutiques* (1924), *Écrit sur Ruban rose* (1927) e *Vous* (1927); Léon Laleau com *À voix basse* (1919), *La flèche au cœur* (1926), *Le rayon des jupes* (1928), *Abréviations (1929)*, *Musique nègre* (1931) e *Ondes courtes* (1933); Jacques Roumain com *Cent Mètres* (1927); Jean-Fernand Brierre com *Chansons Secrètes* (1933), compunham uma poesia engajada, com base na estética inovadora ou revolucionária do momento. A partir de 1930, cresce o interesse pela prosa. Surgem, então, no cenário literário, dentre outros autores, Jacques Roumain, com *La proie de l'ombre* (1931), *Les fantoches* (1931) *Montagnes ensorcelée,* (1934), *Gouverneurs de la rosée* (1944); Stéphen Alexis com *Le Nègre Masquée* (1933); Anne Desroy com *Le joug* (1934) ; Virgile Valcin, *Négresse* (1934); Maurice Casséus, com *Viejo* (1935); Phillipe Thoby-Marcelin e Pierre Marcelin, com *Canapé-Vert* (1944), *La Bête de Musseau* (1946), *Le Crayon de Dieu* (1956), Jacques-Stéphen Alexis com *Compère Général Soleil* (1955), *Les arbres musiciens* (1957).

Com base no que foi discutido até aqui, faz-se necessário lançar mão sobre um romance desse movimento para examiná-lo. O romance elegido é *Compère Général Soleil*, de Jacques-Stéphen Alexis. Para antecipar uma possível pergunta sobre o motivo que levou à escolha desse romance e não outros, gostaria de ressaltar que o escolhi arbitrariamente; uma vez que a leitura que se segue poderá ser operada em qualquer um dos romances supramencionados, claro, com particularidades próprias. Então, que se permita aqui um *excursus,* a fim de antecipar o motivo nuclear que organiza esse romance.

Apresentação de Compère Général Soleil

Publicado pela primeira vez, em 1955, pela editora Gallimard, o romance *Compère Général Soleil* tem uma pretensão ambiciosa: ser uma epopeia do povo haitiano. Ali, o desejo de representar a realidade haitiana em seus diferentes aspectos eleva ao absurdo os dramas da miséria que enfrenta a grande massa popular. Tomando como mote a injustiça social, a contradição social no Haiti ao longo dos primeiros decênios do século XX e um evento histórico terrível – o massacre[36] dos trabalhadores haitianos em 1937 na República Dominicana –, o romance coloca em cena personagens em luta pela sobrevivência, mergulhadas em adversidade (políticas e econômicas – condições de trabalho precárias e hostilidade dos patrões).

Como observa Elisabeth Mudimbe-Boyi, *Compère Général Soleil* contém certo número de tramas que poderiam ter constituído matéria para vários romances (MUDIMBE-BOYI, 1992, p.63-64). Em primeiro lugar, tentando roubar para matar sua fome, o protagonista do romance, Hilarion, é preso. Na prisão, encontra Roumel (prisioneiro político) com quem trava amizade, a qual termina bruscamente com o exílio de Roumel, sem saber o que esse último se torna. Em seguida, Hilarion, libertado da prisão, começa a frequentar o grupo comunista de Jean-Michel. Este é preso pela polícia e nada se diz sobre a situação ou o fim dessa personagem. Outras tramas: Hilarion encontra a jovem Claire-Heureuse, os dois se enamoram, um romance começa; em seguida, o casal imigra para República Dominicana, onde Hilarion trabalha e solidariza-se com os

36 Em 02 de outubro de 1937, houve uma série de assassinatos de trabalhadores haitianos na República Dominicana, após a decisão do governo de Rafael Leonidas Trujillo Molina (1930-1961) de eliminar físicamente imigrantes haitianos que trabalhavam em plantações no país. Esse massacre é chamado *Kouto a* (a faca) por haitianos e *El Corte* (o corte) por dominicanos. De acordo com Richard (2014), não há documentos oficiais que comprovem os dados, os números; logo, é a memória dos dominicanos que registra tais acontecimentos. Mas, segundo as mídias e os dirigentes haitianos, foram massacrados cerca de 20 a 30 mil haitianos, homens, mulheres e crianças.

trabalhadores. Acontece, enfim, o massacre dos trabalhadores haitianos em República Dominicana, o casal com o filho recém-nascido foge para a terra *alma mater*, Haiti. No caminho, o filho sucumbe às feridas de ataque de um cachorro. O romance termina na fronteira da República Dominicana e Haiti, com a morte do Hilarion, este antes de morrer conta sua vida à sua exposa, Claire-Heureuse. Depois, nada se diz sobre o destino da personagem Claire-Heureuse. Lê-se, então, uma narrativa muito rica em termos de situações e de acontecimentos.

Embora seja composto por uma variedade de situações e de ações, esse romance de Alexis é organizado em torno de um tema diretriz: grito de revolta contra a injustiça institucionalizada, seja ela é socioeconômica, etnico-cultural e religiosa. É como observa igualmente Elisabeth Mudimbe-Boyi:

> Apesar da diversidade de situações, há uma constante que se encontra no conjunto da obra de Alexis. Atrás destes quadros e de todas estas histórias, surge um único tema: o escândalo das classes sociais e injustiças institucionalizadas. Este tema está presente no pano de fundo de desenvolvimentos mais diversos: a história do Haiti, as defesas para uma cultura haitiana autêntica, a situação religiosa, a condição camponesa (MUDIMBE-BOYI, 1992, p.65).[37] (Tradução minha)

37 *Malgré la diversité des situations, il y a une constante qu'on retrouve dans l'ensemble de l'oeuvre d'Alexis. Derrière tous ces tableaux et toutes ces histoire surgit un thème unique: le scandale des classes sociales et des injustices institutionnalisées. Ce thème est présent en arrière-plan des développements les plus divers: l'histoire d'Haïti, les plaidoyers pour une culture haïtienne authentique, la situation religieuse, la condition paysanne.*

O cotidiano do haitiano que Alexis busca reconfigurar nesse romance, sob suas diferentes formas, como observa Elisabeth Mudimbe-Boyi, é feito desses inúmeros aspectos: constitui-se em uma larga e espessa tapeçaria, tecida de grandezas e de misérias, de belezas luminosas e de manchas sombras. É segundo essa perspectiva que se compreende a observação da crítica venezuelana de origem haitiana, Michaelle Ascencio, em *Lecturas antillanas* a respeito da obra *Compère Général Soleil*:

> [...] Nada falta ao romance: a crueldade da ditadura, as crianças camponesas reduzidas à escravidão nos trabalhos domésticos em Porto Príncipe, a luta cotidiana e o fantasma que pesam desde anos sobre o país, os terrores da prisão, a devoção aos ancestrais, as boates com seus prostitutas dominicanas... tudo, tudo e tudo plausível. Mas será que a representação de alegrias e de dores da vida de um país constitui um romance? (ASCENCIO, 1990, p.35-36 *apud* HOOFMAN, 1995. p.102).[38] (Tradução minha)

A esses elementos elencados por Ascencio, importa somar a imagem, a paisagem da República Dominicana e a figuração de várias camadas sociais representadas na narrativa. Ali, através de contação de image, de paisagem e de povos, se encontram: relações de boa vizinhança entre o povo haitiano e o

38 N*ada falta en la novela: la crueldad de la dictadura, la infancia campesina esclavisada en las casas anchas de Port-au-Prince, la lucha diaria contra la miseria y el fatalismo que pesan, desde tanto tiempo sobre el país, el terror de las cárceles, la devoción a los cultos ancestrales, los mercados, los burdeles cons sus prostitutas dominicanas... todo, todo y todo verosímil. Pero ¿una reseña de las alegrías y de las miserias de la vida de un país es una novela?*

dominicano, relações (muitas vezes conflituosas) entre personagens da classe trabalhadora e da classe burguesa, trabalhadores confrontados a hostilidades de patrões, luta pela sobrevivência de personagens dominicanas e personagens haitianas no Haiti e imigrantes em República Dominicana. São essas diversas situações quadros espaciais que fazem a riqueza do romance no que se refere a temas. Estudado pela crítica como romance do proletariado (HOFFMAN, *op. cit.*; MUDIMBE-BOYI, 1992; CHARLES, 1984), *Compère Général Soleil* pode ser também estudado como romance *paysan,* uma *lodyans.*[39]

Vale ainda observar que, à semelhança de outras literaturas, as transformações ocorridas no século XX refletem a vida literário-artística haitiana ao longo da primeira metade do século. Constata-se, a partir dos anos 30, que o movimento *Indigéniste* iniciou a publicação de romances voltados, sobretudo, para a vida do camponês haitiano. Observa-se, pois, nas tradições literárias haitianas ao longo da primeira metade do século, de um lado, uma articulação da forma literária com o espaço sociopolítico-cultural do país; por outro, certo tipo de abertura para alteridade, para a diversidade, contrariamente às produções do século XIX, no qual se encontra uma (re)construção identitária mais fechada. Assim, o *Indigénisme Haïtien* pode ser estudado como uma etapa de conscientização política, graças a uma literatura participante e combativa cujo projeto ideológico colore o estético, imprimindo-lhe novos matizes. A consequência da articulação do estético com o espaço sociopolítico e ideológico seria a fonte da nova arte, da nova literatura haitiana. Surge daí

39 Conforme se verá mais adiante neste capítulo, a *lodyans* (audiência) é um modo narrativo especificamente haitiano, cujas raízes mergulham profundamente na tradição popular haitiana.

o tempo do romance *paysan*:[40] ele nasce com *Le Drame de la terre* (1933), de Jean-Baptiste Cinéas; é mais tarde reforçado por Jacques Roumain, com sua obra *Gouverneurs de la rosée* (1944). O romance indigenista busca representar a cultura popular haitiana nas suas diversas facetas. Nesse ponto, o antropólogo Hénock Trouillot afirma que os romancistas indigenistas abrem portas para a *intelligentsia* haitiana sobre os problemas do espaço rural (TROUILLOT, s/d *apud* CHARLES, 1984, p.84). Como salienta também Charles, nos anos 40, enfim, o romance socialista haitiano, cujos autores Félix Morisseau-Leroy, com seu *Récolte* (1946); Jean Bierre, com *Province* (1953); Marc Verne com *Marie Villarceaux* (1945); Marie Chauvet, com *Fille d'Haïti* (1954), *La danse sur le Volcan* (1957), *Fonds des Nègres* (1961) e Jacques-Stéphen Alexis com seu *Compère Général Soleil* (1955) são alguns de seus representantes.

Nota-se que a ocupação estadunidense do Haiti em 1915 – ocupação que é vista como a recolonização do país – desencadeia no país uma tomada de consciência em todas as camadas da população. Muitos são escritores haitianos que lançaram, a um tempo, um apelo de *retour* (aos valores da África *alma mater*, às tradições populares), e de *détour* (estratégias de lutas para contornar os planos do ocupante). É esse apelo que é estudado na história literária do país sob o nome de *Indigénisme*. Seus principais ideais podem ser entendidos como um apelo a uma

40 No Haiti, *paysan* são aqueles que vivem no campo, sempre em situações precárias. Geralmente, andam quilômetros para achar água, posto de saúde e escola. Roman *paysan* pode ser traduzido, literalmente, por Romance de Camponeses. A maioria dos romances publicada de 1930 a 1955 é estudada sob a denominação de *Roman Paysan*, modo que expõe a vida espiritual e moral, a miséria material e as causas da extrema pobreza do povo.

(re)significação, uma (re)avaliação dos componentes da cultura do povo haitiano, em particular, e, em geral, do povo negro, dos povos das Américas oriundos da colonização e da escravagização. Defende-se que não existe nem cultura superior, nem cultura inferior; existe apenas uma cultura diferente. Impõem-se, pois, algumas considerações sobre a questão da língua e da escrita no Haiti para melhor situar os desdobramentos dos ideais do *Indigénisme* e para melhor abordar o que chamamos de particularidade haitiana.

A complexidade linguística e escrita no Haiti

Oui, je n'ai qu'une langue, or ce n'est pas la mienne
(Jacques Derrida, *Le monolinguisme de l'autre*).

Quando Jacques Derrida postula "*tenho somente uma língua, mas ela não é minha*" como principal tese do seu estudo *Le monolinguisme de l'autre,* ele apoia-se no fato de que a língua (incluída a língua materna) não é natural, mas configura-se como uma apropriação. Sustenta-se que a língua que digo "minha", língua que falo não me pertence jamais. Ela é, antes, o resultante de uma educação, de um longo processo de socialização, de aquisição e de uma apropriação inacabada. É como alega Marc Crépon: "se há uma constante de discursos que fazem da prática de uma língua particular, principalmente a língua materna, o objeto de exigência política, é o da apropriação" (2001, p.28). É, pois, conforme argumenta Crépon (*idem*), sob o prisma de apropriação que se exige de um determinado povo, de escritores que falem uma língua, de que a ela confiram suas letras de nobreza, que a escrevam, que a cultivem, que a aprimorem. Em outras palavras, é à luz da apropriação, da (auto) identificação, que se requer que este povo cultive uma língua, defendendo-a contra quaisquer ameaças provindas do exterior. Falar, escrever, aprimorar uma língua significaria, então, dela se apropriar; assim, o monolinguismo impõe-se a mim pelo outro, pela estrutura sociopolítica na qual me insere.

Segundo Derrida (1996, p.68), o monolinguismo do outro

> seria, antes, esta soberania, esta lei vinda quiçá de alhures, mas igualmente e, antes, a própria língua da Lei. E a Lei como Língua. Sua experiência seria aparentemente autônoma, pois que devo falá-la e dela me apropriar para ouvi-la, como se ela se desse a mim por mim mesmo; mas ela permanece, necessariamente, assim o quer, ao final das contas, a essência de toda lei, *hétéronome*. (Tradução minha)[41]

Com base nessa perspectiva, apropriar-se de uma língua e (auto)identificar-se com ela resultam em desafios políticos nos quais se declinam motivos de glória (homenagem dedicada àqueles que se servem da língua, aprimorando-a) e de traição (condenação reservada àqueles que preferem as línguas estrangeiras) (CRÉPON, 2009). Dessa forma, por princípio de apropriação, a língua passa a ser propriedade de uma determinada sociedade, marca de sua cultura, de sua identidade político-cultural. Por conseguinte, a invenção de uma língua dita "nacional" como língua própria de um povo, por meio da qual este se reconhece, pode ser entendida como "um combate político e científico" para empres-

41 *ce serait d'abord cette souveraineté, cette loi venue d'ailleurs, sans doute, mais aussi et d'abord la langue même de la Loi. Et la Loi comme Langue. Son expérience serait apparemment autonome, puisque je dois la parler, cette loi, et me l'approprier pour l'entendre comme si je me la donnais moi-même; mais elle demeure nécessairement, ainsi le veut au fond l'essence de toute loi, hétéronome.*

tar os termos de Crépon (2009). Todavia, essa realidade mostra-se mais complexa em países – como o Haiti – que enfrentam situação bilíngue, onde uma parcela da população fala uma língua dita oficial (considerada de prestígio, de ascensão social) e, a maioria, uma outra (considerada popular, marca de analfabetismo).

Em 1º janeiro de 1804, sobre a *Place d'Armes des Gonaïves*, diante do povo e do exército reunidos, o general Jean-Jacques Dessalines, ex-escravizado (na sua condição de monolinguismo) profere um discurso veemente em crioulo (PRICE-MARS, 1959) e ordena ao seu secretário, Boisrond-Tonnerre, ler o ato que havia escrito em francês (LAROCHE, 1981). Observa-se que o nascimento do Haiti como país independente é marcado pelo uso simultâneo de duas línguas, uma de comunicação oral "nacional", outra de escrita, de ciência, de administração "nacional". Logo, o uso delas serve como critério de diferenciação, de categorização ou promoção social. É nesse sentido que a temática de língua que se impõe nos estudos literários ou sociocríticos no Haiti permite salientar quão especial ou contraditório é o ser-haitiano. Nesse ponto, Raphaël Confiant fala de "exceção haitiana": não é apenas o fato de que, ao longo do século XIX, o critério linguístico se torna uma das principais fontes de hegemonia, de ascensão social, mas igualmente o fato de que não se publica no Haiti nenhuma obra de valor em crioulo. Conforme aponta Confiant, por ter arrancado sua independência pela força de armas, por ter mudado até o nome francês da ex-colônia, Saint-Domingue para adoptar Haiti (nome ameríndio, dos primeiros habitantes da ilha), "por ter arrancado a cor branca da bandeira tricolor francesa para inventar sua própria bandeira, os homens do Estado recém-nascido deveriam igualmente ter rejeitado a língua dos ex-colonizadores" (CONFIANT, 1998, p.87). Isto é, teria sido lógico que, da mesma forma, o crioulo fosse escolhido como língua oficial (já que era falado pela grande massa), em vez do francês (falado por uma ínfima parte da população); ou, ao menos, beneficiário de alguma promoção, quando as bases do Estado haitiano fossem estabelecidas. Mas foi necessário esperar mais de um século para que, aos poucos, o crioulo se emancipasse. Ele passa a ser designado língua co-oficial apenas em 1986, na constituição pós-ditatorial do país. Entretanto, a versão que é efetivamente em uso é, sempre, a de francês, e a versão em crioulo existe apenas de nome, aponto que a última emenda constitucional ocorrida em 2011 foi levada em conta apenas a versão em francês como se a constituição existisse apenas em uma língua. Entende-se, portanto, que essa co-oficialização foi apenas simbólica.

Apoiado em autores como Jacques-Stéphen Alexis, Jean Price-Mars, Maximilien Laroche, Léon François Hoffmann e Raphaël Confiant, poder-se-ia pontuar que uma das principais razões da escolha do francês é o fato de que, como primeiro "Estado Negro" do novo mundo, Haiti deveria demonstrar às potências escravagistas que era um país civilizado, apropriando-se de uma língua dita "civilizada". É como observa Laroche (1981, p.19):

> No momento de conquistar sua independência em relação à França, o Haiti não ficava apenas na obrigação de escolher entre o francês, língua escrita, dita de "civilização" e o crioulo, língua oral de comunicação nacional, mas na necessidade de construir uma literatura, isto é, de produzir um conjunto de produções escritas em uma de suas duas línguas.[42] (Tradução minha)

---

42 *au moment de conquérir son indépendance sur la France, Haïti se trouvait non seulement dans l'obligation de choisir entre le français, langue* "écrite"

Entende-se então o motivo pelo qual a elite se apropria do francês como língua oficial, língua de produção literária, científica; em outros termos, língua de combate. Temendo o sarcasmo do estrangeiro, instala-se logo no Haiti, como observa o crítico haitiano Duraciné Vaval, um medo de escrever em crioulo (VAVAL, 1933). Assim, ao se tomar como baliza o pensamento de Derrida em *Le monolinguisme de l'autre*, haitianos falam essa língua, o francês, escrevem-na, mas sempre o fazem por meio de uma outra língua, o haitiano. Significaria dizer: penso, sonho em uma língua, o haitiano; mas transponho o que penso, o que sonho em uma outra língua, o francês. Nesse aspecto, como afirma Hurbon (1987b, p.75), a identidade haitiana é sempre vivida sob o regime do outro.

Língua "crioula" haitiana

Apesar de o objetivo aqui ser aquele de cotejar a produção literária com a problemática de língua no Haiti, revela-se necessário apresentar breves apontamentos sobre a chamada língua "crioula". Em primeiro lugar, o "crioulo" haitiano é uma língua de base semântica africana (ALEXIS, 1957) e de base lexical francesa (VAVAL, 1933; LAROCHE, 1981; HOFFMANN, 1995). Ele se diferencia em vários aspectos das outras línguas crioulas da mesma base francesa (as da Martinica, Guadalupe, Guiana, ou das ilhas do Oceano Índico, Reunião, Ilhas Maurício e Seychelles) (HOFFMANN, *op. cit.*). Contudo, há controvérsias entre os linguistas que procuram caracterizar e definir essas línguas. Tais controvérsias, como igualmente observa

---

dite de "civilisation", et le créole, langue "orale" de communication nationale, mais dans la nécessité d'édifier une littérature, c'est-à-dire de se doter d'un ensemble de productions écrites dans l'une de ses deux langues.

Léon-François Hoffmann, têm a ver com a própria natureza da linguagem humana.

Assim, na perspectiva de explicar a natureza e o surgimento dessas línguas, duas teorias antagônicas são formuladas; o crioulo de base francesa se originaria: I) de um *patois nautique*; e, II) das transformações deliberadas, dos *détours* e *marronnages* da língua do colonizador praticados pelos escravizados.

Conforme a primeira teoria, o "*patois nautique*" é desenvolvido sob o *Ancien Régime* e falado a bordo por tripulantes franceses que, geralmente, não dominavam o francês, mas apenas seus diferentes dialetos, mutuamente ininteligíveis (HOFFMANN, 1995, p.369). Como a maioria dos navios mercantes se dedicava ao "comércio triangular" França-África-Antilhas, a esse *patois nautique* se amalgamaram elementos do "*sabir*" usado pelos ingleses, portugueses, holandeses e outros negros para negociar com seus fornecedores africanos na costa de escravos (HOFFMANN, *op. cit.*,). Nesse sentido, os marinheiros, os primeiros desembarcados no Saint-Domingue, continuam a se comunicar nesse *patois nautique* e o ensinam aos novos imigrantes franceses; em seguida, aos africanos transplantados, que acabam por adotá-lo para se comunicar entre eles. É dessa forma, segundo essa teoria, que as línguas ditas crioulas de base lexical francesa surgem nas colônias. Baseada nessa teoria, o crioulo haitiano como língua fundamental do Haiti é desprezada pela aristocracia do país, que o considera como língua inferior em relação ao francês. A aristocracia apropria-se de argumentos que fazem do haitiano um "francês corrompido", um jargão, e uma língua miserável.

A segunda teoria é radicalmente diferente. O "crioulo" haitiano, assim como outros "crioulos" nascidos nas colônias, seria uma transformação deliberada, um *détour*, um *marronnage* da língua do colonizador. Como escreve Michel-Rolph Trouillot em *Ti dife boulé sou istoua Ayiti*, os escravizados enganaram seus colonizadores: tomam a língua desses últimos e a misturam na multiplicidade das línguas africanas, elaborando assim o crioulo (TOUILLOT, 1979, p.26 *apud* HOFFMANN, 1995, p.372). Nesse mesmo registro, Odnell David, em *Le créole, langue nationale du peuple haïtien*, salienta que a história da língua crioula é também a história da formação e da evolução do povo haitiano (HOFFMANN, *op. cit.*). Alinha-se, nessa perspectiva, a consideração de Michelson P. Hyppolite – *Le devenir du créole haïtien* – segundo a qual a nação haitiana não teria nascido sem a contribuição do crioulo. O autor acusa de alta traição os cidadãos da elite, que não defendem essa língua liberadora. Ressalta que

> o uso de francês determinou um complexo bastante estranho junto aos representantes de nossa elite que se crêem franceses *d'Outre-Atlantique* e desejariam voltar a 150 anos atrás, transformando nosso território em província francesa (HYPPOLITE, 1955, p.10 *apud* HOFFMANN, *idem*, p.372).[43] (Tradução minha)

Essa teoria sobre a origem e a natureza do "crioulo", que se amplia durante o *Indigénisme Haïtien* permite entrever no haitiano uma língua autêntica, que simboliza a vingança do oprimido; ele é a própria base da originalidade haitiana. Essa mesma observação é igualmente válida para outros povos antilhanos das

43 *l'usage du français a déterminé un complexe assez étrange chez les représentants de notre élite qui se croient Français d'Outre-Atlantique et voudraient retourner à cent cinquante ans en arrière en transformant notre territoire en province française*

Américas, onde línguas ditas crioulas surgiram em meio ao processo de desumanização que era a colonização e a escravização.

Na linha de pensar a língua haitiana como a base da sua identidade, Jacques-Stéphen Alexis destaca que, além de ser uma língua autêntica, o chamado "crioulo" haitiano é um utensílio maleável e aperfeiçoado que permite dar conta de toda a realidade atual do Haiti (ALEXIS, 1956). A fim de enfatizar o papel fundamental do "crioulo" no Haiti, Alexis afirma: há incontestavelmente um unificador coletivo do Haiti, a língua haitiana, de semântica africana, embora com vocabulário basicamente francês (ALEXIS, *idem*, p.254).

É nessa perspectiva que se compreende a defesa de Duraciné Vaval, no capítulo "La littérature créole" do seu volume *Histoire de la littérature haïtienne: La littérature de l'âme noire* (1933), pela emancipação do haitiano: defende não apenas para adotá-lo como língua do ensino no país, mas também para promover uma produção literária de expressão haitiana. Conforme argumenta,

> Quando se procura moralizar seus semelhantes, mesmo falando com eles em seu idioma materno, não há diversão, não há distração, cumpre-se um dever de solidariedade social. Acho mais natural abordar os camponeses em seu próprio dialeto do que cantar para eles missas em latim, como é tradicionalmente praticado nas igrejas católicas (VAVAL, 1933, p.365).[44] (Tradução minha)

---

44 *Quand on cherche à moraliser ses semblables, même en leur parlant en leur idiome maternel, on ne s'amuse pas, on ne se distrait pas, on accomplit un devoir de solidarité sociale. Je trouve plus naturel de s'adresser à des montagnards en leur propre dialecte, que de leur chanter des messes en latin, comme cela se pratique par tradition dans des Églises Catholiques.*

Na perspectiva de Vaval, um projeto educacional no Haiti que se quer profícuo deve promover a língua falada pela totalidade da população, o haitiano. Para isso, devem haver publicações, jornais redigidos em crioulo haitiano para a grande massa popular. Faz-se, então, a hipótese de que as considerações de Jacques-Stéphen Alexis sobre a problemática de língua no Haiti se articulam em muitos pontos com aquelas de Duraciné Vaval: em um e outro, o primeiro passo para a emancipação da literatura no Haiti, sobretudo para a literatura em haitiano, é ensinar em haitiano. Alexis defende que é um dever ensinar ao povo haitiano ler em sua língua materna, o *haitiano,* para cessar com a *sottise* que arruinou durante cento e cinquenta anos os esforços da instrução pública, a saber, obstinar-se a ensinar a ler aos iletrados em uma língua estrangeira, apesar de elos parentais (ALEXIS, 1956, p.270). Conforme sua argumentação, ao proceder dessa maneira, evitar-se-á o risco de ver aqueles que foram alfabetizados pelo francês tornarem-se rapidamente analfabetos funcionais, o que frequentemente acontece. Reconhecendo que há, no Haiti, duas línguas que podem, literalmente, dar conta da realidade haitiana, Alexis destaca a necessidade de utilizá-las, de forma competitiva.

Ainda, de acordo com sua argumentação:

> Não é uma língua compartilhada que triunfará no Haiti; é, ou o francês, ou o crioulo, e mais, no futuro longínquo, esta língua vitoriosa será função de nossas relações com os outros estados antilhanos e latino-americanos. Nós não consideramos Dom Quixotes os escritores haitianos que começam a publicar obras em crioulo, a questão é inseparável da desanalfabetização e, a partir de agora, é preciso textos em crioulo para levar a bom termo

> esta desanalfabetização (ALEXIS, 1956, p.270).[45] (Tradução minha)

Observa-se, na formulação de Alexis, que o combate pela emancipação da literatura haitiana é inseparável da luta para uma democratização do ensino no país; ou seja, a emancipação dela passa por uma verdadeira ação de alfabetização massiva. Tal ação é, para Alexis, uma tarefa histórica, da qual cada escritor, cada cidadão deve participar para forçar o governo a consagrar uma grande parte dos recursos do país à educação. Além disso, Alexis ressalta a necessidade de traduzir todos os escritores haitianos "válidos", todos os clássicos da literatura haitiana em haitiano, a fim de introduzir a cultura letrada em todas as camadas da população.

À luz da problemática linguística, poder-se-ia pontuar, a partir de Laroche (1981) e de Confiant (1998), três grandes momentos da literatura haitiana. O primeiro estende-se de 1804 até o final do século, período em que se encontram textos escritos exclusivamente em francês. Isto é, durante o século XIX, não se publica no Haiti nada em crioulo (CONFIANT, 1998), com exceção do poema *Choucoune* (1883), de Oswald Durand. O segundo momento estende-se de 1900, durante o período do movimento indigenista, no qual se encontram textos ditos diglóssicos, em franco-haitiano; e, afinal, o terceiro, que se inicia nos anos 1950 e perdura até a contemporaneidade, além disso,

45 *Ce n'est pas une langue mitoyenne qui triomphera en Haïti, c'est soit le français, soit le créole, et encore, dans l'avenir lointain, cette langue victorieuse sera fonction de nos rapports avec les autres états antillais et latino-américains. Nous ne considérons pas comme des Don Quichotte les écrivains haïtiens qui commencent à publier des oeuvres en créole, la question est inséparable de la desanalphabétisation, et il faut dès maintenant des textes en créole pour mener à bien cette désanalphabétisation.*

corresponde ao interesse pela publicação de textos em haitiano ou se se preferir em crioulo haitiano.

Resta apresentar algumas considerações sobre os textos ditos diglóssicos, em franco-haitiano. Primeiramente, o termo de diglossia, conforme aponta Maximilien Laroche, é lançado por Charles A. Ferguson e leva à situação de uma comunidade que, para suas comunicações internas, utiliza duas línguas, conferindo a cada uma, um domínio de uso próprio. Para Louis-Jean Calvet, Ferguson e, posteriormente, outros linguistas tendem, muitas vezes, a analisar essa situação de diglossia em termos de função, enquanto seria [...] mais justo analisá-la em termos de relação de força (LARACHE, *op. cit.*, p.56). Segue-se que o estudo da diglossia conduz ao da ideologia dominante em uma comunidade. Não por acaso, Jean-Pierre Jardel, citado por Laroche, sintetiza que em "quaisquer usos dos conceitos de bilinguismo e de diglossia, há considerações sobre relações de ideologia dominante e da diglossia literária" (LAROCHE, *ibidem*). Conforme observa, a diglossia literária, definida por William F. Mackey como a repartição funcional das línguas escritas, vem se inscrever na problemática da relação diglossia-ideologia dominante. A conceituação da diglossia, então, não descreve apenas uma situação linguística mas, igualmente, uma situação sociopolítica.

Baseado na pesquisa de Léon François Hoffmann em *Littérature d'Haïti*, embora exclusivamente de expressão francesa no primeiro século de existência, o crioulo haitiano manifesta-se com timidez na literatura haitiana do século XIX. Sua presença, de acordo com Hoffman, limita-se, muitas vezes, a nomear realidades sem equivalências em francês; nomes de árvores, como *mapou*; de animais, como *malfini*, *mabouya*; de objeto, como *alfò*; de comida ou pratos, como *calalou*, *mamba*, *tasso* etc. Como observa, ainda, Hoffman, trechos de canções e de provérbios são incorporados geralmente em itálico e traduzidos em nota. Esse procedimento não tem nada de particular, em todas as literaturas existem os regionalismos, elementos de cor local, sem impedimentos à compreensão. Mas, chegando ao século XX, tais procedimentos se intensificam; raros são os escritores haitianos que não inserem o haitiano nos seus textos em francês.

Foi logo no início do século XX que surge, no Haiti, esse novo tipo de relação entre a literatura e as línguas em uso no país. Georges Sylvain é o primeiro que tenta romper com uma tradição estabelecida há um século, publicando sua coletânea *Cric? Crac!* (1901) em haitiano. Essa obra é uma adaptação das fábulas de La Fontaine, como observa Hyppolite (1998), à realidade haitiana, escolhendo suas personagens em função da realidade, dos costumes camponeses haitianos. Essa publicação quiçá tenha influenciado Justin Lhérisson, que publica, logo depois, duas *lodyans*:[46] *La famille des Pitite Caille: la fortune de chez nous* (1905) e *Zoune chez sa ninnaine* (1906), textos que se oferecem como um tipo de escrita diglóssica no país.

Os títulos dessas obras já expressam a ideia de diglossia. No título *La famille des pitite caille,* por exemplo, as palavras *pitite* e *caille* são haitianas, *pitite* (filho), *caille* (casa), literalmente filho de casa (filho legítimo) em contraposição *pitit deyò*, filho fora do casamento, filho natural. Embora escritas em francês, o

46 *Lodyans, em haitiano, audience*, em francês e, "audiência", em português, designa um modo narrativo caracterizado por sua brevidade, próximo do conto. Contada à noite, a história, tradicionalmente em forma oral e popular – *lodyans* –, torna-se uma forma breve, iniciada por Justin Lhérisson (1873-1908) e promovida ao longo do século XX por escritores como Jacques Roumain (1907-1944), Jacques-Stéphen Alexis, Maurice Sixto (1919-1984), Georges Anglade (1944-2010).

leitor encontra uma forte presença do haitiano, de réplicas em haitiano que fazem com que o leitor francófono precise recorrer ao haitiano para lê-las. Mais tarde, Jacques Roumain recorre ao mesmo recurso no seu romance *Gouverneurs de la rosée*. Clément Magloire Saint-Aude, por sua vez, no seu romance *Parias: documentaire*, não hesita a compor em haitiano todos os diálogos entre personagens haitianas (HOFFMANN, 1995). Como destaca Laroche (1981), a lista poderia ser bastante extensa se apresentasse os escritores que fazem o uso do haitiano e do francês nas suas composições (Oswald Durand, Justin Lhérisson), que passam progressivamente do francês ao franco-haitiano e ao haitiano (Jacques Roumain, Félix Marisseau-Leroy, Magloire Saint-Aude, Jacques-Stéphen Alexis) ou que retornam ao francês após tê-lo deixado pelo haitiano (Frankétienne, Rassoul Labuchin). Segue-se que não se pode pensar as línguas em uso no Haiti, a saber, o francês e o haitiano, como duas línguas isoladas mas, antes, como duas línguas que envolvem relações duplas (LAROCHE, 1981). O caráter diglóssico dessa relação permite compreender a especificidade da literatura haitiana promovida durante o movimento indigenista – que se trata de um empreendimento de representar o *ser haitiano*, o ser-coletivo para sua inserção no mundo exterior.

A literatura de expressão haitiana propriamente dita surge por volta dos anos 1950, com a publicação, em 1952, pela Imprimerie Deschamps em Porto Príncipe, da coletânea intitulada *Diakout*, do poeta Félix Morisseau-Leroy (1912-1998). Esta é considerada a primeira obra de valor em haitiano (TROUILLOT e DALAMBERT, 2010) e abre portas para as produções literárias em haitiano no país; é por isso que críticos literários consideram Morisseau-Leroy o pai da literatura de expressão haitiana e aceitam o ano de 1950 como o nascimento dessa literatura (LAROCHE, 1981; HYPOLITTE, 1998). Com essa obra, Morisseau-Leroy é revelado defensor do povo haitiano, caricaturando em sua obra problemas de todas as naturezas enfrentados pelo país. A poesia de expressão haitiana, que se orienta à militância, vai se enriquecer com os poetas como Paul Laraque (1920-2007), Franck Fouché (1915-1978), Emile Roumer (1903-1988), Rassoul Labuchin (1938-), entre outros (LAROCHE, 1981; HOFFMAN, 1995; HYPPOLITE, 1998; DALEMBERT e TROUILLOT, 2010). Mais tarde, essa mesma literatura de expressão haitiana se orientará para a prosa e para o teatro, com romancistas como Frankétienne (1936 -), Clement Magloire Saint-Aude (1912-1971) e dramaturgos como Maurice Sixto (1919-1984), Syto Cavé (1944 -), Félix Morisseau-Leroy, Frankétienne (1936 -), Franck Fouché (1915-1978) para citar apenas alguns nomes.

Para Dalembert e Trouillot (2010, p.57):

> A literatura de expressão haitiana tomou uma dimensão reivindicativa que aterrorizou as elites e a ditadura Duvalier: a afirmação da língua crioula como unidade linguística do povo haitiano e a vontade de atingir a maioria dos haitianos, de falar para eles e de falar por eles.[47] (Tradução minha)

Nos anos de 1960, de acordo com esses autores, a poesia em haitiana circula, sobretudo, oralmente, visto que os poemas são declamados em festas ou assembleias, sem necessa-

47 *La littérature d'expression haïtienne a pris une dimension revendicative qui a effrayé les élites et la dictature des Duvalier: l'affirmation de la langue créole comme unité linguistique du peuple haïtien et la volonté d'atteindre la majorité des haïtiens, de leur parler et de parler pour eux.*

riamente serem reunidos em coletâneas, às vezes sem autoria. Isso se compreende quando se refere ao sistema político autoritário do país da época. Todavia, observa-se desde então, no Haiti, uma diminuição crescente dos preconceitos contra a literatura de expressão crioula.

Enfim, embora os indigenistas defensores do crioulo e da cultura da massa como Price-Mars, Jacques Roumain, Jacques-Stéphen Alexis entre outros não publiquem em haitiano, seus pensamentos favorecem certo tipo de conscientização. Ou seja, o pensamento indigenista oferece grandes contribuições não apenas para a desmistificação da língua francesa no país, mas igualmente para a emancipação da literatura de expressão haitiana. Em outras palavras, o *Indigénisme Haïtien* contribui para uma crioulização da língua francesa no Haiti e é essa mesma crioulização que conduz mais tarde a uma emancipação do haitiano.

Conforme dito anteriormente, observa-se que o *Indigénisme Haitïen* leva os escritores a se inspirarem nas tradições populares, em vez de imitar modelos estrangeiros. Inspirar-se nas tradições populares não é nada mais do que reconhecer a *vox populi* como lugar em que se exprime uma soberania, um poder, uma autoridade (LAROCHE, 1981). Com o *Indigénisme*, a literatura haitiana funda e, ao mesmo tempo, transborda o oceano de linguagem, de imaginário, de identidade, enfim "do olhar múltiplo que requer a multiplicidade de olhares", como colocam Dalambert e Trouillot (2010). Vê-se, em suma, que, ao longo desse movimento, surgem várias tendências, nem sempre bem delineadas, muito menos unificadas, mas todas imbuídas do espírito do *haïtianisme* ou *Indigénisme* e ligadas por questões mais estéticas do que ideológicas, embora cada qual com sua concepção ou ideologia própria. A estética promovida pelo *Indigénisme Haïtien* convida o inventor estético a imergir na história longínqua do *ser-haitia-*

no, no folclore, para descrever e (re)inventar ou reconfigurar de maneira autêntica a realidade haitiana, utilizando o pensamento, a linguagem particular do camponês, do desfavorecido. Assim, a religião vodu, a língua haitiana, os costumes e tradições populares e o folclore do *ser-haitiano* em suas diferentes tonalidades passam a assumir novos significados nas letras haitianas.

Como verá nos próximos dois capítulos, o romance *Compère Général Soleil* revela-se um dos mais relevantes do *Indigénisme haïtien*. Ali, encontrariam-se os principais ideais do movimento, e ali se exporiam as contradições mais diversas da sociedade haitiana.

III. Alexis teórico e romanesco – uma leitura de *Compère Général Soleil*

> Sempre tive pés polvilhados. Polvilhados de orvalho fresco, polvilhados pelo pó das trilhas, polvilhados pela farinha das chuvas, polvilhados pelos sóis do meio-dia, polvilhados pelo pólen da rosa dos ventos, polvilhados pelo perlimpimpim das noites, polvilhados pela areia das estrelas, os meus pés caminham incessantemente pelos caminhos da vida... (Jacques- Stéphen Alexis, "Prologue" du *Romancero aux étoiles*, 1960).[1] (Tradução minha)

Alexis e sua concepção da arte literária

Jacques-Stéphen Alexis é uma das mais relevantes figuras na constituição de uma sensibilidade ou de um imaginário diversificado na literatura haitiana do século XX. Além de três romances (*Compère Général Soleil*, 1955; *Les arbres musiciens*, 1957 e *L'espace d'un cillement*, 1959)[2] e de uma coletânea de novelas

---

1 *J'ai toujours eu les pieds poudrés. Poudrés de rosée fraîche, poudrés par la poussière des santiers, poudrés par la farine des pluies, poudrés par les soleils de midi, poudrés par les pollens de la rose des vents, poudrés par le perlimpinpin des soirs, poudrés par le sable des étoiles, mes pieds marchent sans cesse dans les chemins de la vie...*

2 Esses romances foram publicados pela editora parisiense Gallimard. De acordo com Mudimbe-Boyi (1992), vários outros títulos de romances de Alexis (*Coquelicots*, *L'Eglantine*, *Dans le blanc des yeux*) e um ensaio

(*Les Romancero aux étoiles*, 1960), deixou como legado dentre outros, os seguintes textos de caráter teórico: *Contribution à la table ronde sur le folklore et le nationalisme* (1956), *La culture haïtienne* (1956), *Du réalisme merveilleux des Haïtiens*, (1956), *Où va le roman?: Débat autour des conditions d'un roman national chez les peuples noirs* (1957). Todos esses textos foram publicados como artigos nas revistas *Présence Africaine* e *Lettres Françaises*. Soma-se o romance póstumo *L'étoile Asinthe*, publicado em fevereiro de 2017 em Paris/França pela Zuma.

Porém, é em sua comunicação apresentada no primeiro *Congrès International des Écrivains et Artistes Noirs*, em Paris[3] (1956) sob o título *Du réalisme merveilleux des haïtiens*,[4] e no texto *Où va le Roman?*, publicados pela *Présence Africaine*, que Alexis expõe sua concepção da arte e sua teoria de literatura, que se inscrevem no registro estético do "realismo maravilhoso".

(*Chine miraculeuse*) foram anunciados pela Gallimard, em 1957, na rubrica "à paraître prochainement". No entanto, nenhum desses títulos foi até hoje publicado. Todavia, em 2017, a editora parisiense Zulma publicou postumamente o romance de Alexis intitulado *L'étoile Absinthe: (roman) suivi de Le léopard*, um título que nem sequer fora anunciado.

3 O primeiro *Congresso de artistas e escritores Negros* foi uma iniciativa de Alioune Diop e da *Revue Présence Africaine*, criada por ele em 1947. O congresso foi realizado em Paris, de 19 a 22 setembro de 1956, e reuniu artistas e escritores negros do mundo inteiro. De acordo com Dalambert e Trouillot (2010), o etnógrafo haitiano Jean Price-Mars (1876-1969) foi eleito, por unanimidade, presidente do 1º Congresso.

4 Esse texto foi traduzido em português sob o título *Do Realismo maravilhoso dos haitianos* por Normélia Parise e Zilda Bernd. Texto disponível em http://www.ufrgs.br/cdrom/alexis/jalexis.pdf. Acesso em: 12/10/2018. Também foi traduzido em espanhol por Isabel Dominguez, sob o título de *Prolegómenos a un manifiesto del realismo maravilloso de los haitianos*. Mendoza (Argentina): CILHA - a. 9 n. 10., 2008, p.43-67. Disponível em: http://ffyl1.uncu.edu.ar/IMG/pdf/docs2.pdf. Acesso em: 12/01/2018.

Schallum Pierre, Louis-Phillipe Dalambert e Lyonel Trouillot observam que o realismo maravilhoso é um pensamento estético formulado por Alexis em 1956. A essa data, salientam que a crítica já havia adotado o conceito de "real mágico" postulado pelo cubano Alejo Carpentier em seu prefácio do romance *Royaume de ce monde*, cujo espaço cênico é o Haiti e sua história dos séculos XVIII e XIX. Não se pode igualmente esquecer que a estética do realismo mágico se desenvolve progressivamente desde 1928 e chegou a se impor como teoria na literatura latino-americana a partir dos anos 1960. De acordo com Elizabeth Mudimbe-Boyi, essas duas teorias[5] exprimem uma essência, uma especificidade geográfica, histórica e um sincretismo cultural do Novo Mundo, bem como seus paradoxos: oposição entre cidade e floresta, tecnologia e feudalismo, opulência e miséria, sublime e grotesco. Além disso, importa considerar o encontro de Alexis com surrealistas como Louis Aragon, na França; e André Breton – que visitou ao Haiti em 1946. Ainda, Schallum Pierre, em sua tese *Le Réalisme Merveilleux de Jacques Stéphen Alexis: esthétique*, éthique et pensée politique, observa que o conceito "maravilhoso" havia aparecido em duas publicações no Haiti no mesmo ano em que Alexis elaborou sua teoria. Em *Panorama de l'art haïtien*, o crítico e romancista haitiano Phillipe Thoby-Marcelin define o conceito como

> a fantasia exuberante dos contos da África negra que nunca nos cansamos de ouvir, nos quais o maravi-

5 As teorias de "Realismo mágico" e "Real mágico" visam colocar em destaque toda substância fabulosa, mítica, pela qual é imbuída a realidade ou o cotidiano das populações latino-americanas ou caribenhas. Elas propõem uma visão da realidade renovada e ampliada pela estranheza, irracionalidade, mistério que a existência e o espírito humano escondem.

> lhoso avizinha-se, em toda simplicidade, do realismo. Eles foram transmitidos a nós desde a época do *Tratado Negreiro* (THOBY-MACELIN, 1956, p.75, *apud* PIERRE, 2013, p.15).[6] (Tradução minha)

Por outro lado, o mesmo conceito está enunciado em uma série de ensaios de Stéphen Alexis Pai, publicados em 1956, nos quais, pelo estudo do folclore, de lendas, de costumes, de crenças e de superstições da massa popular, o maravilhoso define-se como "uma estética de servidão que coincide com exigências latentes do maravilhoso e da magia que a raça negra carrega consigo e que se expressa no culto popular de vodu". (ALEXIS, 1956, p.1, *apud* PIERRE, 2013, p.15).[7] (Tradução minha)

Nessa perspectiva, percebe-se que Jacques-Stéphen Alexis toma emprestada sua teoria de várias fontes. Aliás, para glosar Mudimbe-Boyi (1992), Alexis formou-se em uma atmosfera de sincretismo "de uma cultura haitiana" com uma tonalidade, uma coloração que a aproxima de outras culturas, "negra", francesa e latino-americana. O próprio Alexis em *Où va le roman?*, no que concerne a sua cultura, afirma que Shakespeare, Michel-Ange, Beethoven a ele pertencem, assim como Victor Hugo. Sublinha, entretanto, que é influenciado, em primeiro lugar, pela cultura popular haitiana e por romancistas realistas haitianos (Fernand Hibbert, Frédéric Marcelin, Justin Lhérisson e Jacques

6 *la fantaisie exubérante des contes de l'Afrique noire que ne sommes jamais fatigués d'entendre, où le merveilleux voisine en toute simplicité avec le réalisme, et qui nous ont été transmis de génération en génération depuis l'époque de la Traite.*

7 *une esthétique du servage, qui coïncidait avec ce besoin latent du merveilleux et de la magie que la race noire porte en elle et qui trouve son expression dans le culte populaire du vaudou.*

Roumain). Ainda, salienta que escritores franceses como Balzac, Stendhal, Flaubert, Zola, Maupassant, Roger Martin du Gard, assim como escritores americanos como Steinbeck, Hemingway, Caldwell, Albert Mast o influenciaram. Além dessas influências, menciona que recebe igualmente influência de escritores latino-americanos (Jorge Amado, Ciro Alegría, Miguel Astúrias) e de romancistas soviéticos (particularmente Tolstoï, Dostoïevski e Gorki) (ALEXIS, [1957] 2001, p.8).

Para fundamentar sua concepção estética, sem negligenciar a tradição ocidental, Alexis estuda as tradições culturais do povo latino-americano e caribenho, o que permite entrever sua teoria do realismo maravilhoso como uma poética de reencarnação de uma tradição a transmitir. A arte, em todas as suas manifestações, é, em sua concepção, em primeiro plano, histórica, pois que reconstitui a História, o passado. Para ele, a arte haitiana, bem como a de outros países da região e da África, é profundamente realista, embora esteja já indissoluvelmente ligada ao mito, ao símbolo, ao estilizado e ao hierático. (ALEXIS, 1956, p.263).

A essa altura, necessita-se salientar que o maravilhoso faz-se bastante presente no cotidiano haitiano, no registro do sobrenatural, do imprevisto e do inesperado. Segundo essa mesma perspectiva, o dramaturgo, romancista, poeta e pintor haitiano Frankétienne (2000) observa:

> Haiti é um país que ao mesmo tempo existe e não existe. Não há fronteiras estanques entre o sonho e a realidade em nossa cultura. O que se vê em sonhos é tão verdadeiro quanto o que se olha com olhos abertos em plena luz do dia, em plena luz do meio dia. Isso vem, de certo modo, do vodu, mundo simultaneamente mítico e real, incômodo e cotidiano, o próximo e longínquo. Não há fronteiras

> estanques entre a vida e a morte. A comunicamção com os mortos se faz em plena noite, em pleno dia, em devaneios. Não há tampouco fronteiras entre o Branco e o Negro. O negro é o homem, é o ser humano. Negro branco, Negro preto, todos são seres humanos.[8] (Tradução minha)

A observação de Frankétienne ecoa na estética do realismo maravilhoso de Alexis. Na estética alexiana, o vodu haitiano traduz uma sensibilidade particular, por vezes paradoxal, do haitiano. Alexis ilustra seu pensamento no culto do vodu. De acordo com o que assinala, o possuído do vodu chega às vezes a tomar um ferro em brasa em suas mãos sem se queimar e o lambe; sobe alegremente nas árvores mesmo se é um idoso, chega a dançar durante vários dias e noites seguidas, masca e engole vidro (ALEXIS, 1956, p.261). Nesse registro, Alexis entende por maravilhoso

> A *imagerie* na qual um povo envolve sua experiência, reflete sua concepção do mundo e da vida, sua fé, sua esperança, sua confiança no homem, em uma grande justiça, e a explicação que ele encontra para as forças antagônicas do progresso (ALEXIS, 1956, p.267).[9] (Tradução minha)

---

8 *Haïti est un pays qui à la fois existe et n'existe pas. Il n'y a pas de frontières étanches entre le rêve et la réalité dans notre culture. Ce que l'on voit en rêves, c'est aussi vrai que ce que l'on regarde les yeux ouverts en plein jour, en plein midi. Cela vient, quelque part, du vaudou, ce monde à la fois mythique et réel, pesant, quotidien, à la fois proche et lointain. Pas de frontières étanches entre la vie et la mort. La communication avec les morts se fait en pleine nuit, en plein jour, en songes. Pas de frontières non plus entre le Blanc et le Noir. Le nègre, c'est l'homme, c'est l'être humain. Nègre blanc, Nègre noir, ce sont des êtres humains.*

9 *l'imagerie dans laquelle un peuple enveloppe son expérience, reflète sa conception du monde et de la vie, sa foi, son espérance, sa confiance en*

Para Alexis, o maravilhoso é o real com seu cortejo de bizarro, de fantástico, de sonho, de crepúsculo e de miséria. É, igualmente, o imprevisto, o inesperado, o inacreditável; e, dessa forma, a estética do maravilhoso é a estética da surpresa.

Alexis define o realismo maravilhoso dos haitianos como uma parte integrante do realismo social, sob a forma haitiana; ele obedece às mesmas preocupações. De acordo com o que observa, o realismo maravilhoso explora o tesouro de contos, de lendas, toda a simbologia musical, coreográfica, plástica, todas as formas de arte popular haitiana para ajudar a nação a resolver problemas e a cumprir as tarefas que estão diante dela (ALEXIS, *op. cit.*, p.268). Ainda segundo o autor, os gêneros ocidentais legados ao haitiano devem ser resolutamente transformados em um sentido nacional, e tudo na obra de arte deve movimentar essa sensibilidade particular dos haitianos, filhos de três raças e de muitas culturas.

Segundo essa mesma perspectiva, Alexis (*ibidem*, p.269) postula que o realismo maravilhoso propõe:

> I) cantar as belezas da pátria haitiana, suas grandezas e suas misérias, com o senso de perspectivas grandiosas dado a elas pelas lutas de seu povo e a solidariedade com os homens; alcançar assim o humano, o universal e a verdade profunda da vida; II) rejeitar a arte sem conteúdo real e social; III) procurar vocábulos expressivos próprios a seu povo, aqueles que correspondem ao seu psiquismo, utilizando-os, sob uma forma renovada, expandida, e os moldes universais, de acordo, bem entendidos, com a personalidade de cada criador"; IV) ter uma clara consciência de problemas precisos, concretos,

l'homme, en une grande justice, et l'explication qu'il trouve aux forces antagonistes du progrès.

> atuais e os dramas reais enfrentados pelas massas, com o objetivo de comover, de cultivar mais profundamente, e de impulsionar o povo em suas lutas.[10] (Tradução minha)

Como observam igualmente Dalambert e Trouillot (2010), é necessário notar no realismo maravilhoso de Alexis o peso do imaginário, sua capacidade de desenvolver-se sem se afastar da realidade e erigir-se como princípio da organização da produção artística e literária. O realismo maravilhoso seria assim uma categoria apta a reconciliar produção artístico-literária e formação da identidade desse povo que emerge da colonização, uma categoria que abraça as diversas experiências, as diversas contribuições na sua formação. Contudo, a estética de Alexis não se contrapõe à estética promovida pelo movimento indigenista. Deve ser considerada uma espécie de desdobramento, de síntese da estética do *Indigénisme*. Em outros termos, pode-se afirmar que Alexis leva os ideais promovidos pelo *Indigénisme haïtien* às suas últimas consequências.

A estética alexiana traz para o presente "o pesadelo do passado", como postula Glissant (1981). Assombram o presente do povo haitiano, assim como outros oriundos da colonização e da escravagização nas Américas, o período pacífico dos povos autóc-

10 I) *chanter les beautés de la patrie haitienne, ses grandeurs comme ses misères, avec le sens des perspectives grandioses que lui donnent les luttes de son peuple et la solidarité avec les hommes; atteindre ainsi à l'humain, l'universel et la vérité profonde de la vie*; II) *rejeter l'art sans contenu réel et social*; III) *rechercher les vocables expressifs propres à son peuple, ceux qui correspondent à son psychisme, tout en utilisant sous une forme renouvelée, élargie les moules universels, en accord bien entendu avec la personnalité de chaque créateur*; IV) *avoir une claire consciênce des problème précis, concrets, actuels et des drames réels que confronntent les masses, dans le but de toucher, de cultiver plus confrondément et d'entrainer le peupe dans ses luttes.*

tones, o passado inaugurado com a invasão dos conquistadores e o declínio dos povos autóctones, a escravidão e a revolução dos escravizados, a independência e a invasão americana. Não há como escapar dessa realidade. Eis o que quiçá explique o motivo de o romance *Compère Général Soleil* se revelar uma epopeia da sociedade haitiana e, por consequência, dos povos oriundos da colonização e escravização nas Américas: ali, introduz-se não apenas cenas populares, lutas da classe desfavorecida para sua sobrevivência e opulência da burguesia, mas, igualmente, são mobilizados em suas diversas manifestações o folclore e a tradição do povo haitiano.

O(s) enredo(s) de *Compère Général Soleil*

Publicado pela Gallimard em 1955, o romance *Compère Général Soleil* encena a existência de dois mundos, com duas culturas contraditórias que coabitam: de um lado, o mundo, a cultura dos miseráveis, dos infortunados; de outro, o mundo, a cultura dos bem-aventurados, dos opulentos. Além de um prólogo, o romance divide-se em três partes e adota uma organização particular, cujo enredo é marcado por um *va-et-vient* de ações que se desenvolvem em espaços e tempos diferentes.

O prólogo é uma série de quadros que coincidem com uma progressão de tomada de consciência do jovem Hilarion Hilarius, protagonista da narrativa. O narrador inicia o prólogo apresentando a situação miserável de Hilarion, que tenta em vão dormir por causa de fome que o aterroriza. Como malogra e é noite, decide partir à procura de algo para matar essa sua fome. Sai e aventura-se em Bois Verna.[11] "Um dos bairros chiques da

11 Bois Verna é um bairro bastante elegante da capital haitiana, com uma estrutura arquitetônica antiga. Foi o bairro dos privilegiados, da elite econômica e política do país nos dois últimos séculos.

capital haitiana, o bairro das pessoas de bem, das pessoas *como se deve*, que comem cinco vezes ao dia" (ALEXIS [1995], 199, p.14).[12] (Tradução minha)

Consegue entrar em um dos belos castelos e rouba uma carteira, com várias notas de dólares: "Uma peça de convicção [...]; uma peça justificadora de seu direito, o direito de defender sua existência, o direito de espoliar os espoliadores" (ALEXIS, *op. cit.*, p.15)[13] (Tradução minha). Mas, bruscamente, *un coup de sifflet* [um apelito] atravessa a noite. Infelizmente, Hilarion não desfrutará de sua presa. É preso pela polícia.

A primeira parte do romance abre-se com a situação do protagonista na prisão em Fort Dimanche,[14] onde é objeto de torturas de diversas naturezas – assim como outros prisioneiros. Mas, o que o preocupa, antes de tudo, é o sofrimento de sua mãe – para Hilarion, torturar gente miserável é algo natural. Condenado a um mês de prisão, ali encontra o prisioneiro político, membro da elite intelectual e econômica do país, o mulato Pierre Roumel. Roumel o faz descobrir a esperança

---

12 *un des beaux quartiers de Port-au-Prince, celui des gens de bien, des gens comme Il faut, qui mangent cinq fois par jour*".

13 [...] *pièce à conviction*" [...]; *une* "*pièce justificatrice de son droit*", *le droit de défendre son existence, le droit de rançonner les rançonneurs.*).

14 Na narrativa, a referência a essa prisão constitui uma ferramenta para o narrador apresentar uma visão global do sistema carcerário no Haiti ao longo da primeira metade do século XX. É necessário ressaltar que este *Fort* é uma antiga prisão construída pelos franceses durante a colônia. Após a independência do país, foi utilizado, de 1914-1934, como sede general do exército do ocupante estadunidense e, durante a ditadura militar (1957-1986), tornou-se a principal prisão da tortura do regime. Eis por esses motivos que foi renomeado pela população de *Fò Lanmò* (Forteza da morte).

graças à ideologia comunista, começa a educá-lo e promete ajudá-lo a achar um emprego quando sair da prisão. À sua saída da prisão, graças à ajuda da mãe de Roumel, Hilarion consegue um emprego. Em seguida, encontra um amigo de Pierre Roumel, o doutor Jean Michel, um mulato que o aconselha a se inscrever em um curso noturno organizado pelo partido comunista. É, para ele, um exaltante momento: ali descobre os grandes momentos da história do Haiti, e passa a demonstrar muitas simpatias pelos heróis da independência e pela cultura nacional. Indo à praia, encontra uma jovem da periferia do Porto Príncipe, Claire-Heureuse, que mais tarde se tornará sua esposa. Graças a seu salário, ele visita sua cidade natal, Léogane, e participa de cerimônias vodu.

A segunda parte do livro trata, de um lado, da paisagem haitiana, especialmente o departamento do Artibonite;[15] e, de outro, das sequelas da experiência traumática do protagonista Hilarion naquela sinistra prisão e de suas dificuldades para se integrar na cultura do amigo Jean Michel. Para não recair na situação de miséria que o levou à prisão, enquanto trabalha no sisal que processa e lustra mogno, monta junto com sua esposa uma pequena loja de mantimentos. Má fortuna se sucede. Agitações políticas e sociais reinam na capital haitiana, provocam crises econômicas e greves contra o governo. Suspeito de iniciar as greves contra o governo, Jean Michel é preso. A empresa onde trabalha Hilarion entra em falência. Hilarion fica sem emprego, sem amigos; o partido comunista se dissolve. E um incêndio abala o bair-

15 O Haiti é dividido em Departamentos, ao contrário, por exemplo, do Brasil, dividido em Estados. O Artibonite é um dos 10 Departamentos da República do Haiti, um dos mais importantes de produção agrícola, sobretudo, a cultura orizícola do país. Situa-se na região Norte.

ro, a pequena loja do casal Hilarion/Claire-Heureuse é destruída. Em situação de desespero, os dois se veem obrigados a emigrar para a República Dominicana, na esperança de ali encontrarem condições para criar o filho que vai nascer.

A terceira parte do romance encena a vida de Hlalarion e de sua mulher na República Dominicana. Nesse novo território, o casal passa a vivenciar desafios significativos, não só de ordem linguística e econômica, mas igualmente de ordem sociocultural. Ali, Hilarion consegue a ajuda do primo Josaphat, já aclimatado àquela sociedade, e consegue um emprego como cortador de cana de açúcar nas lavouras dominicanas. Sua esposa Claire-Heureuse fica em casa, sob a proteção da dançarina dominicana Conception, e cria o filho, recém-nascido, de nome Désiré. Hilarion simpatiza com o revolucionário Paco Torres, assassinado em um protesto contra o sistema que explora os trabalhadores – tal assassinato suscita nesses últimos revolta e indignação. Continuando a luta, os trabalhadores decretam greves e exigem aumento e melhores condições de trabalho. As greves são alcançadas graças à união dos trabalhadores haitianos e dominicanos; os quais exploram a imagem positiva da revolta dos escravizados no Haiti que conduz à independência do país, para convencer os trabalhadores haitianos a aderirem à greve. O governo cede diante das greves e mal aumenta o salário, porém, os trabalhadores comemoram eloquentemente esse aumento. Logo, os trabalhadores haitianos são vistos como bode expiatório, ou seja, como responsáveis pelas ondas de revoltas. O ditador Chacal,[16] embora

16 A personagem Chacal é caricatura do feroz ditador dominicano Rafael Troujillo (1891-1961), de origem haitiana, que dirigiu a República Dominicana de 1930 a 1961. Justamente por ser de origem haitiana,

de origem haitiana, ordena o horrível massacre de haitianos. Posteriormente, ajudado por algumas personagens dominicanas (particularmente por Cocozumba e o soldado, Rodriguez), Hilarion consegue fugir e regressa ao Haiti, juntamente com sua esposa Claire-Heureuse e o filho recém-nascido, Désiré. Antes de chegar à sua terra *alma mater*, o bebê sucumbe aos ferimentos provocados pela agressão de um cachorro, e o protagonista, ao atravessar o rio que marca a fronteira entre a República Dominicana e o Haiti, é atingido mortalmente por tiros de soldados dominicanos. Antes de morrer, conta sua dura existência para a esposa. Vê-se que a morte do protagonista parece anunciar o triste destino do próprio autor do romance, pois Jacques-Stéphen Alexis foi desaparecido pela ditadura militar haitiana ao chegar do Cuba.[17]

---

foi apoiado pela grande parte da comunidade haitiana na República Dominicana. Eleito presidente, tornou-se logo anti-haitiano: foi ele quem ordenou o massacre de mais de 25 mil trabalhadores haitianos, sob o pretexto de que eram ladrões.

17 Em abril de 1961, Alexis embarca em Cuba com quatro companheiros para chegar à costa norte do Haiti (HOFFMANN, *op. cit.*, p.318). Quando desembarcam, são denunciados por moradores da zona costeira por comportamento suspeito; os cinco homens são logo detidos e, a partir desse momento, Alexis desaparece para sempre. Segundo testemunhos, ele foi transferido junto com seus companheiros para Porto Príncipe, para ser encarcerado na sinistra prisão Fort Dimanche, onde foi brutalmente torturado. Segundo outras testemunhas, ele teria sucumbido às torturas; e ainda, segundo outras testemunhas, ele foi fuzilado na mesma prisão, assim como tantas vítimas do regime ditatorial. O regime sempre clamou sua inocência nesse brutal desaparecimento.

O discurso narrado ou contado

Conforme assinalam Carlos Reis e Ana Cristina M. Lopes, de todos os âmbitos visados pela teoria semiótica da narrativa, aquela do *discurso* é a que tem sido objeto de maior atenção e sistematização. Isso porque o *discurso*, enquanto suporte expressivo da história e domínio em que se consumam sua representação, resulta diretamente do labor do narrador, traduz-se em um *enunciado* e articula em *sintagma* diversas categorias e subcategorias específicas (REIS e LOPES 1988, p.225). De acordo com a argumentação dos autores, é ao nível do *discurso* que se percebem os processos de composição que individualizam o modo narrativo: elaboração do tempo (ordem temporal, frequência e velocidade), modalidades de representação dos diferentes segmentos de informação diegética (focalização), caracterização da instância responsável pela narração (voz), configuração do espaço e do retrato das personagens (descrição) (REIS e LOPES, *op. cit.*, p.30). São esses os aspectos que mais se destacam na manifestação do discurso narrado – lembrando que a manifestação desse discurso é indissociável dos conteúdos diegéticos que imediatamente a inspiram. O discurso da narrativa leva, então, ao estudo de relações entre diversas categorias e subcategorias (narração, história, narrativa, personagens, narrador, espaço, tempo) do texto narrativo.

Conforme afirma Gérard Genette em *Nouveau discours du récit* (1983), a narrativa não representa uma história (real ou fictícia), ela a (re)significa por meio da linguagem. Isso significaria entender que, enquanto diversidade social de linguagens organizadas artisticamente (BAKHTIN, 1993), a narrativa é um gênero cujo poder reside na fabulação escolhida, na maneira de narrar e nas perspectivas que nele surgem (ALEXIS,

[1957] 2001, p.3). Nesse sentido, como acontece em qualquer objeto de invenção artística, cabe a cada ficcionista adotar seu estilo, sua arquitetura, sua matéria para a obra narrativa, na qual se encontra uma variedade de vozes – ora do narrador, ora de personagens – que constitui o discurso narrativo. Dessa forma, se o ficcionista, como qualquer artista, é livre ou é responsável por sua escolha, tal escolha implica sempre em uma tomada de posição que o situa diante do real, no plano da linguagem e no plano de motivos.

Chega-se então à questão da linguagem e do "ser" na obra de ficção (no caso aqui, o romance). Em primeiro lugar, entende-se por romance todas as obras literárias nas quais os autores representam uma história cujas personagens, lugares e eventos são simplesmente invenções. Com base nesse raciocínio, a linguagem do romance é uma fábula (embora o romancista se nutra na realidade, modificando-a); quanto ao "ser" do romance, ele é igualmente entendido como fictício ou como "ser de papel" a quem o romancista, por meio de seu narrador, atribui discursos. Porém, esses mesmos discursos poderiam ser pronunciados por pessoas reais, em conversas ordinárias.

No seu texto intitulado *Fiction et Diction*, Gérard Genette estuda o conceito de "atos de ficção" ou enunciados de "ficção narrativa"[18] considerados como atos da linguagem para anali-

---

18 Nesse texto, *Fiction et Diction*, Genette apresenta uma argumentação de John Searle que distingue a literatura em geral da ficção narrativa e da simples ficção. Segundo essa argumentação, toda Literatura não é ficção, toda ficção é literatura. Para exemplificar a segunda proposição, o autor salienta algumas histórias em quadrinhos e histórias "engraçadas", exemplos de ficção, mas não de literatura. Genette dedica um capítulo inteiro (aliás, o mais longo do livro) à problemática de "atos de ficção" narrativa. Nesse capítulo, nomeado *Les actes de fiction*, o autor dialoga principalmente com

sar o discurso das personagens da ficção narrativa. Ele formula o estatuto ilocutório de "atos de ficção" narrativa. Para ele, os "atos de ficção" são discursos assumidos (ou atribuídos) por personagens fictícias, cuja ficcionalidade é tacitamente colocada pelo contexto de representação real ou imaginária, e cujo estatuto pragmático, no interior da diegese assim construída, é o de qualquer conversa ordinária entre pessoas ou seres humanos (GENETTE, 1991, p. 41-42).

Segundo esse registro, conforme advertem Oswald Ducrot e Tzvetan Todorov, uma leitura ingênua dos livros ficcionais pode confundir personagens "de papel" com seres humanos, esquecendo que as primeiras são, antes de tudo, seres de linguagem que existem apenas em palavras. Todavia, seria obsoleto recusar a relação existente entre esses "seres ficcionais" e "seres humanos", pois as personagens fictícias representam ou imitam pessoas ou seres históricos, conforme modalidades próprias à "ciência da ficção" (DUCROT e TODOROV, 1972, grifos meus). Por esse viés, uma obra literária, mesmo que seja pura ficção, carrega ou representa vozes de pessoas, vozes da humanidade ou da sociedade. Todavia, apoiado em Wolfgang Iser, é necessário assinalar que tais pessoas não são idênticas àquelas da realidade; se são semelhantes, elas são "como se" fossem pessoas, sujeitos. Logo, toda representação literária se inscreve em certo interstício que inscreve suas composições em um "nem, nem" – nem real, nem ficcional, mas algo parecido com o real e, por isso, justamente, distante do real. A essa concepção se articula a problemática do realismo na obra literária; pois a obra ficcional, assim como qualquer obra literária enquanto expres-

---

John Searle que, a partir de atos de ficção, nega o estatuto ilocutório no artigo *Le statut logique du discours de la fiction*, publicado em 1975.

são de comunicação, carrega nas suas organizações elementos históricos, sociológicos, antropológicos e culturais de um determinado povo. Contrapondo-se à tese que concebe a ficção como polo oposto à realidade, o crítico alemão Wolfgang Iser postula a perspectiva segundo a qual a ficção nos comunica algo sobre a realidade. O autor situa a relação entre ficção e realidade na esfera da comunicação. De acordo com sua argumentação, a ficção não é a realidade, não porque careça de atributos reais, mas sim porque é capaz de organizar a realidade de tal modo que esta se torna comunicável (ISER, 1996, p.102). É importante destacar que, na perspectiva iseriana, tal realidade não é propriamente a mesma, mas "parecida" com ela, o que faz com que, em consonância, aliás, com toda uma perspectiva teórica de Paul Ricoeur, o real seja um "como se", isto é "como se fosse real", mas não exatamente o real. Como se fosse o real, com todos os seus atributos, pois o mundo que se configura é um mundo, ao mesmo tempo afastado e próximo do real. Dessa forma, é possível notar que o paradigma de personagem desempenha papel fundamental na análise do modo romanesco, já que um autor como Jacques-Stéphen Alexis nele vê a forma narrativa voltada para a realidade do homem como indivíduo inserido em determinado espaço-temporal.

Em seu texto *Literatura e Personagem*, Rosenfeld (1976, p.45) destaca que a grande obra de arte literária (ficcional) se dá pelo lugar em que nos defrontamos com seres humanos de contornos definidos e definitivos, transparentes, vivendo situações exemplares de modo exemplar (exemplar, igualmente, no sentido negativo). Segundo o autor, como seres humanos, encontram-se na narrativa ficcional personagens integradas em um denso tecido de valores de ordem cognitiva, religiosa, moral, político-social e que tomam determinadas atitudes em face desses valores.

Decorre dessas considerações, o conceito de "realismo" na análise de uma determinada obra ficcional. Se parafrasearmos Antônio Cândido e considerarmos realismo as modalidades modernas que se definiram no século XIX e chegaram à atualidade, ver-se-á que elas tenderiam a uma diegese que privilegia a representação "objetiva" do momento presente da narrativa (CANDIDO, 1993, p.123). No entanto, conforme argumenta Cândido, mesmo no realismo, os textos de maior alcance procuram algo mais geral, que pode ser a razão oculta sob a aparência dos fatos narrados ou das coisas descritas, a lei desses fatos na sequência do tempo. Cândido reconhece, porém, que esse raciocínio leva à conclusão paradoxal: "a realidade se encontra mais em elementos que transcendem a aparência dos fatos e coisas descritas do que neles mesmos" (CANDIDO, *op. cit.*). O postulado de Antônio Cândido possibilita, assim, entender que o realismo, concebido estritamente como representação mimética do mundo, pode não ser o melhor condutor da realidade.

Dessa maneira, como aponta Jacques-Stéphen Alexis (1957, p.3), o modo romanesco coloca-nos diante de problemas comuns a toda invenção artística: o problema da dialética do sujeito e da forma, da tradição e da invenção, da realidade e da ficção. Com efeito, essa abordagem se articula com a formulação do crítico russo Mikhail Bakhtin, a respeito da análise da obra romanesca. Na sua perspectiva, encontram-se cinco tipos de abordagem para analisar o discurso romanesco: 1. análise somente a "partir do autor", ou seja, apenas a palavra direta do autor (mais ou menos destacada) do ponto de vista da habitual representação e expressão poética direta (metáforas, comparações, seleção de léxicos etc.); 2. a análise estética do romance como entidade artística substituída por uma descrição linguística neutra da língua do romancista; 3. a seleção na linguagem do romancista dos elementos característicos do movimento artístico-literário ao qual está ligado; 4. a procura na língua do romance de uma expressão da personalidade do autor, isto é, a análise do estilo individual do romancista; 5. o exame do romance como gênero e a análise de seus procedimentos do ponto de vista de sua eficácia (BAKHTIN, 1990, p.364). Com tal proposta, o autor dá a entender que a língua e o estilo do romancista são tratados como a expressão de uma determinada personalidade artística, como o estilo de um determinado movimento e como um fenômeno geral da língua. Embora a formulação de Bakhtin pareça pertinente em seus cinco tipos de abordagem, apenas dois deles serão considerados na análise do objeto de estudo desta pesquisa. Trata-se do terceiro e do quinto: o terceiro permitirá abordar a obra dentro dos seus contextos de produção; o quinto oferecerá oportunidade de examiná-la em suas organizações internas, ou seja, permitirá olhar para os elementos constitutivos do discurso romanesco.

Convém uma vez mais insistir na importância da noção de personagens romanescas. Como pondera Antônio Cândido, da leitura de um romance, geralmente, fica sempre a impressão de uma série de fatos organizados em enredo e de personagens que os vivenciam (CANDIDO, 1976, p.53). Em outras palavras, a compreensão que o leitor tem de um determinado romance vem da existência de personagens; eis como suas presença e atitudes desenvolvem papel fundamental na leitura analítica ou hermenêutica de uma ficção narrativa. Pode-se dizer que o enredo da narrativa só existe pelas personagens; isto é, o enredo depende delas para passar a existir ou para se consolidar. De acordo com a argumentação de Cândido, o enredo e a personagem exprimem os instintos do romance, a visão da vida que dele decorre, os significados e valores que o animam (CANDIDO, *op. cit.*) quanto aos significados e valores, eles representam as ideias, elaborados pela técnica do romance. Cândido enfatiza que esses três elementos – personagem, enredo e ideias – estão intimamente ligados e são inseparáveis nos romances bem realizados.

A esses três elementos, devem ser acrescentadas as noções de ponto de vista – ou a existência do narrador e do tempo na obra romanesca, conforme anteriormente assinalado. De acordo com Gérard Genette, a presença do narrador[19] na narrativa é constante; o narrador é fonte, fiador e organizador da narrativa (GENETTE, 1972). É graças ao narrador que o romancista pode atribuir ou não, palavras ou discursos às suas personagens; ou seja, é através dele que o romancista pode dar a elas palavras ou pode se limitar a descrever suas ações. Segundo a argumentação de Genette, é possível salientar que o narrador pode estar presente como personagem da ação (o narrador é o herói que conta sua história) ou pode estar presente à ação como testemunha que conta a história do herói ou de personagens. No primeiro caso, os acontecimentos podem ser analisados do interior, e, no segundo caso, os acontecimentos são observados de exterior (GENETTE, *op. cit.*). Entende-se, então, porque o crítico americano James Wood, em *Como funciona a ficção*, observa que

> a casa da ficção tem muitas janelas, mas só tem duas ou três portas: pode-se contar uma história na primeira pessoa ou na terceira pessoa, e talvez na segunda pessoa do singular ou na primeira pessoa do

---

19 A questão de narrador é uma noção complexa e não será aprofundada nesta dissertação. Apenas foi apontada para sublinhar que ela faz parte dos elementos essenciais da ficção narrativa, pois permite diferenciar, entre outros, uma questão básica da narrativa, a saber, "quem fala e quem vê", para retomar as palavras de Gérard Genette.

> plural, mesmo sendo raríssimos os casos que deram certo (WOOD, 2011, p.19).

Importa-se que, assim como a noção de voz, a do tempo é igualmente incontornável para a narrativa. Quer dizer que a noção de tempo ocupa igualmente lugar de destaque na teoria da narrativa. Pois, conforme defende Gérard Genette,

> Por uma dissimetria [...], posso até contar uma história sem especificar o lugar onde ela se passa, e se esse lugar é mais ou menos afastado do lugar onde eu a conto, enquanto é quase impossível não situá-la no tempo em relação a meu ato narrativo, pois que devo necessariamente contá-la em um tempo do presente,[20] do passado ou do futuro (GENETTE, 1972, p.228).[21] (Tradução minha)

Disso vem a importância de determinações temporais da instância narrativa sobre as determinações espaciais. Nesse sentido, importa assinalar que a noção de tempo da narrativa é sempre plural: há, primeiramente, o tempo do discurso narrado ou contado; e, em segundo lugar, o tempo da história. Para Reis

20 De acordo com a argumentação do autor, alguns empregos do presente conotam bem a indeterminação temporal, e também são reservados para formas particulares da narrativa (adivinhação, problema ou experiência científica e resumo de tramas) e sem investimento literário importante. O caso do "presente narrativo" com valor pretérito é ainda diferente.

21 *Par une dissymétrie [...] je peux fort bien raconter une histoire sans préciser le lieu où elle se passe, et si ce lieu est plus ou moins éloigné du lieu d'où je la raconte, tandis qu'il m'est presque impossible de ne pas la situer dans le temps par rapport à mon acte narratif, puisque je dois nécessairement la raconter à un temps du présent, du passé ou du futur.*

e Lopes (1987), o tempo do discurso narrado pode ser entendido como consequência da representação narrativa do tempo da história. O tempo da história é múltiplo e a sua vivência desdobra-se pela diversidade de personagens que povoam o universo diegético. Por sua vez, o tempo do discurso narrado é linear e sujeita o tempo da história à dinâmica de sucessões metonímica própria da narrativa.

Portanto, as noções de personagem, enredo, narrador, discurso, tempo da narrativa e ideias (significados e valores elaborados pela técnica do romance) são elementos intimamente ligados na construção de determinada obra romanesca. Com base nessas observações, as linhas que se seguem podem apresentar algumas considerações sobre a composição da narrativa de *Compère Général Soleil.*

Considerações sobre a composição de Compère Général Soleil

Como tratado anteriormente, o narrador é um dos motivos essenciais na organização do discurso narrativo. O romance *Compère Général Soleil* não foge a esse princípio. Nele, adotando a voz da terceira pessoa, o narrador mostra-se onipresente, é sua a tarefa de organizar, de mediar, de descrever. Dessa forma, como assinalam Reis e Lopes (1987), o discurso narrativo passa a ser o produto de atos de enunciação de um narrador (narração) e dirige-se, explícita ou implicitamente, a um narratário (instância incontornável da recepção da mensagem narrativa). Por conseguinte, sua presença na narrativa consiste, de um lado, em descrever movimentos, aspectos físicos ou psíquicos, e gestos de suas personagens; e, de outro, em descrever paisagens, espaços onde se desenvolvem episódios da narrativa. No romance *Compère Général Soleil* é o narrador quem abre cada capítulo com belas descrições, umas mais extensas que outras. Permita-se, nesse sentido, oferecer *in extenso* a passagem que dá início ao primeiro capítulo:

> Ele foi acordado pelo soar do clarim. Já era plena luz do dia, o sol entrava pela clarabóia com o refrão de uma canção levada pela voz de uma criança:
> Isso aquece,
> Isso aquece sob os trópicos,
> O chão,
> O sol,
> A música,
> Mas, sim, isso aquece, isso aquece
> Ele permanecia deitado em uma poça de água, encharcado. A seu redor, na masmorra, as pessoas sacudiam seu torpor e seu sono. Um gendarme entrou e chamou: Hilarion Hilarius! Ele tentou levantar e se deu conta de que estava terrivelmente mal. Voltou a cair... (ALEXIS, [1955] 1998, p.21).[22] (Tradução minha)

Nota-se, nessa passagem, que, já no início da narrativa, o narrador recorre a vários recursos discursivos: repetições, ponto de exclamação, reticências, dois pontos. Além disso, percebe-se que o narrador não hesita em descrever o espaço da narrativa. Esse mesmo movimento descritivo, conforme a passagem em

22 *Il fut réveillé par une sonnerie de clairon. Il faisait plein jour, le soleil entrait par la lucarne avec le refrain d'une chanson portée par une voix d'enfant: Ça pique, / Ça pique sous les tropiques, / Le sol, / Le soleil, La musique, / Mais oui, ça pique, ça pique...*
Il gisait dans une flaque d'eau, trempé. Autour de lui dans le cachot, les gens se remuaient de leur torpeur et de leur sommeil [...]. Un gendarme entra et appela: Hilarion Hilarius! Il tenta de se lever et se rendit compte qu'il avait afreusement mal. Il retomba....

destaque, encontra-se ao longo de toda a narrativa. Ou seja, esse foco na descrição, na apresentação de espaços, de movimentos, de gestos e, mesmo, de comportamentos das personagens ocorre logo no início de cada capítulo. No decorrer da narrativa, uma das principais tarefas do narrador consiste em apresentar, preparar as cenas e os cenários. No entanto, embora se pareça como um narrador onipresente, ele não se comporta como um narrador "todo- poderoso", pois dá voz a suas personagens, além de muito espaço para interagir, ou debater entre elas. Eis o que explica que a narrativa se encaixe na narrativa mista: ali se reconhece a co-presença do discurso indireto – discurso do narrador, discurso direto – discurso das personagens. Desse modo, Alexis opta por descrever a realidade na qual insere suas personagens graças a um duplo olhar, a um entrelaçamento de vozes: o olhar do narrador (discurso indireto livre) e, ao mesmo tempo, o olhar de suas personagens. Por isso, importa considerar um e outro na análise do romance. Dessa maneira, a abundância de descrição de paisagens, de interações ou de diálogos entre as personagens permite constatar uma abertura do enredo da narrativa de *Compère Général Soleil*, que parece preenchido por aquela que é uma das características essenciais do romance moderno, o fluxo de consciência.

No romance, a construção do enredo da narrativa fica ancorada em "metáforas" ou "imagens". Estas são incorporadas de maneira sistemática e intensa no enredo do romance, imagens que se tornam "metáforas nacionais", para retomar a expressão de Laroche, e traduzem o sincretismo cultural, o realismo maravilhoso, bem como a identidade- relação figurados no decorrer da narrativa. Esse recurso adotado evidencia como o romancista nutriu sua inspiração na tradição popular, no folclore nacional. Segundo essa perspectiva, em seu capítulo "Les métaphores nationales dans l'oeuvre de Jacques-Stéphen Alexis", do texto *La double scène de représentation: oraliture et littérature dans la Caraïbe*, o crítico haitiano Maxilien Laroche afirma:

> Na obra de Jacques-Stéphen Alexis, o estudo das "metáforas nacionais" não deve servir apenas para ilustrar a escolha do escritor em alimentar sua inspiração do discurso coletivo o mais enraizado na história haitiana. Este estudo deve poder igualmente mostrar que é nutrindo-se nessa fonte que Alexis inventou um estilo próprio sob o fundo de um discurso comum (LAROCHE, 1991, p.151).[23] (Tradução minha)

Até mesmo o título das obras de Alexis é lugar de encenação de metáforas. O título de *Compère Général Soleil* (que pode ser traduzido em português, literalmente, por *Compadre General Sol*) não escapa a esse princípio: nele se destaca uma tripla metaforização: *Soleil, Compère e Général.* Como também observa Laroche, o *Sol* evocado não é apenas o astro celeste, mas particularmente – no sentido primeiro e segundo do termo – figura da luz aplicada ao homem, luz que estuda as relações sociais; essa imagem de luminosidade entretece, no romance, as relações entre as personagens de Dr. Jean Michel/ Hilarion, Hilarion/Claire-Heureuse Claire-Heureuse/Hilarion, entre Pierre Roumel/Hilarion, Paco Tores/Hilarion etc. Tal movimento pode ser percebido no desfecho da narrativa, quando

23 *Dans l'oeuvre de Jacques-Stéphen Alexis, l'étude des "métaphores nationales" ne doit pas seulement servir à illustrer le fait que cet écrivain a puisé son inspiration dans le discours collectif le plus enraciné dans l'histoire haïtienne. Cette étude doit pouvoir montrer aussi que c'est en s'abreuvant ainsi à cette source qu'Alexis s'est créé un style propre sur le fond d'un discours commun.*

o protagonista, em sua narração a Claire-Heureuse, possibilita entender melhor a metáfora do Sol:

> [...] Acredito que comecei a ter medo do sol no dia em que Ele me cegou e caí da mangueira; crises de epilepsia começaram desde então. Da mesma forma que quando dormimos sob a lua, diz-se que ela entorta a boca; acredito consequentemente, sem desvelá-la, sem dizê-la, que meu mal era uma maldição do Compadre Sol. No entanto, General Sol é generoso, é o amigo dos pobres homens, o pai, ele mostra apenas um só olho amarelo aos cristãos vivos, mas luta por nós a cada momento, e nos indica o caminho [...]. A grande verdade é que o sol do Haiti nos mostra o que deve ser feito. Pierre Roumel, Jean Michel, Paco, e outros chegaram a entender isso. Eu, eu não quis me tornar soldado, como eles, no exército do comandante Sol, acreditei partir bem longe para escapar da miséria e são ainda os homens do Compadre Sol que tiveram de me trazer para cá... (ALEXIS, [1955] 1998, p.345).[24] (Tradução minha)

---

24 [...] *Je crois que j'ai comencé à craindre le soleil le jour où Il m'aveugla sur le manguier et je tombai; mes crises de mal caduc commencèrent peu après. De même que quand on dort sous la lune, on raconte qu'elle vous tourne la bouche, je crois en effet que, sans le dire, sans me l'avouer, je pensais que mon mal était un maléfice du Compère Soleil. Pourtant le Général Soleil est grand homme, c'est l'ami des pauvres hommes, le papa, il ne montre qu'un seul oeil jaune aux chrétiens vivants, mais il lutte pour nous à chaque instant, et nous indique la route.*[...]. *La grande vérité c'est que le soleil d'Haïti nous montre ce qu'il faut faire. Pierre Roumel, Jean Michel, Paco, tous les autres sont arrivés à comprendre ça. Moi, je n'ai pas volu comme eux devenir soldat dans l'armée du Compère Soleil, j'ai cru partir très loin pour échapper à la misère et ce sont encore les hommes du Compère Général Soleil qui ont dû me ramener ici....*

Merecem destaque as duas acepções da metáfora *soleil*: de um lado, o sol é deificado; de outro, simboliza a iluminação nas relações das personagens, como já apontado anteriormente. Isso pode ser percebido no momento em que o protagonista disse ter sido ajudado pelos homens do sol – Pierre Roumel, Jean-Michel, Paco Torres e Cocozunba. A referência a esses personagens se articula à ideologia comunista, na qual – conforme o protagonista – predomina a dignidade humana. Nessa primeira acepção, o *Sol* é metaforizado a um tempo como pai (compadre) e como defensor (comandante). Assim, ele ilumina a consciência do sujeito e o faz descobrir as relações ocultas que explicam as contradições entre homem.[25] Nesse registro, a crítica costuma enfatizar a ideologia comunista no estudo das obras de Alexis, dado que o autor foi, sobretudo, fundador de um partido comunista, do *Partido Entente National-PEP* [Partido de Consenso Nacional]. No entanto, a leitura que aqui se propõe busca o terreno da articulação entre os diversos elementos culturais e folclóricos figurados na narrativa, motivo pelo qual se esboça outra acepção da metáfora Sol.

Para entender essa segunda acepção no romance, faz-se necessário remontar à história longínqua do Haiti, àquela dos povos autóctones que habitavam a ilha antes da chegada dos conquistadores. Como se sabe, os povos autóctones da ilha do

25 Maximilien Laroche recorre à constituição haitiana de 1805 para explicar a imagem do pai e comandante da metáfora Sol. De acordo com sua argumentação, a Constituição de 1805 do Haiti confere ao haitiano a dignidade de ser, ao mesmo tempo, pai e soldado, dando a todos o estatuto de agir como um pai e defensor da raça negra diante dos escravagistas brancos. A sequência de metáforas – sol, pai, comandante – faz do sujeito evocado uma figura sintética, onde se reconciliam duas atribuições contraditórias, aquelas de guerreiros e de apaixonados (LAROCHE, 1991, p.152-153).

Haiti eram animistas, adoravam principalmente o Sol como Deus criador, como Deus protetor ou redentor. Nesse ponto, o poeta haitiano Antoine Dupré,[26] na primeira estrofe do seu poema intitulado *Hymne à la liberté*, rima:

> Sol, Deus de nossos ancestrais / Ô tu, de quem o calor / Faz existir todos os seres / Obra do criador / Perto de terminar minha caminhada / Que tua majestade clareza / Ilumine para sempre minha pálpebra para cantar a liberdade.[27] (Tradução minha)

Esse verso do poema de Dupré lança luz sobre o sentido metafórico de Sol que perpassa a literatura haitiana: uma figura realista, que traduz uma estética da História, uma estética de um passado longínquo. A compreensão desse passado é importante para entender o presente a fim de preparar e/ou transformar melhor o futuro – que se verá a seguir.

Importa assinalar que no Haiti, particularmente no meio rural, o substantivo *compère* (compadre) não se define apenas como padrinho; é empregado para se referir a vizinhos, a alguém querido com quem se mantém relações afetivas. Graças a essa consideração, descobre-se que a metáfora Sol, na segunda acepção assinalada, refere-se principalmente ao camponês haitiano. Aliás, o próprio narrador ilustra essa ideia quando des-

---

26 Antoine Dupré (1782-1816), poeta e dramaturgo haitiano, é muito conhecido, principalmente graças à coletânea de poemas *Hymne à la liberté*. Ali, o poeta canta a independência e/ou liberdade como fonte de admiração, de contemplação. Publicou, ainda *Le rêve d'un Haïtien*, e duas peças teatrais, *La mort du général Lamarre* e *La jeune fille*.

27 *Soleil, Dieu de nos ancêtres / Ô toi de qui la chaleur / Fait exister tous les êtres, / Près de finir ma carrière / Que ton auguste clarté / Eclaire encore ma paupière / Pour chanter la liberté*

creve a desolação do camponês haitiano após um furacão que abalou o departamento Artibonite:

> O outro amante apaixonado da terra haitiana, o comandante Sol, apareceu furiosamente. O comandante Sol, único serviço higiênico dos camponeses haitianos, atacava os micróbios, os miasmas e as poças de água (ALEXIS, [1955], 1998, p.167).[28] (Tradução minha)

Conforme observa igualmente Maximilien Laroche, enquanto elemento natural, o sol é configurado, não no seu efeito natural, a partir do qual seu calor do dia é mortificante, podendo provocar seca mortal, mas como imagem que defende o vulnerável, o desfavorecido, o sem defensor. Com base nas duas acepções, observa-se que Alexis utiliza metáforas para articular o ideológico e o estético. A imagem do sol, pai e defensor, relaciona-se tanto à ideologia comunista quanto à estética de realismo maravilhoso do próprio Alexis, levando-nos a ver o cotidiano de maneira contraditória, diferentemente da maneira com que se costuma compreendê-lo e/ou interpretá-lo.

Outro aspecto relevante nos procedimentos narrativos empregados no romance é o lugar da "canção" e do "riso". Aliás, logo no primeiro capítulo do livro, o narrador inicia sua narração com esta canção:

> Isso aquece,
> Isso aquece sob os trópicos
> O chão

28 *L'autre amoureux éperdu de la terre haïtienne, le général Soleil fit une apparition brutale.* [...]. *Le général Soleil, seul service d'hygiène des campagnes haïtiennes, attaquait les microbes, les miasmes et les flaques.*

> O sol
> A música
> Mas sim, isso aquece, isso aquece...[29]
> (Tradução minha).

Essa canção é repetida cinco vezes ao longo do primeiro capítulo e igualmente em passagens em que o narrador apresenta personagens que cantarolam. No segundo capítulo do livro, por exemplo, encontra-se esta canção:

> Ouielle! (6x)! / Ô! Esta mulher!... / Ouielle (6x)!... / ô, esta mulher cozinha um feijão / no qual cai um lagarto (2x) / Ouille! Ô! Esta mulher (ALEXIS, [1955] 1998, p.43).[30] (Tradução minha)

A "canção" é motivo recorrente na narrativa – o termo *motivo* é aqui empregado em seu sentido primeiro (movimento) e em seu sentido segundo (tema). Em cada capítulo, encontram-se canções e, quando não se tratam de canções, as personagens cantarolam. A esse ponto se retornará mais adiante. Além de canções, há o riso, que é muito recorrente na estrutura da narrativa, ele se encontra mesmo em atos mais abomináveis, como por exemplo, o de maltratar, de espancar seres-humanos. Logo no primeiro capítulo, o leitor lerá que:

> O tenente Martinès desferiu um soco no rosto de Hilarion. O seu nariz sangrou. Caiu ajoelhado. O

29 *Ça pique, / Ça pique sous les tropiques, Le sol, / Le soleil, La musique, / Mais oui, ça pique, ça pique...*

30 *Ouielle! (6x) / Fanme nan ô!... / Ouielle (6x)!... / fanme nan, ô. / Fanme nan cuitte youn pois congo, / Zandolite tombe ladan l (2x). / Ouielle! Fanme nan, ô!.*

> gendarme Jerôme regozijava-se e morria de rir [...]. O tenente Martinès olhou para o Hilarion e pôs-se a rir (ALEXIS, *op. cit.*, p.26-27).[31] (Tradução minha)

É importante assinalar que canções e risos não podem ser considerados apenas procedimentos técnicos utilizados pelo autor para ironizar os horrores, as crueldades de homem sobre homem ou a exploração do homem pelo homem. A articulação do riso e da canção assume pelo menos duas funções: aquela ligada à própria identidade das personagens haitianas, e aquela, tornada ironia, ironia própria ao narrador alexiano. Enquanto a primeira permitirá percorrer aspectos de identidade-relação e da transculturação no romance, a segunda acepção possibilitará explorar a problemática do modo romanesco – a essas duas acepções se voltará no último capítulo.

Fatos históricos ficcionalizados em *Compère Général Soleil*

> Ao longo do século XIX, foi com raiva que drenou o suor dos camponeses explorados e os clamores de suas revoltas. Com armas, o povo atravessou o seu quintal cem vezes.
> Quando chegou a grande invasão das novas colheitas, os americanos, crucificadores de homens, ele carregou os camponeses patriotas e ajudou as embosca-

31 *Le lieutenant Martinès lança un coup de poing en pleine figure à Hilarion. Le sang pissa du nez [...]. Il s'écroula sur les genoux. Le gendarme Jerôme frétillait de joie et pouffait de rire. Le lieutenant Martinès regarda Hilarion et se mit à rire.*

> das (Jacques-Stéphen Alexis, *Compère Général Soleil*, p.163).[32] (Tradução minha)

A leitura dessa epígrafe permite-nos pontuar previamente que estudos dedicados a fatos históricos em determinada obra ficcional pressupõem que a obra artística ou literária estabelece relações com seu contexto e com seu espaço de produção. Conforme assinalado no primeiro capítulo, as obras literárias e artísticas produzidas, sobretudo, a partir do século XX, parecem cada vez mais (re)inventar ou (re)configurar uma visão do mundo no qual se inscrevem. É justamente nessa perspectiva que se pode analisar a figuração de fatos históricos ficcionalizados em *Compère Général Soleil.* Todavia, é importante assinalar que minha leitura do romance considera o modo romanesco como um fato literário e, por isso mesmo, como reconfiguração do real.

Primeiramente, o romance *Compère* Général *Soleil* situa-se em um momento determinado na história haitiana: 1934-1944. Além do fim da ocupação estadunidense do país, o ano de 1934 marca a fundação por Jacques Roumain do primeiro partido comunista haitiano. No mesmo ano, Jacques Roumain é preso pelo governo, e torna-se preso político. Como observado no segundo capítulo, o ano de 1944 marca, por sua vez, o início da primeira campanha da alfabetização massiva no Haiti. É nessa década também que se situam os empreendimentos do presidente-ditador Rafael Trujillo contra os imigrantes haitianos, a fim de *dominicaniser* a República Dominicana. Soma-se

---

32 *Tout au long du XIXe siècle, c'est avec rage qu'il a drainé la sueur des paysans exploités et les clameurs de leurs révoltes. En armes, le peuple a franchi son cour cent fois.*
Quand arriva la grande invasion des nouveaux vendales, les américains, crucificateurs d'hommes, il a porté les paysans patriotes et aidé les embuscades.

a esses acontecimentos, a campanha anti-supersticiosa de 1939 empreendida, no Haiti, pela igreja católica, com a plena implicação do governo e as fortes consequências da ocupação estadunidense que se faziam sentir cada vez mais na estrutura socioeconômica do país. Embora esses acontecimentos históricos não constituam a verdadeira trama do romance, eles são responsáveis pela articulação dos diferentes elementos da narrativa. Em outras palavras, embora a trama da narrativa esteja imersa em uma temporalidade diferente do tempo histórico, este desempenha papel fundamental na re-invenção dos elementos constitutivos da narrativa. Isso porque, em *Compère Général Soleil,* fatos históricos tramam-se no tecido da história contada através de reviravoltas em acontecimentos políticos que marcam a História do Haiti. Seja como for, é graças ao conceito de transtextualidade enunciado por Gérard Genette que esses fatos cristalizados na narrativa serão considerados.

Assinala-se, inicialmente e de modo breve, que Genette entende por transtextualidade ou transcendência textual do texto "tudo que o coloca em relação, manifesta ou secreta, com outros textos" (1982, p.7). O autor destaca cinco relações transtextuais,[33] dentre as quais a intertextualidade, a única

---

33 Apresentam-se a seguir, sumariamente, os cinco tipos de relações transtextuais: I) intertextualidade; II) paratextualidade (relação, geralmente menos explícita e mais distante, que o texto propriamente dito mantém com o que se pode nomear simplesmente seu paratexto: título, subtítulo, intertítulos, prefácios, posfácios, advertências, prólogos etc.; notas marginais, de rodapé, de fim de texto; epígrafes etc.); III) metatextualidade (a relação, chamada mais correntemente de "comentário", que une um texto a outro texto de que ele fala, sem necessariamente citá-lo, e até mesmo, em último caso, sem nomeá-lo); IV) arquitextualidade (relação completamente silenciosa que, no máximo, articula apenas uma menção

que, por enquanto, aqui se mobilizará. Para Genette, a intertextualidade (conceito já explorado, cumpre observar, por Julia Kristeva) define-se, de maneira restritiva, como uma relação de copresença entre dois ou vários textos, isto é, essencialmente, e o mais frequentemente, como presença efetiva de um texto em outro. Sua forma mais explícita e mais literal é a prática tradicional de citação (com aspas, com ou sem referência precisa); sua forma menos explícita e menos canônica é aquela do plágio; sua forma ainda menos explícita e menos literal é a alusão, ou seja , um enunciado cuja compreensão plena supõe a percepção de uma relação entre ele e um outro (GENETTE, *op.cit.,*). Segundo a perspectiva que aqui se postula, relações intertextuais não podem ser pensadas apenas em relação com textos, mas igualmente como já dito, com a História. Em outras palavras, podemos salientar que a intertextualidade tem a ver com a própria memória literária, permitindo entender que a inspiração não parte de zero, de nada, ou seja, a inspiração não cai do céu, mas ela é construida, adquirida por meio de experiências, de leituras, de frequenções prolongadas e contínuas. Dessa forma, é como salienta Tiphane Samoyault: "a literatura se escreve com a lembrança daquilo que é, daquilo que foi" (SAMOYAULT, 2008, p.47).

É justamente dessa forma que esta noção de intertextualidade é bastante profícua para pôr em relação o texto literário

---

paratextual (titular, como em Poesias, Ensaios, o *Roman de la Rose* etc., ou, mais frequentemente, infratitular, de caráter puramente taxonômico: a indicação Romance, Narrativa, Poemas etc., que acompanha o título, na capa e V) hipertextualidade (toda relação que une um texto B (hipertexto) a um texto A anterior (hipotexto), do qual ele brota de uma forma que não é aquela do comentário) (GENETTE, p.7-11).

com o mundo exterior, levando à consciência de que, a "literatura só existe porque já existe literatura" (SAMOYAULT, *idem*).

Ressalvas feitas, salienta-se que a escolha de nomes para as personagens conduz Alexis a bascular para outros textos narrativos e históricos. As personagens Hilarion Hilarius, Claire-Heureuse, Arismendi Trujillo, Josaphat, Pierre Roumel são manifestamente perpassadas por certas relações intertextuais. O nome Hilarion Hilarius, que Alexis deu ao seu protagonista, já havia sido adotado por Jacques Roumain no seu romance póstumo *Gouverneurs de la Rosée,*[34] publicado em 1944. Neste, a personagem Hilarion Hilarius é representada como vilão: além de ter sido o chefe da polícia rural, buscou impossibilitar o protagonista Manuel de realizar um projeto de irrigação do distrito de que era chefe. Alexis adota, então, o nome do vilão de Roumain para fazer seu protagonista. Também, a personagem Josaphat, que muito auxilia o casal Hilarion/Claire-Heureuse na República Dominicana, é personagem desse mesmo romance de Roumain – Josaphat Jean-Joseph, tio do herói Manuel. O nome Claire-Heureuse, por sua vez, origina-se de Marie-Claire Heureuse (1758-1858), personagem histórico, esposa do fun-

34 *Gouverneurs de la Rosée*, traduzido em português em 1954 por Emmo Duarte, sob o título *Donos do Orvalho*, é publicado pela primeira vez em 1944. Esse romance expõe a condição de miséria em que vive uma comunidade rural haitiana, cujas principais atividades são a agricultura e a pecuária. Essa comunidade é atingida por uma seca sem precedentes, que se transforma em fenômeno devastador e provocador de uma maldição. O protagonista da narrativa, Manuel, que vem de Cuba, onde trabalhou durante quinze anos, elabora com seu *savoir-faire* e seu conhecimento um projeto de irrigação. Antes de inaugurar o canal que traria a água para a comunidade, ele é assassinado. Mas a sua morte permite reunir toda a população, que finalmente se junta e concretiza o sonho do herói.

dador da independência haitiana, Jean Jacques Dessalines.[35] O historiador Thomas Madiou descreve Marie-Claire Heureuse como uma mulher "cheia humanidade" (MADIOU, 1847, p.209 *apud* PIERRE, 2013, p.128). Em Alexis, Claire-Heureuse é representada como uma mulher que cultiva grande espírito de solidariedade. Ela se sente responsável para e com a vida do outro. Vê-se, então, que Alexis relaciona, recuperando seus traços morais, o personagem histórico, Marie-Claire Heureuse, com sua personagem fictícia Claire-Heureuse.

A invenção do nome Arismendi Trujillo é igualmente significativa no texto: Alexis o formulou a partir do sobrenome do ditador dominicano Rafael Leonidas Trujillo. Na narrativa, a personagens Arismendi Trujillo é representada como um presidente-ditador que não cultiva piedade alguma em relação à classe trabalhadora, ainda menos em relação aos imigrantes trabalhadores haitianos. Quando se considera que a ditadura de Trujillo é marcada também por um sentimento de antihaitianismo, entende-se que, pela caricatura dessa personagem, Alexis relaciona características do personagem histórico, o presidente-ditador Rafael Leonidas Trujillo, com sua personagem fictícia Arismendi Trujillo.

Enfim, a invenção da personagem Pierre Roumel é manifestamente perpassada por relações intertextuais. Através dessa personagem, a crítica vê sempre a encarnação do escritor Jacques

35 Jean Jacques Dessalines (1758-1806), ex-escravo, foi um dos principais líderes da revolução haitiana. Proclamou a independência do Haiti e tornou-se o primeiro governador-chefe do país. Em 1805, seguindo os passos de Napoleão Bonaparte, proclamou-se imperador com o nome de Jacques I. Foi assassinado em 17 de outubro de 1806. O atual hino nacional do Haiti se chama *La Dessalinienne*, que carrega, assim, o nome do proclamador da independência.

Roumain, que muita influência exerceu sobre Alexis. O discurso comunista e a prisão seguida de exílio de Pierre Roumel remetem à própria trajetória do escritor Jacques Roumain que é, em diversas ocasiões, preso em razão de sua ideologia política. O narrador alexiano apresenta Pierre Roumel como prisioneiro político, que se tornou popular desde as greves de 1930 – dado que evidencia que a personagem Pierre Roumel é o escritor Jacques Roumain, pois este último torna-se popular a partir da greve dos estudantes de outubro de 1929 que leva à queda do regime Louis Borno em fevereiro de 1930.

Resta-me salientar que os nomes Hilarion Hilarius e Claire-Heureuse são bastante imagéticos. Primeiramente, conforme o dicionário *Gaffiot latin-français*[36] (1934), o nome Hilarion assim como o sobrenome Hilarius deriva do nome latino *Hilaritas itas (hilaris)* que significa alegre, jovialidade, bom humor. Com essas características atribuídas a uma personagem miserável, Alexis nutre-se na própria contradição do *ser-haitiano* para inventar seu protagonista. É como enuncia Jean Price-Mars: o haitiano é "Um povo que canta e sofre, que pena e que ri, um povo que ri, que dança e se resigna". (PRICE-MARS, 1928, p.21).[37] (Tradução minha). Eis porque Schallum Pierre observa que o nome de Hilarion Hilarius evoca o *rire haïtien* [o riso haitiano]. Esse aspecto, *rire des haïtiens*, voltará no próximo capítulo. Mas, observa-se que o nome Hilarion se relaciona a uma *imagerie* voltada ao riso, ao

---

36 Dicionário online, disponível em: https://www.lexilogos.com/latin/gaffiot.php?q=Hilarius. Acesso em: 25/05/18.

37 [...] *un peuple qui chante et qui souffre, qui peine et qui rit, un peuple qui rit, qui danse et se résigne.*

cômico, por mais contraditório que isso signifique em relação a personagens miseráveis.

O significado do nome Claire-Heureuse, por sua vez, leva-me a considerar algumas descrições feitas pelo narrador alexiano. Após ter conquistado o coração de Claire-Heureuse, Hilarion, em sua situação miserável, mostra preocupação com o futuro, e o narrador apressa-se para descrever este quadro:

> Tudo havia sido feito diante do sol amarelo, do mar que canta e da noite clara. [...]. Eis agora que ele tremia, como quando era criança, quando sua mãe soprava a lâmpada e ele não estava com sono! É isso, ele estava com medo... Mas, no fundo, não tinha razão para ter medo? Possuía apenas seus dois braços, não devia desconfiar de tudo?
> Mas também, por que tremer, por que ter medo? Tinha ele medo de um dia ensolarado, tinha ele medo do luar ou da canção no campo? No fundo, Claire Heureuse era isso, o frescor de uma manhã de verão, a doçura de uma água cristalina. (ALEXIS, [1955] 1998, p.73-74).[38] (Tradução minha).

38 *tout s'était fait face au soleil jaune, à la mer chantante, et à la nuit Claire. [...]. Voilà maintenant qu'il tremblait, comme quand il était gosse, que sa mère soufflait la lampe et qu'il n'avait pas sommeil! C'est ça, il avait peur... Mais au fond n'avait-il pas raison d'avoir peur? Il ne possédait que ses deux bras, ne devait-il pas se méfier de tout?*
Mais aussi, pourquoi trembler, pourquoi avoir peur? Avait-il peur d'une journée ensoleillée, avait-il peur de Clair de lune ou de la chanson dans la campagne? Au fond, c'était ça Claire-Heureuse, la fraîcheur d'un matin d'été, la douceur d'une eau limpide.

Depreende-se desta passagem que Alexis modela suas personagens por meio de um exame da paisagem, da cultura do país. É nesse sentido que os protagonistas alexisianos são, como observa Elisabeth Mudimbe-Boyi, imagéticos e servem, sempre, de pretexto para cotejar contradições da sociedade haitiana. É, igualmente, nesse sentido que se entende que, no romance de Alexis, não há indivíduos, mas todo um grupo social, cujas personagens individuais são apenas representações. Assim, na obra romanesca alexiana, rostos de personagens se apresentam para concretizar tanto uma diversidade do real quanto uma significação do tempo, para emprestar termos de Elisabeth Mudimbe-Boyi em *L'Oeuvre romanesque de Jacques-Stéphen Alexis.*

Compère Général Soleil e realidades socio-históricas do Haiti

Como destaca Iser Wolfgang, se os textos ficcionais não são de todo isentos de realidade, a articulação do real com o fictício é, neles, reconhecível; ela figura com frequência elementos, dados e suposições. Segundo essa perspectiva, as descrições de espaços e de condição material de existência do povo do romance podem ser compreendidas como chaves para apreender realidades sócio-históricas figuradas em *Compère Général Soleil.*

O narrador inicia o prólogo do livro com uma descrição do Bairro Nan-Palmiste, em que vive o protagonista Hilarion e "que apodrece como uma ferida ruim no flanco de Porto Príncipe" (ALEXIS, *op. cit.*, p. 6)[39] (Tradução minha). Uma vez casado, o protagonista e sua esposa se mudam para o Bairro comercial da Rua Saint-Honoré, onde a miséria assombra a juventude e a alegria de viver: "era um bairro onde a graça, a ju-

39 [...] *qui pourrit comme une mauvaise plaie au flanc de Port-au-Prince.*

ventude, a boniteza desprestigiavam-se cada dia contra a pedra dura da miséria" (ALEXIS, *op. cit.*, p. 146).[40] (Tradução minha).

Além desses espaços urbanos, o espaço rural haitiano é representado no romance como espaço de pobreza. Quando Hilarion visita a sua cidade natal, surpreende-se com condição material de existência dos camponeses: "[...] a vida é cada dia mais difícil aqui. Chegará o tempo onde somente os velhos se resignarão a ficar para morrer" (ALEXIS, [1955] 1998, p. 127).[41] (Tradução minha). Como assinalado anteriormente, a descrição espacial é um procedimento muito utilizado pelo narrador alexisiano para melhor representar e configurar o abismo entre o mundo das elites, o mundo dos bem-aventurados, o mundo da opulência e o mundo da massa popular, o mundo dos vulneráveis, dos miseráveis ou ainda o mundo dos mal-afortunados.

Partindo da descrição de espaços e da miséria da massa popular, o narrador insurge-se contra a diminuição de seres humanos, a qual tende a ser estabelecida como estrutura social:

> A miséria [...], eu a conheço, conheço bem a puta; vi-a passar nas Capitais, nas Cidades, nos arrabaldes de metade da terra. Por ela, nos trapos de todos aqueles que morrem de fome, há um facão de assassino, ou de louco, é a mesma coisa. Fêmea atormentada, fêmea magra [...], mamãe das prostitutas, mamãe de todos os assassinos, bruxa de todas as decadências, a

40 *C'était un quartier où la grâce, la jeunesse, la joliesse s'usaient chaque jour contre la pierre dure de la misère.*

41 [...] *la vie est chaque jour plus dure ici. Le temps viendra où seuls les vieux se résigneront à rester pour mourir.*

> miséria, ah, a miséria! Ela me faz cuspir. (ALEXIS, [1955] 1998, p. 6).[42] (Tradução minha)

Primeiramente, se, aterrorizado pela fome, Hilarion decide furtar para comer em um bairro vizinho – Bois-Verna –, outras personagens como Compère Gròg são resignados; Josophat e François Crispin migram para a República Dominicana ou Cuba. Ainda, outras personagens como Jerôme e Martinès tornam-se gendarmes, conforme descreve o narrador: "supõe que cansado, estragado pela miséria, não acreditando mais em grande coisa, exceto no ventre e talvez na volúpia, você se torna gendarme" (ALEXIS, *op. cit.*, p.25).[43] (Tradução minha). Sob o prisma da situação socioeconômica da massa popular, a personagem Jean-Louis afirma: "[...] é preciso acabar com os mulatos, esta gente ocupa sob o nosso nariz todos os lugares... Nós, negros, só invejamos" (ALEXIS, [1955] 1998, p. 30).[44] (Tradução minha). A fala da personagem articula-se à própria estrutura social do Haiti: o Haiti nasceu como país independente em meio à destruição nas efervescências de doze anos das lutas pela independência. A terra foi a sua única riqueza. No entanto, não houve política de terra ou fundiária. Por isso mes-

---

42 *La misère* [...]. *Je la connais bien la garce, je l'ai vue traîner dans les capitales, les Villes, les faubourgs de la moitié de la terre.* [...]. *Par elle dans les haillons de tous les crève-la-faim, il y a un poignard d'assassin, ou de fou, c'est la même chose. Femelle enragée, femelle maigre* [...], *maman des putains, maman de tous les assassins, sorcière de toutes les déchéances, la misère, ah! Elle me fait cracher.*

43 [...] *suppose que fatigué par la misère, blasé par la misère, ne croyant plus à grand-chose, excepté au ventre et peut-être à la volupté tu te fasses gendarme.*

44 [...] *il faut en finir avec les mulâtres, ces gens-là nous prennent toutes les places sous le nez... Nous autres noirs, nous mangeons les dents.*

mo, quem teve influências ou relações com os novos dirigentes açambarcou boas partes das terras; e a massa popular, carente ou despossuída, vê-se obrigada a trabalhar no sistema de *dumoitié*[45] para sua subsistência. Com base nesse açambarcamento de terras e de influências políticas surge um grupo de privilegiados, que não demonstra interesse algum em construir infraestruturas para o desenvolvimento do país. É como zomba o narrador de Alexis: "[...]. Essas relações chamam-se segurança de latifúndios, que controlam o parlamento. Esta é a lei de ferro do Estado dos ricos contra os pobres [...]" (ALEXIS, [1955] 1998, p.30)[46] (Tradução minha). Nesse sentido, o estado está a serviço de quem tem. Por conseguinte, como pontua o narrador alexisiano (*op. cit.*, p.35): "quando estamos com fome, sofremos em silêncio, mas respeitamos o bem do Outro"[47] (Tradução minha) – pois, as instituições estatais estão presentes para assegurar que o bem do outro seja respeitado. Essa estrutura social precária é sempre fonte de frustrações sociais, de instabilidades políticas que servem de pretexto para a invasão do território haitiano pelo governo estadunidense em 1915, conforme já apontado diversas vezes no capítulo anterior.

Tal como observa Everaldo de Oliveira Andrade, a ocupação estadunidense acelerou a centralização política, militar e econômica do Haiti sem, no entanto, fortalecer o estado nacio-

---

45 O sistema de *dumoité* é um acordo tácito entre o que tem terra e o que não tem: o proprietário de terra dá sua terra a alguém que a cultiva, e a colheita é divida em duas partes iguais. Trata-se de uma prática corrente na agricultura haitiana. Tal prática existe igualmente em meio rural brasileiro e se chama arrendamento.

46 [...] *Ces liens s'appellent la police de propriétaires fonciers, qui dominent le parlement. C'est la loi de fer de l'état des riches contre les pauvres* [...].

47 [...] *quand on a faim, on souffre en silence, mais on respecte le bien du prochain*

nal. A política da força ocupante desarticula as economias regionais haitianas de um lado, mas, de outro, subordina a economia do país ao mercado dos EUA. Logo, as consequências econômicas dessa política provocam uma miséria crônica e crescente, que abre a porta à emigração e à imigração da grande massa. Segundo Hurbon (1987b, p.34), durante o período da ocupação estadunidense, milhares de haitianos, expropriados pela força ocupante e submetidos à corveia, partem como *coupeurs* [literalmente *cortadores*] de cana nas plantações americanas da República dominicana e de Cuba. As duas primeiras partes do livro *Compère Général Soleil* apresentam, constantemente, a miséria das massas rurais e a miséria crescente de Bairros populosos no Haiti, em que homens são desumanizados, em que o abandono, a prostituição ou a resignação passam a ser a principal moral e forma de subsistência.

Entende-se, portanto, que a descrição da situação material de existência do povo da narrativa é ligada às realidades socioeconômicas do século XX haitiano. Significaria destacar que a situação de miséria representada no romance *Compère Général Soleil* está articulada com a própria realidade socioeconômica e política do Haiti do século XX. Dessa forma, como escreve Nelly Cormeau, o romance representa uma ação ou um drama desenrolados no tempo, situados no espaço, emprestando as cores e atmosferas de espaços determinados (CORMEAU, 1947, p.27 *apud* MUDIMBE-BOYI, 1992, p.81).

Nota-se, dessarte, que, no Haiti, não há fosso intransitável entre real e ficção. Por conseguinte, a estratégia narrativa dos contadores ou dos romancistas ocupa lugar de destaque nas análises da obra. Assim, além do conceito de intertextualidade, importa, de um lado e sempre, recorrer à memória do narrador e àquela das personagens principais; por outro viés, é relevante debruçar-se sobre o espaço e o tempo da narrativa a fim de destacar aspectos históricos ficcionalizados em *Compère Général Soleil*. É preciso compreender que, ali, a relação entre o tempo, o espaço e a memória atua como vontade de reescrever a história oficial. Em outras palavras, a atividade memorial torna-se um fator de emancipação da história.

A figurção do massacre de 1937 em Compère Général Soleil

Como já observado, a relação entre o tempo, o espaço e a memória do narrador e do protagonista atua no romance de Alexis como a vontade de (re)escrever a história oficial. É essa vontade que faz dele o primeiro romancista haitiano a configurar o genocídio dos trabalhadores haitianos na República Dominicana, enquanto ele tinha apenas quinze anos quando ocorreram os fatos. A figuração desse massacre impõe a necessidade de abrir um breve *excursus* e apresentar alguns breves apontamentos sobre o conceito de representação da violência na literatura do século XX.

No seu texto, *História, Memória, Literatura: o testemunho na era das catástrofes*, Márcio Seligmann-Silva salienta que é, praticamente, um consenso entre os teóricos literários que a literatura não é uma mera imitação do mundo. No entanto, o autor reconhece que a literatura produzida no século XX percorre certos caminhos na direção oposta à autoreferência do discurso. Essa tendência refere-se a um conceito de literatura de testemunho,[48] que tem sido estudada cada vez mais desde a década

48 Conforme destaca Valeria de Marco, a expressão de literatura de testemunho tem circulado em livros, em revistas literárias e mesmo na grande imprensa com intensidade crescente desde 1990. Às vezes, seu significado

de 1970. O conceito de "literatura de testemunho" que aqui se mobiliza diz respeito às relações entre violência, representação e linguagem literária. Em outros termos, trata-se da relação entre literatura e o "teor histórico". A realidade que a esta se articula, conforme sustenta Marcos Seligmann-Silva, deve ser compreendida na chave freudiana do trauma, de um evento que justamente resiste à representação.

Essa literatura remeteria a um paradigma da história de trauma, cujo centro de interesse está nas representações de acontecimentos traumáticos. Mas, como também observa Jaime Ginzburg, ver a história como trauma coloca em questão a própria possibilidade de elaborar uma representação, pois o trauma é, por definição, algo que evitamos lembrar pelo grau intolerável de dor que a ele se associa. Em outras palavras, de acordo com Ginzburg, em *Escritas da tortura*, é como tornar racionalizada, verbalizada, articulada, uma experiência que em si mesma está além de qualquer tolerância da consciência, sem reduzir seu impacto, sem falsear sua especificidade e sem generaliza-la, eliminando a singularidade que é essencial a sua estranheza.

Nesse parâmetro, tais inquietações se tornam importantes, uma vez que , com base no estudo de Márcio Seligmann-Silva, o campo da memória atua na seleção dos momentos do passado e não no seu total arquivamento. O problema fundamental da "literatura de testemunho" voltada à representação

---

é impreciso, mas certamente o leitor comum não mais a associa à visão do texto literário como um testemunho de seu tempo, entendimento do senso comum que alude à sua capacidade de representar, com mediações formais, o processo social em que se inscreve sua produção. Nos últimos anos, a expressão remete sempre a uma relação entre literatura e violência (DE MARCO, 2004, p.45).

do trauma ou da violência gira, então, em torno da questão de como representar aquilo que, por definição, é irrepresentável. Porém, ao lado dessa problemática, encontra-se a própria necessidade de representar aquilo que, por definição, é irrepresentável – sofrimentos, traumas individuais ou coletivos nas suas diversas formas – para que este não se torne natural, trivial. Ou seja, a não-representação de sofrimentos, de torturas, de genocídios favorecerá o apagamento da memória coletiva. Como sustenta Jaime Ginzburg, o apagamento da memória coletiva ou o esquecimento coletivo referente a massacres e a torturas, reforçam as chances de naturalizá-los e ignorar a intensidade de seu impacto (GINZBURG, 2010). Eis como a necessidade de representação desses acontecimentos inscreve-se em uma lógica de dever de memória, na qual a história e a ficção devem se encontrar para resgatar a memória coletiva.

A terceira parte do romance *Compère Général Soleil* pode ser inserida nesse quadro descrito. Nela, o romancista procura representar o massacre de milhares de haitianos na República Dominicana, em 1937, a fim de revitalizar a memória coletiva. A representação desse massacre dá ao romance uma dimensão de denúncia, uma recusa de silêncio ou de se calar. E que seja pela ficção.

Primeiramente, a história política dessas duas Repúblicas, que partilham a mesma ilha, é a origem de tensões políticas entre os dois povos. Primeiro país negro a conquistar sua independência, e que precisa defendê-la e salvaguarda-la, o Haiti oferece sua ajuda a outros países da região para se libertarem da escravidão; tenta, igualmente, preservar sua dominação na parte leste da ilha, então colônia espanhola. Segundo essa perspectiva, em 1822, o governo haitiano dirigido pelo presidente Jean-Pierre Boyer (1776-1851) impõe a unificação da ilha, que se estende a 1844. No mesmo ano, com o ato da separação, a República Dominicana se tornou um país independente. Todavia, em 1859, o governo haitiano propõe em vão a construção de uma República federativa dominico-haitiana.

Conforme destaca André Corten, em *Origines et vicissitudes de l'Etat faible: la République dominicaine*, as pressões haitianas nas fronteiras dos dois países forneceram, em 1861, pretextos aos dirigentes dominicanos de solicitar o apoio da Espanha. Assim, o general Pedro Santana (1801-1864) obtém a anexação do país à Espanha. Embora a escravidão não seja reabilitada, as tropas espanholas manifestam, em cada ocasião, seus comportamentos discriminatórios – costumam dizer aos dominicanos que se estivessem em Cuba ou Porto Rico teriam sido escravizados. Dois anos depois da chegada dessas tropas, surge uma guerra de restauração, apoiada secretamente pelos haitianos (CORTEN, 1993), que conduz mais tarde à saída da presença espanhola. Assim, a construção propriamente dita da nação dominicana se inicia em 1865, com um rancor histórico contra o Haiti.

Desde então, um discurso antihaitiano é promovido por elites dominicanas, procurando inculcar no povo dominicano o sentimento antihaitiano, alegando que o Haiti representa uma ameaça para a soberania do país, pois que procura sempre invadi-lo. É justamente esse discurso que está na origem do genocídio de haitianos na República Dominicana em 1937.

Em 02 de outubro do mesmo ano, na cidade-fronteira Dajabón, o presidente-ditador Rafael Trujillo (1891-1961) afirma:

> Soube que os haitianos na República Dominicana roubam a comida e o gado dos fazendeiros. Aos dominicanos que reclamam destas depredações dos haitianos, responde: resolveremos este problema. Aliás, já começamos. Cerca de 300 já foram mor-

> tos em Banica. E devemos continuar a resolver este problema (DALEMBERT e TROUILLOT, 2010, p.24).[49] (Tradução minha)

Logo após esse pronunciamento do presidente, ocorre o massacre de haitianos na República Dominicana, cujo número de mortos é até hoje ignorado. As estimativas variam de 20. 000 a 30. 000 mortos. Como observa Richard Junior Suriel, em sua dissertação *El massacre se passa a pie e a reconstrução do massacre de haitianos na fronteira dominico-haitiana: História e ficção,* não há documentos oficiais que comprovem os dados, os números de vítimas; logo, é a memória dos dominicanos que registra esses acontecimentos. Além disso, o então governo do Haiti, dirigido por Sténio Vincent (1874-1959), que não quer reagir contra a República, é derrotado três anos depois, e quem toma o poder, em seguida, é Elit Lescot, amigo de ditador dominicano Raphael Troujillo.

Entende-se, então, o motivo pelo qual este genocídio inspira só tardiamente os escritores haitianos, quando se sabe que Jacques-Stéphen Alexis é o primeiro romancista haitiano a figurá-los em sua escrita romanesca.[50] Na República Dominicana,

---

49 *J'ai appris que les Haïtiens en République dominicaine volent la nourriture et du bétail aux fermiers. Aux dominicains qui se plaignent de ces déprédations de la part des haïtiens qui vivent parmi eux, je réponds: "nous réglerons cette affaire". D'ailleurs, nous avons déjà commencé. Environ 300 ont eté tués à Banica. Et nous devons continuer à résoudre ce problème.*

50 São poucos os romances haitianos do século XX que configuram esse genocídio. Após a obra de Alexis, de 1955, publicam-se *Le peuple des terres mélés* (Port-au-prince: Imprimerie, Deschamps, 1989), do romancista René Philoctete (1932-1995); *Ecos del Caribe* (Barcelona: Lumen,1996), de Micheline Dusseck (1946-) ; *L'autre face de la mer* (Paris: Stock, 1998),

no mesmo ano, esses fatos inspiram Freddy Prestol Castillo (1914-1981) a escrever seu romance *El massacre se passa a pie*. Todavia, foi necessário esperar o ano de 1973, mais de três décadas, para que esse romance fosse publicado (SURIEL, 2014, p.16). Conforme salienta Suriel, esse romance teve sucesso imediato com mais de 40 mil exemplares no ano da sua publicação.

A terceira parte do romance *Compère Général Soleil*, que representa o genocídio dos haitianos em República Dominicana, é organizada em seis capítulos e é a parte mais curta das três que compõem o livro. Essa brevidade pode ser entendida pela própria dificuldade de representar o horror, a barbárie, conforme observado anteriormente.

Essa parte da narrativa inicia-se com descrição de um dia movimentado. Hilarion trabalha em um campo de cana de açúcar. Mais adiante, falas espanholas – *andad, hombres* – revelam que o novo espaço da narrativa é a província Macoris, na República Dominicana. É apenas em algumas páginas mais tarde, graças ao procedimento da analepse,[51] que o narrador retraça o percurso que precedeu o exílio do protagonista e sua mulher grávida, assim como os ressentimentos de deixar sua terra natal. Como nas duas primeiras partes do romance, o narrador apresenta o espaço em

de Louis-Philipe Dalambert (1962-) ; *The Farming of the bones* (New York: Soho Press, 1998); e *La récolte douce des larmes* (Paris: Grasset, 1999), de Edwige Danticat (1969-) (*apud* DALEMBERT e TROUILLOT, 2010).

51 Conhecido antigamente como *flashback*, entende-se por analepse todo o movimento temporal retrospectivo destinado a relatar eventos anteriores ao presente da ação e mesmo, em alguns casos, anteriores ao seu início (REIS; LOPES, 1988, p.230). Conforme assinala Gérard Genette, a analepse é uma categoria técnica correspondida à representação discursiva do tempo e da ordem da narrativa. A analepse constitui uma narrativa temporalmente secundária, subordinada à sintaxe da primeira (19972, p.90).

que circunscreve a terceira parte da narrativa, que é o mesmo espaço pobre, aquele de trabalhadores mal pagos:

> A cada passo, chocavam-se com as longas folhas de cana de açúcar, abertas em forma arco. O orvalho escorria pela nervura central para cair nos seus bustos desnudados. No início, isso fazia cócegas, mas rapidamente não mais sentiam a gota de frescura. Estava frio, mas eles estavam suados. E o orvalho se misturava com o suor (ALEXIS, [1955] 1998, p.255).[52] (Tradução minha)

A condição miserável da existência dos trabalhadores atravessa toda a narrativa. Diante dessa constatação, o narrador alexiano enfatiza a solidariedade entre os trabalhadores como chave para alguma mudança. Segundo essa perspectiva, os trabalhadores solidarizam-se e organizam-se para reclamar melhores condições de trabalho. Surgem assim protestos que pautam, principalmente, o reajuste salarial. Diante dos protestos, a incerteza reina nas empresas, e os trabalhadores haitianos hesitam. Paco Torres, líder do movimento, entende a razão dessa hesitação e procura conscientizá-los. Para tal, ele recorre à própria história haitiana como se lê no trecho a seguir:

> Companheiros haitianos, vocês devem nos acompanhar! Aqui, querem que vocês andem como cães. Não atrapalhem o movimento, isso permitirá a

52 *À chaque pas on heurtait les longues feuilles de canne à sucre, tendues en forme d'arceaux. La rosée coulait le long de la nervure centrale pour tomber sur leurs bustes nus. Au début, ça chatouillait, mais très vite on ne sentait plus la goutte de fraîcheur. Il faisait frais, mais ils étaient en sueur. Et la rosée se mêlait à la sueur.*

> Trujillo novamente caluniar os haitianos! Jamais os trabalhadores de cana de açúcar serão desunidos, irmãos no trabalho, permanecerem irmãos na luta! Os haitianos, inúmeras vezes, mostraram que não aceitam de ser escravos (ALEXIS, [1955] 1998, p. 279-280).[53] (Tradução minha)

Com a união dos trabalhadores haitianos e dominicanos, a luta ganha mais força; e no decorrer desses protestos, Paco Torres é assassinado pelos esbirros do governo. Conforme relata o narrador alexisiano, a notícia da morte deste último ultrapassa as fronteiras, espalha-se pelo mundo: do Haiti a Cuba, passando pela Jamaica, Porto-Rico, Panamá, Venezuela, México etc. Com a amplitude do movimento, os trabalhadores conseguem o aumento de apenas trinta centavos. Apesar desse insuficiente reajuste, eles trabalhadores comemoram esse reajuste e, uma vez mais, os haitianos são vistos como bode expiatório.

Com efeito, Trujillo prepara sua vingança contra os trabalhadores. Domenica, personagens da elite do país, visita os protagonistas para preveni-los, com as seguintes palavras:

> Vim, porque se conseguiu saber que algo está sendo preparado contra os trabalhadores de cana de açúcar. Não se sabe exatamente o que, mais é sério. Centenas de gendarmes chegaram à Macoris em caminhões. Grandes quantidades de rum e de munições foram

53 *Compañeros haitianos, vous devez marchez avec nous! Ici on veut vous faire marcher comme des chiens. Ne vous mettez pas en travers du mouvement, ça permettra à Trujillo de prendre de nouvelle calomnie sur les haïtiens! Jamais les travailleurs de sucres ne seront divisés, frères dans le travail, nous resterons frères dans la lutte! Les haïtiens ont maintes fois montré qu'ils n'acceptent pas d'être esclaves!*.

> a eles distribuídas [...]. Ao que parece, também foi enviado um monte de soldados à Dajabon. Diz-se igualmente que soldados embriagados se orgulharam de fazer escorrer o sangue destes haitianos malditos, como eles dizem... (ALEXIS, [1955] 1998, p. 300-301).[54] (Tradução minha)

Além de descrever o pensamento dos protagonistas com essa notícia, o narrador enfatiza a implicação de todas as forças armadas do governo (o exército, a polícia) na preparação da sua vingança contra os trabalhadores. Tudo é planejado com profissionalismo, os esbirros do governo conversam com os guardas das diferentes fábricas para melhor executar o plano do governo. Por isso mesmo, no dia da execução, os guardas confiscam os facões dos trabalhadores de cana. Até então, o narrador apresenta uma relação de boas vizinhanças entre os trabalhadores haitianos e dominicanos, até que os oficiais, dispersos aqui e ali, ordenam aos dominicanos que saiam do grupo.

O narrador descreve, com detalhe, todo um *décor* que conduz ao massacre que é efetuado segundo a identificação linguística. Assim, para assegurar-se da nacionalidade, pede-se ao suspeito para pronunciar a palavra espanhola *perejil*, considerada impronunciável corretamente para um haitiano. É como se o mito de falante nativo bastasse para definir uma determinada nação.

---

54 *Je suis venue parce qu'on est arrivé à savoir qu'il se prépare quelque chose contre les travailleurs de sucre. On ne sait pas exactement quoi, mais c'est sérieux. Des centaines de gendarmes sont arrivés à Macoris par camions. On leur a distribué de grosses rations de rhum et de munitions. [...]. Paraît-il, on a envoyé des tas de soldats à Dajabón aussi. On dit aussi que des soldats ivres se sont vantés de faire couler le sang de ces haïtianos malditos, comme ils disent....*

Uma vez que o critério linguístico se estabelece como procedimento de identificação, os esbirros passam ao ato: "Os tiros estouravam [...]. No chão já coberto de bagaços esbranquiçados de canas, em charcos de sangue, os feridos rolavam, arrastavam-se, gemiam, agonizavam, gritavam" (ALEXIS, [1955], 1998, p. 307).[55] (Tradução minha). Como recursos discursivos, observa-se que o narrador recorre à repetição e a um campo semântico voltado à crueldade para representar as ações dos esbirros do governo. A representação do massacre dos imigrantes haitianos é ponto culminante do regime sanguinário do Trujillo. Sua ordem: matar, massacrar, eliminar, sem levar em consideração a idade e sexo, todos os haitianos:

> Quando uma vítima caiu nas mãos do bando trujista, aplausos de alegria saudaram a captura: *pelehil*, obrigavam o prisioneiro a repetir. Faziam-no então passar de mão em mão. Não há necessidade de desperdiçar balas para matar, uma facada no braço, e, em seguida, deixava-se a vítima que desmoronava. Para as crianças, era suficiente esmagar a cabeça contra as paredes (ALEXIS, [1955], 1998, p.314).[56] (Tradução minha)

---

55 *les coups de feu claquaient* [...]. *Sur le sol déjà couvert de bagasses blanchâtres de cannes, dans de mares de sang, les blessés se roulaient, rampaient, geignaient, ralaient, hurlaient.*

56 *Quand une victime tombait aux mains des bandes trujillistes, des huillement de joie saluaient la capture: pelehil, faisaient-ils répéter au prisonnier. Alors ils se le renvoyaient de mains en mains. Pas la peine de gaspiller des balles pour tuer, un coup de couteau sous le bras, puis on lâchait la victime qui s'écroulait. Pour les enfants, il suffisait de fracasser la tête contre le murs..*

Não faltam episódios de violências, de barbáries, dos quais as personagens haitianas são vítimas. A se seguir o postulado de Amin Maalouf, segundo o qual a universalidade que leva a considerar que há direitos inerentes à base da dignidade humana, entender-se-ia que não haveria como perpetrar tal massacre. É por isso mesmo que, além de munições, o governo distribui aos seus esbirros bebidas alcoólicas, pois está ciente de que não há limites de atrocidades para soldados embriagados, agindo sob efeitos de drogas.

Na representação desse genocídio, muitas são as personagens dominicanas que manifestam seu pesar diante desses acontecimentos. Hilarion escapa da tragédia graças à ajuda do guarda Rodriguez; e, Claire-Heureuse, graças a Domenica, a Santa-Cruz. A personagem Santa-Cruz faz da sua voz, aquela de dominicanos que repudiam esse genocídio. Diante de um grupo de dominicanos, ele afirma:

> É difícil de engolir! Por isso, ele queria fazer de todo nosso povo uma raça de chacais à sua imagem! Hoje, vemos mais do que nunca, que não podemos demorar em criar um partido do povo dominicano, um partido do combate, o partido que vencerá Trujillo cedo ou tarde (ALEXIS, *op. cit.*, p.313).[57] (Tradução minha)

A personagem Cocozumba, que acompanha os protagonistas Hilarion e Claire- Heureuse em sua fuga do país, alinha-

57 *C'est amer à avaler! Ainsi il voudrait faire de notre peuple tout entier une race de chacals à son image! Aujourd'hui nous voyons plus que jamais que nous pouvons plus tarder à créer un parti du peuple dominicain, un parti de combat, le parti qui battra Trujillo, tôt ou tard!*

-se à personagem Santa-Cruz para condenar a barbárie do governo trujillista. Apresentando os trabalhadores haitianos como homens honestos que nunca fazem mal a ninguém, ele relata:

> Trujillo, eu também o conheci, oh! Pouco tempo antes de ele se tornar presidente, naturalmente. Com meus próprios olhos, vi-o sendo preso porque havia roubado uma vaca [...]. Quando saiu da prisão, ingressou na Gendarmerie dos americanos, o *salud*. Agora, ele é presidente. Uma vergonha para todos os dominicanos! Um ladrão e um antigo *chulo*...! Assassinar friamente dezenas de milhares de homens, mulheres e crianças, desta maneira! (ALEXIS, [1955] 1998, p.318).[58] (Tradução minha)

O narrador apresenta toda uma descrição da indignação do Cocozumba diante do massacre. Querendo explicar aos protagonistas que o povo dominicano não é responsável pelo genocídio, Cocozumba não encontra palavras e se sente como cúmplice. Depreende-se dos pronunciamentos de Santa-Cruz e de Cocozumba todo um questionamento da noção de identidade nacional, tida pelo governo como monopolítico. Enquanto o governo reduz a nação a uma filiação única, que o instala em uma atitude parcial, sectária, suicidária, que procura eliminar o 'Outro', surge, paralelamente – no seio da mesma nação –, um discurso que promove o reconhecimento do 'Outro', da dife-

58 *je l'ai connu aussi, Trujillo, oh! Il n'y a pas longtemps avant qu'il soit président, naturellement. Je l'ai vu arrêter, de mes propres yeux, parce qu'il a volé un boeuf [...]. Quand il est sorti de prison, il est rentré dans la gendarmerie des américains, le salud.[...]. Maintenant il est président. Si ce n'est pas une honte pour des domincains! Un voleur et un ancien chulo! Assassiner de sang-froid des dizaines de milliers d'hommes, de femmes et d'enfants comme ça!*

rença. É por esse viés que se compreende as palavras do narrador sobre o povo dominicano: "O povo dominicano resistia como podia, com todo coração, com todas as suas mãos ele tentava salvar cada vida das mãos dos assassinos fascistas e da morte" (ALEXIS, *op. cit.*, p.315)[59] (Tradução minha).

Segue-se que o narrador descreve o povo dominicano como um povo inalienável pelo discurso fascista, que se inscreve na lógica do *tout-monde*, formulada por Glissant. Segundo essa perspectiva, a verdadeira libertação de um povo no *tout-monde* se efetua pela capacidade de refletir e agir no mundo, pensando em direitos inerentes à base da dignidade humana (GLISSANT, 1996; MAALOUF, 1998). Caso contrário, esse povo é sempre oprimido, dominado, incapaz de refletir sobre sua função no mundo.

Outro aspecto a ser relevado na progressão do anacronismo sobre a representação desse massacre no romance é a incapacidade dos protagonistas que escapam ao genocídio de falar sobre estes acontecimentos. Além do apagamento da memória ou da imposição do silêncio sobre eles. Quando Hilarion chega à casa, com suas roupas manchadas de sangue, Santa-Cruz pergunta-lhe se foi atacado; ele somente nega com a cabeça e responde laconicamente: "Eles atiraram contra nós nas plantações, é o massacre" (ALEXIS, [1955] 198, p.313).[60] (Tradução minha). Enquanto ele é acompanhado por Cocozumba, que quer conversar sobre os acontecimentos, Hilarion se cala. Como destacado no preâmbulo deste ponto, esse silêncio se dá pelo fato de que o horror é algo que o sobrevivente procura rejeitar. No

---

59 [...] *le peuple dominicain livrait bataille comme il pouvait, avec tout son cœur, avec toutes ses mains il disputait chaque vie aux tueurs fascistes et à la mort*

60 [...] *ils ont tiré sur nous dans les plantations, c'est le massacre!*

que se refere à memória da narrativa, Cocozumba comenta: "— Quantos vocês acham que eles massacraram? Só em Dajabon fala-se em cerca de 10 mil. Por aqui, as pessoas têm medo de falar, mas foram milhares e centenas" (ALEXIS, [1955] 1998, p.318)[61] (Tradução minha).

Observa-se, portanto, que as indignações observadas na narrativa sobre o crime vêm de personagens dominicanas. As duas personagens haitianas sobreviventes calam-se diante das crueldades provindas do genocídio. Alexis não cita documento algum, nenhum registro histórico sobre esse massacre de trabalhadores haitianos na República Dominicana. Apesar de transformar essa parte do romance em certo tipo de registro, Alexis transita entre a história e a ficção. É graças ao procedimento de dramatização, procedimento recorrente na narração, que o narrador de Alexis identifica a ditadura como quadro socioideológico que permite a concepção e a execução desse massacre que custa vida de milhares haitianos. A maneira como a narrativa é construída permite observar o terrível caráter desse genocídio para melhor denunciá-lo. É nesse aspecto que se revela a visão crítica do narrador alexiano em relação a certos tipos de discursos de orientação nacionalista que procuram suprimir seus entornos.

Como se pode observar, Alexis teórico influencia o Alexis romancista. Pela leitura do romance, destaca-se que o autor recorre a diversos operadores para o desenvolvimento dos traumas. Graça a acontecimentos históricos representados na narrativa, Alexis elabora uma crítica de seu tempo. Eis porque (como

61 — *Combien croyez-vous qu'ils en ont tué? Pour Dajabon seulement, on parle de près de dix mille... Par ici les gens ont peur de parler, mais il y en a des mille et des cents...*

se lerá no capítulo a seguir) o real alexiano é modelado e reconfigurado sob uma perspectiva metafórica igualmente irônica, que pode ser tido como a reconstrução crítica do passado.

IV. Identidade-relação, transculturação e folclore em *Compère Général Soleil*

> Essa região era curiosa. Os haitianos ali permaneciam, pensavam sempre na pátria distante, mas já não eram os mesmos. Os outros habitantes desta região também não eram como os outros dominicanos. Falavam uma linguagem em que o crioulo haitiano se misturava com o falante dominicano. Alguns cantos e algumas danças eram quase os mesmos que no Haiti. Aqui se misturaram duas culturas nacionais (Jacques-Stéphen Alexis, *Compère Général Soleil*).[1]

Essa observação do narrador alexisiano colocado em epígrafe deste capítulo permite-me inicialmente pontuar como a literatura configura-se no cenário de construção de identidades. Conforme assinala Pascale Casanova em La *République mondiale des Lettres*, o espaço literário traduz em seus termos específicos (estéticos, formais, narrativos, poéticos) questões políticas e nacionais: em um mesmo movimento, afirma-as e as nega. A partir da reflexão, a autora observa acertadamente que:

---

1 *Cette région était curieuses. Les haïtiens y restaient bien haïtiens, ils pensaient toujours à la patrie lointaine, mais ils n'étaient plus les mêmes. Les autres habitants de cette région n'étaient non plus comme les autres dominicains. Ils parlaient un langage où le créole haïtien se mêlait au parler dominicain. Certains chants et certaines danses étaient presque les mêmes qu'en Haïti. Ici se mélangeaient deux cultures nationales.*

> a literatura inventa seus problemas e se constitui contra a nação e o nacionalismo, tornando-se assim um universo específico, onde problemas externos – históricos, políticos, nacionais – só estão presentes refratados, transformados, reduzidos em termos e com instrumentos literários (CASANOVA, 1999, p.124).

Assim, conforme Glissant, na literatura, a geografia deixa de ser limitada a ela mesma e torna-se solidária da sua história, que é a história do homem. Trata-se, pois, de "um movimento contínuo de literatura, que ele seja a força ou o fracasso de um povo, caminhando para outras terras" (GLISSANT, 1956, p.61)[2] (Tradução minha).

Visto sob esse ângulo, cabe repetir que o romance *Compère Général Soleil* se quer uma epopeia da sociedade haitiana, dos povos oriundos da colonização e da escravização nas Américas, pois procura (re)inventar realidades sócio-históricas, político-culturais do país em suas diversas facetas, sempre em movimentos que ultrapassa fronteira. Assim sendo, no romance, além da miséria material na qual vive a grande massa popular haitiana, além de escândalo, de estratificações sociais, de injustiças institucionais e de lutas de classes, Alexis procura re-inventar o *ser-haitiano* na sua relação com o mundo. Segundo essa perspectiva, o romance não propõe caricaturas de personagens individuais, mas personagens "referenciais" ou grupos sociais, cujas personagens individuais servem apenas de pretexto. Nesse ponto, apoiado no estudo *Pour un statut sémiologique du personnage,* de Philippe Hamon, em sua tese *Sémiologie du personnage dans l'oeuvre romanesque de Jacques Stéphen Alexis*, Yves Antoine

2 [...] *un mouvement continu de littérature, telle (sic) que le mouvement soit la force et la faiblesse d'un peuple en marche vers d'autres terres.*

destaca três tipos de personagens nas obras de Alexis: I) as personagens-referenciais; II) as personagens-embreantes e III) as personagens-anáforas. Fazem partes da primeira categoria as personagens alegóricas (amor, ódio, rio, terra) ou personagens sociais (trabalhadores, camponeses, sacerdote). Essas personagens

> dizem respeito a um sentido pleno e fixo, imobilizado por uma cultura; e sua legibilidade depende diretamente do grau de participação do leitor nesta cultura (HAMON, 1971 *apud* ANTOINE, 1988, p.24).[3] (Tradução minha)

Em *Compère Général Soleil,* Artibonite, Rio do Artibonite e Général Soleil podem, então, ser consideradas personagens-referenciais. No romance, a descrição do departamento, por exemplo, Artibonite serve ao narrador para enunciar uma reflexão, não apenas sobre crenças e as lutas dos povos autóctones, dos antigos escravizados, mas sobre sua potencialidade agrícola. A descrição das personagens-referenciais que povoam as narrativas alexisianas permite ao leitor haitiano (auto)idenficar-se, sem que o romancista precise inflacionar sua descrição com elementos superficiais (PIERRE, 2013), como se observará mais adiante.

As personagens-embreantes, por sua vez, conforme assinala Yves Antoine, são aquelas que carregam consigo traços do autor ou do leitor. São personagens com os quais este último se identifica ou que o autor erige em porta-voz. Antoine (1988) deixa entender que essas personagens se distinguem por questões de ordem política, humanitária, cultural e social. Nesse sentido, em *Compère Général Soleil,* destacam-se as per-

3 [...] *renvoient à un sens plein et fixe, immobilisé par une culture, et leur lisibilité dépend directement du degré de participation du lecteur à cette culture.*

sonagens-embreantes Pierre Roumel, Paco Torres, Domenica, Santa Cruz (ordem política); Jean Michel, Cocozumba (ordem humanitária); Conception, Frère Général (ordem cultural); e Hilarion, Claire-Heureuse (ordem social).

Enfim, as personagens-anáforas definem-se pela própria organização da obra. Elas tecem uma rede de anacronismos, de prolepses e analepses. De acordo com Yves Antoine, essas personagens são subdivididas em personagens afetiva, cultural e política. Apoiado em Philippe Hamon, Antoine reconhece a possibilidade de uma personagem pertencer, simultaneamente, ou em alternância, a várias categorias. É justamente o que acontece com as personagens alexisianas em *Compère Général Soleil.* Entretanto, não pretendemos fazer uma leitura semiótica das personagens, mas percorrer certas relações entre individualidade e coletividade. Já que, como assinala Schallum Pierre, em sua tese *Le Réalisme Merveilleux de Jacques Stephen Alexis: esthétique, éthique et pensée critique*, em *Compère Général Soleil* o protagonista Hilarion devém progressivamente um ser de *entre-deux* [entre-dois], de um être-*avec* [estar-com] e, finalmente, de uma *participation* [participação] total à alteridade.

É nessa perspectiva que se compreende que o drama individual do protagonista torne-se aquele de todos os oprimidos do mundo. Afinal, como diz o narrador de Alexis, "a gente humilde é sempre parecida" (ALEXIS, [1955] 1998).[4] No romance, é inventada toda uma história, toda a visão do mundo dos povos oprimidos na escala planetária. Para tal empreendimento, o narrador alexisiano teve de recorrer a um caso, faz desse caso configurar a voz das demais. Nessa linha de pensamento, René Depestre destaca que

4 [...] *les petites gens se ressemblent tous.*

> Nesse romance, [...] o leitor haitiano, mais do que qualquer outro, descobre-se, explica-se, aprende a se conhecer, maravilha-se, cochicha para si as verdades de sua revolta e de sua ternura. O imenso mérito do romance foi o de adivinhar, de apreender, de interpretar justamente nossos problemas, de denunciar os "agrimensores", os juízes e outras "bestas ferozes" que devastam o meio rural (DEPESTRE, 1974, p.199 *apud* CHARLES, 1984, p.195, grifos do autor).[5] (Tradução minha)

À luz da passagem em destaque acima, compreende-se a observação de Elisabeth Mudimbe-Boyi, segundo a qual os romances de Alexis são uma parábola da realidade haitiana. Essas considerações oferecem substratos para formular a seguinte hipótese: tudo *em Compère Général Soleil* pode ser pensado como pretexto. Eis ali que se apreende a importância das diversas narrativas anacrônicas no romance, que são relacionadas ao caráter retrospectivo – ao longo do livro, o narrador não cessa de recorrer à história tanto longínqua quanto recente do Haiti para ampliar a trama da história contada. É segundo esse viés que propõe analisar o romance à luz da configuração da identidade-relação, transculturação e de folclore/cultura nacional na narrativa.

---

5 *dans ce roman* [...] *le lecteur haïtien mieux que tout autre, se découvre, s'explique, apprend à se connaître, s'émerveille, se chuchote les vérités de sa révolte et de sa tendresse. Son immense mérite a été de deviner, de saisir, d'interpréter justement nos problèmes, de dénoncer les "arpenteurs", les juges et autres "bêtes féroces", qui dévastaient la campagne.*

Identidade-relação e transculturação em *Compère Général Soleil*

> Algo se fazia aqui, através do trabalho, dos cânticos, das alegrias e dos sofrimentos comuns, que acabaria por fazer um só coração, uma só alma a dois povos acorrentados às mesmas servidões[6] (Jacques-Stéphen Alexis, *Compère Général Soleil*). (Tradução minha)

Essa descrição do narrador alexisiano, em *Compère Général Soleil*, colocada em epígrafe desta seção, sintetiza a manifestação dos conceitos de identidade-relação e de transculturação discutidos anteriormente nas Américas. Esses conceitos podem ser considerados como chave de leitura para estudar a preocupação com o Outro, a relação entre individualidades e coletividades, além da relação entre espaço, memória e indivíduo em *Compère Général Soleil.*

Preocupação com o Outro: éthique du care ou de l'illumination

Em primeiro lugar, a preocupação com o Outro é representada no romance como a manifestação a éthique du *care* (PIERRE, 2013) ou éthique de l'illumination (LAROCHE, 1991). Como observa Schallum Pierre, a éthique du *care* ou de *l'illumination* tece as relações entre individualidades no romance. Em vários casos, essa ética define ou orienta a relação de

6 *Quelque chose se nouait ici, par le travail, les chants, par les joies et les peines communs, qui finirait par faire un seul coeur, une seule âme à deux peuples enchaînés aux mêmes servitudes*

indivíduos oriundos de categoria social e de nacionalidades distintas, ou não. Conforme observa igualmente Schallum Pierre, não se trata de uma relação entre dominante e dominado, mas aquela de um reconhecimento do Outro na sua particularidade. Dessa forma, ela pode ser entendida como um núcleo da identidade-relação, pois leva não apenas a reconhecer o Outro na sua singularidade, mas igualmente a simpatizar com Ele, a *con-viver* com Ele. Em outras palavras, como afirma Pierre (*op. cit.*), ela conduz ao "compartilhamento de alegrias e penas", que é próprio à ética de *vivre-ensemble*, a étoca da *convivência*. Com base nisso, a solidariedade impõe-se no romance como fertilizante, pois são várias as personagens que se mostram solidárias com o Outro; ou seja, preocupadas com a situação do Outro. É essa preocupação com o Outro que orienta a relação entre Pierre Roumel e Hilarion, entre Jean Michel e Hilarion, entre Torres, Santa Cruz e Hilarion. Também é a mesma que define as relações do casal Hilarion/Claire-Heureuse com as personagens dominicanas Conception, Cocozumba, Domenica por um lado e, de outro, entre o povo haitiano e o povo dominicano. Nesse sentido, é a *éthique du care* ou de *l'illumination* que faz descobrir as contradições de relações humanas figuradas no romance.

Essa ética manifesta-se, inicialmente, no encontro entre Pierre Roumel e o protagonista Hilarion. Vítima do espaço no qual se insere, desempregado e aterrorizado pela fome, sem ajuda social do governo, Hilarion é preso por tentativa de furto; na prisão, encontra Pierre Roumel. Apesar de hesitações em se relacionar com este, por ser oriundo da alta sociedade, Hilarion acaba por aceitá-lo e a ele explica os motivos da sua detenção. Uma vez sensibilizado pela situação do protagonista, Pierre Roumel não tarda a simpatizar com ele e a declarar: "você sabe, ajudá-lo-ei quando você sair, você verá. Procurarei trabalho para você. Você trabalhará. Hilarion, confie em você. Você conseguirá, tenha confiança!" (ALEXIS, [1955] 1998, p.45-46)[7] (Tradução minha).

Estas palavras *aie confiance en toi* [confie em você] transformam o protagonista, que se esquece rapidamente de sua situação presente; é como diz o adágio haitiano: *espwa fè viv.*[8] Doravante, como igualmente observa Schallum Pierre, Hilarion não pertence ao tempo do passado, tampouco ao tempo do presente, mas àquele do futuro: achar um emprego, superar os estigmas sociais e ter uma família. Esse pertencimento do protagonista ao tempo futuro é responsável – em grande parte – pela presença do emprego de modos verbais como o presente do indicativo e o futuro. No entanto, apesar de que várias ações e vários fatos são narrados no presente e no futuro, o narrador recorre ao pretérito perfeito e da sua variante estilística o presente histórico. Além disso, o narrador recorre ao passado imperfeito para apresentar suas descrições, que sejam de pensamento de personagens, de lugares, de objetos e de movimentos. Leia-se, portanto, a passagem na qual o narrador descreve *in extenso* o pensamento do protagonista, após ter ouvido as palavras de Roumel:

> Ele lhe disse: Hilarion, tenha confiança em você... E, desde então, ele sentia alguma coisa que o queimava no peito [...]. Essas palavras o haviam arrepiado. Desde a terrível noite, era isso que procurava em si mesmo. Palavras como essas. Isso queimava, mas

7 *Hilarion* [...], *tu sais, je t'aiderai quand tu sortiras, tu verras. Je te trouverai du travail. Tu travailleras, Hilarion, aie confiance en toi. Tu t'en sortiras, aie confiance*!

8 Adágio que pode ser traduzido livremente em português por *a esperança faz viver*.

> não podia sair. O que nele havia de anormal eram essas palavras que não conseguia encontrar sozinho [...]. Um simples grão de confiança se multiplica com uma velocidade incrível. A voz potente varria do seu hálito quente as vozes sifilíticas da desesperança (ALEXIS, *op. cit.*, p.48).[9] (Tradução minha)

Depreende-se desta passagem que o encontro do protagonista com Pierre Roumel presta-se para recordar a consciência do protagonista, provocando a consciência do seu pertencimento, doravante, ao tempo futuro. É esse encontro que é responsável pela luz – como se verá – que surge progressivamente e ilumina sua consciência, assim como a de outras personagens na narrativa. Além disso, pode-se depreender dessa passagem que o narrador utiliza toda uma musicalidade, toda uma língua rítmica para descrever a atitude do protagonista. Essa musicalidade é possível, em grande parte, devido aos modos verbais. Todavia, nota-se que tal musicalidade se dá pelo emprego sucessivo do modo *imperfeito,* que insere na narrativa um *discurso iterativo.* Conforme observam Carlos Reis e Ana Cristina Lopes, o *discurso iterativo* é normalmente expresso por formas verbais do tipo *imperfeito,* eventualmente, reforçadas por fórmulas adverbiais de pendor frequentativo (como: desde então, todos os dias,

---

9 [...] *il lui avait dit: "Hilarion, aie confiance en toi..." Et depuis lors, il sentait quelque chose qui le brûlait, dans sa poitrine [...]. Ces mots l'avaient fait tressaillir. Depuis la nuit affreuse, c'était ça qu'il recherchait en lui même. Des mots comme ceux-ci. Ça brulait, mais ne pouvait pas sortir. Ce qu'il y avait d'anormal en lui, c'étaient ces mots-là qu'il n'arrivait pas à trouver tout seul! [...]. Un petit pépin de confiance se multiplie avec une rapidité incroyable. La voix puissante balayait de son souffle chaud les voix syphilitiques de la désespérance.*

habitualmente, muitas vezes, sempre etc.). Entende-se, então, o motivo pelo qual o narrador alexisiano recorre ao imperfeito e a advérbios de tempo para descrever a atitude do protagonista após escutar as palavras de Pierre Roumel.

Uma vez liberado, Hilarion consegue um emprego com a ajuda da mãe de Pierre Roumel. Em seguida, encontra o doutor Jean Michel, amigo do Roumel. À luz da éthique du care, apesar do seu pertencimento social, Jean Michel não hesita em simpatizar com o protagonista que sofre estigma social por causa de uma epilepsia, doença vista no imaginário haitiano como sobrenatural. É como relata o próprio protagonista: "As pessoas ao meu redor continuavam a dizer que eu era amaldiçoado, que eu pagava por ter cometido pecados e crimes. Tinham medo de mim, eu não podia achar emprego" (ALEXIS, [1955] 1998, p.234)[10] (Tradução minha). Para ajudá-lo a superar tal estigma, Jean Michel propõe-lhe um tratamento medical, graças ao qual Hilarion vence a doença e admite o triunfo da ciência sobre crenças populares que a associam ao fetichismo. Como igualmente assinala Schallum Pierre, trata-se de "uma compreensão progressiva da origem socioeconômica do real que mobiliza individualmente cada sujeito, que, consciente da situação coletiva, deve passar à ação para transformar o real" (PIERRE, 2013, p.143).

Essa observação é articulada à própria visão alexiana do modo romanesco, pois, para ele, "a obra romanesca não é apenas testemunho, descrição, mas igualmente ação: uma ação a serviço do homem, uma contribuição à marcha para frente da humanidade" (ALEXIS [1957], 2001, p.11). Ainda, conforme

---

10 *Les gens autour de moi continuaient à dire que j'étais maudit, que je payais des péchés et des crimes. Les gens avaient peur de moi, je ne pouvais pas trouver du travail.*

sua perspectiva, à obra romanesca não cumpre dar testemunho pelo real e explicá-lo; trata-se de transformar o mundo. Nesse registro, Judith Charles (1984) assinala que Alexis não busca representar apenas realidades sociais do país no romance, mas também esforços para reverter a ordem de certos valores. Essa mudança é representada através da vontade da personagem Jean Michel, que procura sensibilizar seus concidadãos para engajarem-se politicamente. Em suas palavras, lê-se:

> Tenho amigos que sonham em deixar esta terra, mas eu não me importo. Tentei compreender por que nela tantas coisas não dão certo, acredito ter encontrado o que deve ser feito para transformá-la, para torná-la não apenas bonita, mas mais radiante. A contra-revolução conhece um período ascendente no mundo. A luta será dura. Nosso grupo é ainda como um bebê, é preciso deixá-lo crescer (ALEXIS [1955], 1998, p.93).[11] (Tradução minha)

Por intermédio dessa personagem, o narrador alexiano identifica a alfabetização como primeira etapa para transformar o "real". É nesse sentido que Jean Michel funda uma escola noturna, na qual Hilarion se matricula. Ensina-se, particularmente aos ingressantes dessa escola, a História do país, para que conheçam amem e respeitem os esforços dos ancestrais, e, por ricochete, para que se conheçam melhor. Na perspectiva do protagonista, a

11 *J'ai des amis qui rêvent de quitter cette terre, mais moi j'en suis fou. [...]. J'ai essayé de comprendre pourquoi tant de choses ne vont pas, je crois avoir trouvé ce qu'il faut faire pour transformer, la rendre non seulement belle, mais radieuse... La contre-révolution connaît une période ascendante un peu partout. La lutte sera dure. Notre groupe est encore comme un petit bébé, il faut lui laisser le temps de grandir.*

aprendizagem do passado é a chave de abertura da porta da sabedoria. Por esse motivo, como relata o narrador alexisiano:

> O volume da História do Haiti que Jean Michel ofereceu a ele não o deixou mais. Ele tinha impressão imprecisa de que esse livro era, para ele, a porta de sabedoria, a fonte de águas miraculosas em que devia beber para torna-se um ser completo (ALEXIS, op.cit., p.143).[12] (Tradução minha)

Depreende-se, pois, que o discurso narrativo cimenta o enraizamento; assim, a identidade-relação e transculturação são, antes, essa consciência de sua origem, de seu lugar com o e no mundo. Dessa forma, reatar com a história é contribuir para, a um só tempo, suprimir a opressão concreta e a alienação imperceptível. Significaria dizer que "não se pode superar a opressão concreta sem negar a opressão mental", para emprestar os termos de Glissant (1981). Tal ideia alinha-se ao realismo social alexisiano. De acordo com Alexis, o realismo social: "quer que a arte e a literatura não esqueça seu objeto: produzir um alimento saudável e vivificante para o espírito e coração dos homens" (ALEXIS, [1956] 1970, p.18).[13] (Tradução minha). Ainda, assinala que esse realismo tem uma relação com o romantismo revolucionário, no sentido em que nada é eterno. Na lógica de nada é eterno, Jacques-Stéphen Alexis salienta que

---

12 [...] *le volume d'Histoire d'Haïti que lui avait offert Jean Michel ne le quittait plus. Il avait l'impression vague que ce livre était pour lui la porte du savoir, le puits aux eaux miraculeuses où il fallait s'abreuver pour devenir un être fort...*

13 [...] *veut que l'art et la littérature n'oublient pas leur objet: produire une nourriture saine et vivifiante pour*
l'esprit et le coeur des hommes..

> se pode sempre ultrapassar as grandiosas aquisições do passado atualizando o homem em seu meio social e na natureza onde ele vive, iluminando mais vivamente o caráter contraditório da consciência humana (ALEXIS, *ibidem*).[14] (Tradução minha)

Essa concepção da arte literária por Alexis ecoa na ênfase dada ao ensino da História na escola do protagonista que se inscreva em um quadro global, que conduz o aprendizado a um (re)conhecimento de seu passado para poder melhor compreender o presente e preparar melhor o seu futuro. Como salienta Glissant (1981, p.158), para os povos que emergem da escravidão, a obstinação que tende a considerar o tempo como algo vivido naturalmente reflete uma reação instintiva global contra a pretensão de impor "um tempo histórico" que seria aquele do Ocidente. Para esses povos, surge uma crença ideal que vê na História uma força, um poder. É nesse sentido que, graças ao ensino-aprendizagem da História, uma tomada de consciência aos poucos se constrói no protagonista, e a resignação que, inicialmente, dominava-o transforma-se em consciência 'crítica' sobre a realidade do seu tempo, posteriormente em revolta. É que a consciência adquirida por ele leva-o à conclusão de que, para inverter o curso das coisas, é preciso uma revolta coletiva. Impaciente para superar a miséria que experimentou durante toda sua vida, Hilarion não pode esperar, é preciso passar à ação.

A pressa do protagonista de passar à ação o leva até a se sentir decepcionado pela lentidão do seu mestre, Jean Michel, como relata o narrador:

14 [...] *on peut toujours dépasser les grandioses acquisitions du passé en actualisant l'homme dans son milieu social et dans la nature où il vit, en éclairant plus vivement le caractère contradictoire de la conscience humaine.*

> Ele se decepcionou com Jean Michel. Ele não suportava mais o palavrório, necessitava de ação. Porém, eram essas palavras que o haviam impulsionado. Eram as ideias abstratas ou a vida cotidiana do povo que os interessavam? Se isso continuasse, ele abandonaria todos estes falastrões (ALEXIS, [1955] 1998, p.195).[15] (Tradução minha)

Todavia, ele logo se retrai, com a consciência de que precisa de um certo tempo para sensibilizar, mobilizar o povo sobre a importância dessa revolta que deve ser coletiva. Ou seja, ele adquire logo a consciência de que, como dizem os provérbios haitianos, *yon sèl dwèt pa manje kalalou, twò prese pa fè jou louvri.*[16] Desse modo, se o encontro com Roumel leva o protagonista à compreensão de que sua condição material de existência pode ser melhorada, aquele com Jean Michel leva-o à construção de toda uma visão política sobre o mundo. Com base nas relações com outras personagens, Hilarion aprende a importância da solidariedade na construção de uma sociedade melhor. Uma vez iluminado para a relação do Outro, ele sente-se integrar na ética do *care* e empreende várias ações que se escrevem

15 *Il était déçu de Jean Michel. Il en avait assez, de phrases, il lui fallait de l'action. Pourtant, c'étaient des phrases qui avaient mis en marche ce moteur qui entraînait. Étaient-ce les idées abstraites ou la vie quotidienne du peuple qui intéressaient ces gens? Si ça continuait, il laisserait tomber tous ces palabreurs.*

16 O provérbio *yon sèl dwèt pa bwè kalalou,* que se pode traduzir livremente em português por *Não se come quiabo com um dedo*, traduz a realidade de que uma pessoa precisa tomar medidas apropriadas ou usar ferramentas adequadas para resolver uma determinada situação. Por sua vez, o de *twò prese pa fè jou louvri,* que pode ser traduzido livremente em português por *muita pressa não altera o curso do tempo*, traduz a realidade de que precisamos sempre um tempo apropriado ou adequado para fazer o que precisamos fazer.

nesse sentido. Como primeira ação, ele busca sensibilizar sua mulher sobre sua condição de existência e sobre a relação com o Outro. Nesse sentido, quando Victorine, sem pagar suas dívidas anteriores, procura novamente comprar a crédito na pequena loja de mantimento do casal, e que Claire-Heureuse se recusa a efetuar a venda, Hilarion opõe-se e exige que Victorine seja atendida. Como Claire-Heureuse insiste, ele executa a comanda da cliente. Além disso, arrisca sua vida para ajudar Jean Michel. Enquanto um gendarme corre atrás dele, que distribui panfletos políticos de apelo à revolta, Hilarion socorre-o e esconde os panfletos na sua casa.

A solidariedade entre as personagens é uma constante na narrativa alexisiana. Manifesta-se também através do *konbit/coumbite*[17] que leva o povo do romance a se relacionar para lutar contra adversidades. É como relata o narrador após a inundação que assolou o departamento do Artibonite, pulmão da produção rizícola do país:

> [...] A única grande força, que era responsável da planície, invencível, movimentando todo seu fôlego poderoso e vivificante, era a grande fraternidade dos trabalhadores e dos desafortunados, força re-

17 *Coumbite* ou *konbit* (na ortografia atual do crioulo haitiano), que pode ser traduzida em português por "mutirão", traduz no Haiti uma realidade coletiva, uma maneira de *vivre-ensemble,* de conviviência. Designa, geralmente, uma associação ocasional, que reagrupa moradores que vêm trazer seu socorro a parentes, a vizinhos ou a membros de sua comunidade no trabalho da terra. Não se trata de um trabalho remunerado; o organizador oferece bebida e comida, devendo trazer também seu socorro quando alguém que participa nesse *konbit* vier a realizar outro. Isso acontece no tosquiado de erva para a plantação, e, às vezes, no trabalho da ordem pública para a comunidade.

> construtiva de todas as ruínas, redentora todas as aflições [...] Mesmo os mais individualistas tiveram que recorrer à fraternidade. Todos os camponeses saudáveis saíram do bairro para ajudar àqueles que os chamavam para a *coumbite* fraternal (ALEXIS, [1955] 1998, p.172).[18] (Tradução minha)

Com base nessa passagem, importa assinalar que é no impasse da representação do Outro que se encontra o sentido da organização global da narrativa de *Compère Général Soleil*. A solidariedade configurada na narrativa encena outra maneira de se comportar com o Outro, de com-viver com Ele. É justamente como relata o narrador alexisiano:

> Jamais um verdadeiro homem do Haiti abandona um companheiro em dificuldade. Quando houve o terremoto, pessoas morreram para resgatar outras. Mesmo quando ele precisou fugir, sempre encontrou um teto na casa de todos os camponeses a quem se endereçara (ALEXIS, op. cit., p.268).[19] (Tradução minha)

---

18 [...] *l'unique force géante qui était maîtresse de la pleine, invincible, remuant tout son souffle puissant et vivifiant, était la grande fraternité des travailleurs et des malheureux, reconstructrice de toutes les ruines, rédemptrice de toutes les détresses. [...] mêmes les plus individualistes ont dû faire appel à la fraternité. Tous les paysans valides accoururent du voisinage pour apporter de l'aide à ceux qui les appelaient à la coumbite franternelle.*

19 *Jamais un véritable nègre d'Haïti n'abandonne un camarade dans le malheur. Quand il y a eu le tremblement de terre, des types étaient morts pour en sauver d'autres. Quand lui-même avait dû s'enfuir, il avait toujours trouvé un toit chez tous les paysans auxquels il s'était adressé.*

Através da temática de solidariedade, o narrador (re)visita a História do povo do romance para demonstrar que o *vivre-ensemble* [viver-com] exige uma consciência do passado. A solidariedade, essa consciência de *vivre-ensemble*, exige o reconhecimento do Outro na sua diferença, que é um dos núcleos da identidade-relação. Instala-se, assim, o equilíbrio entre conhecimento de si e prática do Outro, como observa Glissant (1990). A esse ponto se alinham palavras pronunciadas por um amigo de Pierre Roumel e de Paco Torres na narrativa: "Thaelmann nos fez chorar quando nos falou das desgraças da Alemanha. Era como se nos falasse das desgraças de nossos próprios países" (ALEXIS, [1955] 1998, p.269)[20] (Tradução minha).

É essa mesma preocupação com o Outro que norteia relações entre personagens haitianas e dominicanas da narrativa. No Haiti e na República Dominicana, Hilarion mostra-se consciente da importância da solidariedade, da relação com o Outro na transformação do real. É ciente disso que, ao se afastar de sua terra *alma mater* para tornar-se imigrante em República Dominicana, apesar de sua condição econômica precária, ele solidariza-se com os trabalhadores dominicanos para exigir melhor condição de trabalho. Entende-se que se relacionar com o *Outro* ocasiona uma necessidade não apenas para enfrentar adversidades, mas para melhor se entender ou se descobrir.

Todavia, a personagem Conception, que apoia Claire-Heure em República Dominicana, afirma que há dois tipos de relações. O primeiro refere-se àquelas pessoas quando temos um problema: elas vêm nos visitar, sentam, acenam a cabeça, abrem a boca para nada dizer, são pessoas *comme il faut* [como se de-

20 *Thaelmann nous a fait pleurer quand il nous a parlé des malheurs de l'Allemagne. C'était comme si on nous parlait des malheurs de nos propres pays.*

vem]; o outro tipo refere-se àquelas pessoas que se comportam como verdadeiros amigos; quando vêm nos visitar sabem o que precisam fazer [...] (ALEXIS, *op. cit.*, p.286). Entretanto, é esse segundo tipo que prevalece nas relações interpessoais figuradas na narrativa. Nesse ponto, é importante lembrar a solidariedade entre personagens haitianas e dominicanas, sobretudo, quando os esbirros de Trujillo cometeram o genocídio – conforme observado no capítulo anterior. Com efeito, entendem-se as seguintes palavras de Hilarion: "o que eles nos fizeram, não posso te prometer que o esquecerei, acredito que jamais, jamais... jamais... Mas escapamos, jamais deixarei de dizer o que muitos dominicanos fizeram para nos socorrer" (ALEXIS, *ibidem*, p.322)[21] (Tradução minha).

Essa passagem reforça a resistência que o povo dominicano oferece a esbirros do Trujillo para socorrer haitianos – como já observado no terceiro capítulo. Por isso mesmo, o narrador apresenta o povo dominicano como um povo solidário e associa o genocídio a um projeto do estado fascista, destacando que, apesar do ódio promovido por grupos conservadores do governo dominicano contra os imigrantes haitianos, o povo dominicano tende espontaneamente à relação com esses imigrantes. É justamente isso que o leva a disputar com todo coração, com todo empenho, cada vida aos assassinos fascistas (ALEXIS, [1955] 1998, p.314).

Importa igualmente destacar que a co-habitação de elementos culturais dos dois povos constitui linhas de forças da noção de identidade-relação e de transculturação figurada no romance. O entrelaçamento dos elementos culturais dos dois povos

---

21 [...] *Ce qu'ils nous ont fait, je ne peux pas te promettre de l'oublier, je crois que jamais, jamais... jamais... Mais si on en sort vivant, jamais non plus je ne manquerai de dire ce que de tas de dominicains ont fait pour nous sauver.*

que co- habitam o mesmo espaço exprime um modo *de se mettre en commun*, [colocar-se em comum] de con-viver a relação. É justamente nessa linha que se inscreve essa observação do narrador:

> Um dos trabalhadores pegou seu violão e começou a cantar. Um merengue. Os dominicanos emprestaram esse merengue aos haitianos. Eles o arrumaram a sua maneira, incorporam-no um pouco da cor da sua terra, de seu gosto das cores animadas. Ele era mais rápido, mas permaneceu muito próximo a seu irmão haitiano (ALEXIS, *op. cit.*, p.258).[22] (Tradução minha)

Como se pode perceber, essa consideração relaciona-se diretamente aos conceitos de crioulização e da transculturação, desenvolvidos no primeiro capítulo. Por meio destes, pode-se compreender as descrições do narrador sobre a co-habitação dos povos haitiano e dominicano em Macoris, na República Dominicana. Leia-se ainda a respeito:

> Essa região era curiosa. Os haitianos que nela moravam permaneceram bem haitianos, eles pensavam sempre na pátria distante, mas não eram mais os mesmos. Os outros habitantes dessa região não eram tampouco como os outros dominicanos. Eles falavam uma linguagem em que o crioulo haitiano se misturava à fala dominicana. Alguns cantos

---

22 *Un des travailleurs avait empalmé sa guitare et s'était mis à chanter. Une méringuée. C'était aux haïtiens que les dominicains avaient pris la méringuée. Ils l'avaient arrangé à leur façon, y avaient mis un peu de l'odeur de leur terre, de leur goût des couleurs vives. Elle était plus rapide, mais elle restait très proche de sa sœur aînée, la méringue haïtienne.*

> e algumas danças eram quase as mesmas que no Haiti. Ali se misturavam duas culturas nacionais (ALEXIS, *op. cit.*, p.258).[23] (Tradução minha)

As passagens em destaque evidenciam que, como formulado por Glissant (1990), é possível abrir-se ao Outro sem se perder. *Con-viver* com o Outro é uma prova de si, uma prova subjetiva, é construir uma identidade de *entre-deux,* uma identidade sempre em relação. Nessa perspectiva, é importante insistir que a relação com o Outro ou a *con-vivência* com o Outro impõe-se como uma nova prática de humanidade. Édouard Glissant considera essa abordagem como o devir do mundo. Essa consideração glissantiana parece ecoar na narrativa alexiana, se se considerar essa abordagem do narrador, no que se refere à co-habitação ou con-vivência dos povos haitianos e dominicanos:

> Quem sabe o que reserva o futuro? Essas duas nações eram irmãs. O que não puderam fazer todas as guerras de outrora, o que jamais poderiam fazer o constrangimento e a violência, quiçá a vida o faria. Ali alguma coisa ali se constituía, pelo trabalho, pelos cantos, pelas alegrias e penas comuns, que acabaria por se tornar um só coração e uma só alma para dois

23 *Cette région était curieuse. Les haïtiens y restaient bien haïtiens, ils pensaient toujours à la patrie lointaine, mais ils n'étaient plus mêmes. Les autres habitants de cette région n'étaient non plus comme les autres dominicains. Ils parlaient un langage où le créole haïtien se mêlait au parler dominicain. Certains chants et certaines danses étaient presque les mêmes qu'en Haïti. Ici se mélangeaient deux cultures nationales.*

> povos acorrentados à mesma servidão (Tradução minha) (ALEXIS, [1995] 1998, p.258-259).[24]

Diga-se, ainda, que a observação de narrador ecoa no pensamento de Glissant, segundo o qual o mundo se criouliza. A maneira como esses dois povos convivem com a diferença é exemplo dos fenômenos da transculturação, da identidade-relação, um belo aspecto positivo do caos-mundo. Conforme apontado no primeiro capítulo, por caos-mundo entendem-se "os choques, o entrelaçamento, as repulsões, as atrações, as convivências, as oposições, os conflitos entre as culturas de povos na totalidade-mundo contemporâneo" (GLISSANT, 1996, p.82). Em outras palavras, na perspectiva glissantiana, o caos-mundo corresponde aos encontros amigáveis, ou não, de povos, de línguas ou de culturas.

Relação entre espaço, memória e indivíduo

Os conceitos de identidade-relação e de transculturação impõem-se igualmente no romance através de articulações entre espaço, memória e indivíduo. Além do tom poético, de *flâneries,* figurados na representação dos espaços da narrativa, encontram-se descrições de espaços que se ligam à própria história do povo do romance. Como salientado anteriormente, a re-invenção do departamento do Artibonite e do Rio do Artibonite, por exemplo, como personagens-referenciais, oferece ao narrador quadros para percorrer toda a História do povo haitiano, dos

---

24 *Qui sait ce que réserve l'avenir? Ces deux nations étaient sœurs. Ce que n'avaient pu faire toutes les guerres d'autrefois, ce que ne pourraient jamais faire la contrainte et la violence, peut-être que la vie le ferait. Quelque chose se nouait ici, par le travail, les chants, par les joies et les peines communs, qui finirait par faire un seul coeur et une seule âme à deux peuples enchaînés aux mêmes servitudes.*

povos sofridos pelo processo escravização e colonização. Nesse sentido, descrições de espaço geográfico têm a importância inegável na narrativa, pois que a história dos homens que o povoam é assombrada pelo abismo da colonização.

Na narrativa, Alexis encena a história, principalmente, por alusões ou por analepses, como se disse no capítulo anterior. Por vezes, o narrador descreve *in extenso* os grandes momentos da História do Haiti: aquele de Anacaona, rainha dos Chémès; aquele das aventuras dos principais líderes da Revolução Haitiana; e, ainda, aquele das lutas armadas contra a ocupação estadunidense. Nessa perspectiva, é pertinente observar que a descrição do departamento do Artibonite, e aquela de seu principal Rio, constitui um pretexto para iniciar o leitor à História do Haiti. Observemos o início da descrição que o narrador faz desse departamento:

> O Artibonite conhece a crônica do sol haitiano. Ele assistiu ao tratamento de uma raça de metal, que sobreviveu às barbáries. Ao longo do século XIX, é com raiva que ele drenou o suor dos camponeses explorados e os clamores de suas revoltas. Com armas, o povo venceu, cem vezes. Quando se deu a grande invasão dos novos vândalos, os americanos, crucificadores de homens, ele orientou os camponeses patriotas e ajudou nas emboscadas. O Artibonite alimenta o povo haitiano. Ele é o pai do café. É ele quem produz o arroz. É ele quem engorda o gado. L'Artibonite toma a terra do Haiti em seus braços com gestos de amor" (ALEXIS, [1955] 1998, p.162- 163).[25](Tradução minha)

25 *L'Artibonite connaît la chronique de notre sol. Il a assisté à la traite d'une race de métal, qui a survécu aux géhennes. Tout au long du XIXe siècle, c'est*

Como já apontado, o departamento Artibonite é um dos dez departamentos da República do Haiti e constitui o maior potencial de terras irrigáveis e a maior zona de rizicultura do país. Além disso, o Artibonite era o *locus* da revolução dos escravizados – a independência do país foi comemorada na capital desse departamento, Gonaïves que é, desde então, nomeada *Cité de l'Indépendance*. Dessa forma, as considerações do narrador alexisiano sobre esse departamento inscrevem-se em uma perspectiva de re-inventar, (re)figurar valores e potenciais que representam esse departamento para o Haiti.

Além disso, encontra-se no trecho acima a co-presença dos modos verbais, o pretérito perfeito e o presente do indicativo. A vinculação temporal do episódio é dada pelo pretérito que o enquadram, mas a sua força expressiva advém da utilização do presente. Com efeito, os modos verbais, como destacam Carlos Reis e Ana Cristina Lopes, marcam a presença do *eu*, na medida em que traduzem a atitude do locutor em relação aos fatos referidos (o indicativo, por exemplo, é utilizado para criar um universo de referência considerado pelo locutor como certo, necessário ou altamente provável).

Observa-se, igualmente, que o narrador passa da terceira pessoa "ele" à primeira pessoa "je"; ou seja, passa do estatuto de um narrador "ele" a um narrador "je" para identificar com es-

---

avec rage qu'il a drainé la sueur des paysans exploités et les clameurs de leurs révoltes. En armes le peuple a franchi son cours cent fois. Quand arriva la grande invasion des nouveaux vandales, les américains, crucifieurs d'hommes, il a porté les paysans patriotes et aidé les embuscades. [...]. L'artibonite est nourricier de notre peuple. Il est père du café. C'est lui qui donne le riz. C'est lui qui rend gras le bétail. [...]. L'Artibonite entoure notre terre dans ses bras avec des geste d'amour.

paço e as personagens. Isto é, sendo narrador heterodiegético,[26] ele se enuncia pontualmente em primeira pessoa. Tal técnica discursiva faz com que, em muitas ocasiões que isso acontece, o narrador se confunda com o autor; causando uma fusão de vozes: a voz do narrador com a do autor. Essa técnica discursiva é uma constante na narrativa. Aliás, no primeiro capítulo do livro, o narrador afirma "Exalto-me! Exalto-me sempre, quando olho para o meu país". (ALEXIS, [1955] 1998, p.31).[27] (Tradução minha). É porque o narrador se exalta e se importa com seu povo e com seu país que faz com que a cada vez que fala deles, passe da terceira à primeira pessoa. Para emprestar os termos de Mudimbe-Boyi (1992, p.72), "essa terra do Caribe é seu território original; é ela, país ao qual se relaciona com um laço quase carnal, que o narrador de Alexis quer descrever em toda sua riqueza, em todo seu esplendor e sua miséria". Estabelece-se, assim, uma relação problemática entre o espaço e a violência histórica nas Américas. Tal observação articula-se com a seguinte estrofe de Édouard Glissant em *Pays rêvé, pays Réel*: "Eu te nomeei Terra ferida, cuja rachadura não é governável, e te vesti

---

26 A expressão de narrador heterodiegético é formulada por Gérard Genette. Ela designa uma particular relação narrativa: aquela em que o narrador relata uma história à qual é estranho, uma vez que não integra nem integrou, como personagem, o universo diegético em questão. Assim se distingue o narrador herodiegético do narrador homodiegético (e também, naturalmente do autodiegético), que justamente se caracteriza pelo fato de narrar uma história que conhece pela sua experiência de testemunha direta dessa história. Conforme assinalam Carlos Reis e Ana Cristina Lopes, o narrador heterodiegético tende a adotar uma atitude demiúrgica em relação à história que conta; ele exprime-se em na terceira pessoa, mas se enuncia pontualmente em primeira pessoa.

27 *Je m'emportes! Je m'emporte toujours, quand je regarde mon pays.*

de canções melancólicas desancoradas dos recantos de ontem" (Tradução minha).

Vários são os poetas, romancistas que procuram vestir essa Terra ferida e maculada por atrocidades do sistema escravocrata nas suas obras poéticas e prosaicas. Nesse ponto, cabe se referir a alguns romances do Caribe como *Batouala: véritable roman nègre* (1921), do guianense René Maran, *Le nègre masquée* (1933), do haitiano Stéphen Alexis, *El reino de este mundo* (1949), do cubano Alejo Carpentier, do conjunto de romance do martinicano Édouard Glissant (sobretudo, o romance *O quarto século*, 1964), *Le nègre du Gouverneur* (1978), do guianense Sege Patient, *Texaco* (1992), do martinicano Patrick Chamoiseau e *Le dernière rois mage* (1995), da guadalupense Maryse Condé. Esses romances (re)configuram as terras das Américas como terras assombradas pelas atrocidades do tempo colonial. A maneira como a relação problemática entre espaço e violência histórica se desconfiguram em obras literárias de autores das Américas permite observar que a poética dessa região é a poética da terra que traz consigo marcas de todos os tempos; também ela é paisagem, o mar, testemunha de todas as atrocidades pelas quais as terras dessa região foram vitimadas.

É segundo essa poética que Jacques-Stéphen Alexis, em *Compère Général Soleil,* representa o departamento de Artibonite. Assim como o Artibonite, o Rio do Artibonite é apresentado como espaço memorável que assistiu ao longo processo de constituição da nação haitiana. O narrador não economiza meios discursivos quando se trata de descrever o Rio, como se pode observar neste trecho em *extenso*:

> Pobre raça taino! A algazarra grandiosa do rio se lembra dos ecos do canto de sofrimento de todo

> um povo, que se aniquilou sob os chicotes para arrancar em Cibao seu minério do sol. Eis porque os velhos oriundos do Artibonite narram tantas lendas sobre as deusas do Rio [...]. Há séculos, o rio desce montanhas azuis dentre o Cibao rochoso [...] Com os ventos caribenhos, ele é o único sobrevivente, única testemunha das alegrias simples da ilha, antes do tempo amaldiçoado dos conquistadores. O rio do Artibonite é claro, quase loiro em sua nascente. Enrolando ali, onde viveu o antigo Maguana, suas águas tornadas amarelas viram, não muito distante das ruínas de Niti, o Senhor da Casa de Ouro, cacique das montanhas azuis, o temível Caonabo, conclamando seu povo à guerra contra os saqueadores vindos da Espanha. Ali onde o Guayamouc furioso paga-lhe o tributo da água efervescente [...], em suas margens, são as trilhas em que andavam os caciques vestidos de armas, de ramos e de ouro, os *butios* [sacerdotes da religião dos Chemès] cobertos de amuletos, os guerreiros sem sungas, as mulheres vestidos de *braies*, as meninas acobreadas e nuas, conjurando as desgraças do sangue taino (ALEXIS, [1955] 1998, p.161-162).[28] (Tradução minha)

28 *Pauvre race taïno! Le vacarme grandiose du fleuve se souvient des échos du chant de souffrance d'un peuple entier, péri sous les fouets pour arracher au Cibao son minerais de soleil. Voilà pourquoi, les vieillards qui vivent le long de l'Artibonite, racontent tant de légendes sur les déesses du fleuve [...]. Depuis des siècles, le fleuve dévale des montagnes bleues parmi le Cibao rocheux [...]. Avec les alizés caraïbes, il est le seul survivant, le seul témoin des joies simples de l'île avant le temps maudit des conquistadores* [...]. *Le fleuve de l'Artibonite est clair, à peine blond à sa source. En roulant là où fut l'antique Maguana, ses eaux devenues jaunes ont vu non loin des ruines de Niti, le Seigneur de la Maison d'Or, cacique des montagnes bleues, le terrible Caonabo, appeler son peuple à la guerre contre les forbans pillards venus d'Es-*

Nessas passagens, à qual retornaremos mais adiante, encontra-se toda uma linguagem poética que traduz a sensibilidade do narrador alexisiano pela paisagem local. Muitos adjetivos, sobretudo adjetivos ligados à cor, aos quais recorre Alexis para descrever essa paisagem do território do romance dão a várias passagens da narrativa um tom ou um ritmo poético. É esse mesmo estilo que se encontra na passagem do narrador que se inscreve na pista de re-inventar a história do povo do romance:

> No tempo em que o rio passava de Xaragua às terras vermelhas, corriam em suas margens os sambas-troubadours mensageiros da rainha poeta, trazendo ao povo acorrentado a voz da Anacaona, a Flor de Ouro triste e sublime, seus cantos fúnebres e suas baladas de amor, os aryetos (poemas chemès) de vitória e de primeiros grandes poemas patrióticos nascidos na terra do Haiti (ALEXIS, [1955] 1998, p.61-62).[29] (Tradução minha)

Essas considerações do narrador sobre esse Rio são, antes, pretexto, mais do que simples descrições. Pretexto que serve não apenas para re-inventar, re-escrever o passado, a cultura das

---

pagne. Là où le Guayamouc furieux lui paie le tribut d'eau bouillonnante, [...] sur ses rives, sont les sentiers où marchaient les caciques parés d'armes, de branches et d'or, les butios impuissants, couverts d'amulettes, les guerriers sans pagnes, les femmes vêtues de braies, les filles cuivrées et nues, conjurant les malheurs du sang des taïnos.

29 *Du temps que le fleuve passait dans les Xaragua aux terres rouges, sur ses bords couraient les sambas-troubadours messagers de la reine poétesse, portant au peuple enchaîné la voix d'Anacaona, la Fleur d'Or triste et sublime, ses chants funèbres et ses ballades d'amour, les aryetos (poèmes chemès) de victoire et les premiers grands poèmes patriotiques nés sur la terre d'Haïti.*

populações autóctones mas, igualmente, para re-atualizar a memória coletiva sobre o genocídio dessas populações pelos conquistadores europeus, bem como para representar a relação problemática entre espaço e violência histórica que se impõe como temática incontornável nas produções literárias nas Américas.

Às descrições do narrador se articula o caráter maravilhoso da paisagem haitiana. Como se disse, o narrador recorre a uma linguagem bastante poética, utilizando expressões, termos que reenviam à especificidade da paisagem haitiana, e que podem ser entendidos como autorreferenciais. Por exemplo, nas passagens acima em destaque, os termos, dentre outros, *Cibao rocheux*, *azilés caraïbes*, *Maguana*, *cacique*, *butios*, *guayamouc*, *sambas-troubadours*, *Fleur d'Or*, *Maison d'Or*, *aryetos* etc., são imagens que servem para colorir as descrições do narrador. No decorrer do romance, essa linguagem imagética, pictural desempenha papel importante na técnica discursiva da narrativa. No entanto, não é ela, embora seja bem apresentada na sua prática escritural, que mais importa no discurso da narrativa alexisiana; mas, a mensagem. Aliás, o próprio Alexis destaca com razão que:

> Os problemas de composição, de narração e de estilo surgem, estes problemas formais, expressão da tradição romanesca da literatura haitiana, simbólica dos contadores de histórias populares haitianas e enfim de meus gostos pessoais, não são jamais gratuitas, porém, se dou uma grande importância a estas questões, o papel fundamental do meu esforço é apenas para entregar melhor a mensagem. O resto é apenas uma questão de tempo (ALEXIS, [1957] 2001, p.14).[30] (Tradução minha)

---

30 *Les problèmes de composition, de narration et de style se posent, ces problèmes formels, expression de la tradition romanesque de la littérature haïtienne,*

Essa concepção alexiana da obra artístico-literária quiçá explique a coloração mítica que toma o "real" da narrativa de *Compère Général Soleil.* Em outras palavras, ela discute o motivo pelo qual Alexis não recorre apenas a expressões, a imagens, a cores para melhor embelezar seu real, sua mensagem, mas convocar a memória e ressignificar o tempo. Aliás, para Alexis, a linguagem da composição literária deve ser suscetível de fazer vibrar o povo a que se destina a obra de arte (ALEXIS [1956], 1970, p.11). É para tal propósito que Alexis recorre ao folclore, à tradição popular para melhor representar, melhor colorir o real da sua narrativa.

Ditados ou senso comum

Na narrativa, figura-se todo um conjunto de ditados e de provérbios que, à luz dos conceitos de identidade-relação e de transculturação, podem ser pensados como rastros, vestígios da colonização e da escravagização. Muitos desses ditados ou expressões populares encarnam representações negativas ou estereótipos sobre a raça negra. Sua presença na narrativa é, em grande parte, responsável pela ironia do narrador alexisiano.

Logo no primeiro capítulo da primeira parte, o leitor observa que um soldado que espanca Hilarion afirma: "O corpo dos negros é como mato, cai pelo chicote, mas levanta-se logo" (ALEXIS, [1955] 1998, p.32)[31] (Tradução minha). É importante assinalar que esse enunciado do narrador, que descreve o corpo dos negros como templo de tortura, inscreve-se em uma

---

symbolique de nos conteurs populaires et enfin de mes goûts personnels, n'est jamais gratuite (sic) cependant, et si j'accorde une importance très grande à ces questions, mon effort n'a pour but fondamental que de mieux servir le message. Le reste n'est qu'une question de temps.

31 *Le corps des nègres c'est comme de l'herbe, ça couche sous le coup, mais ça se relève aussitôt*

lógica que remonta ao passado colonial. As torturas às quais é objeto o corpo dos negros ficam responsáveis por um tipo de riso que se estabelece na narrativa.

Ao longo do primeiro capítulo, o narrador descreve a tortura a que o protagonista é submetido. Esses atos de tortura servem de espetáculo para os soldados. Por exemplo, toda vez que Hilarion faz um movimento inadequado, o guarda que o leva explode em gargalhadas. Durante sua audiência, por ter murmurado palavras confusas, Hilarion levou um soco no rosto e o sangue mijou do seu nariz, para usar as palavras do narrador. O tenente Martinès, que estava conduzindo a audiência, repetiu: "Então você não vai falar?... Um soco atingiu Hilarion no olho esquerdo. Jérôme, o pequeno guarda, vibrou de alegria..." (ALEXIS, [1955] 1998, p.26). Depois desse soco, Jérôme continua batendo nele com um chicote que o atinge no rosto, fazendo-o desmaiar de joelhos. E o narrador acrescenta: "[...] Seu rosto se torceu de tal forma que Jerônime estourou de rir". O tenente também olhou para ele e começou a rir, com um riso amargo, histérico, ritmado (ALEXIS, [1955] 1998, p.27). Nesse ponto, pode-se perguntar como os humanos podem rir de uma situação que só inspira piedade? Devemos nos referir à função desses agentes militares na narrativa para entender como eles podem se regozijar com estes atos cruéis, que devem inspirar apenas piedades. Na narrativa, o personagem Martinès, um tenente em seu estado, define-se como um professor de crueldade, e o narrador afirma que a crueldade deixa uma terrível marca em seu rosto. Como tal, ele recruta pessoas vulneráveis para lhe proporcionar dramas que se transformarão em comédias, como aponta longamente o narrador de Alexis:

> suponha que, cansado da miséria, indiferente por causa da miséria, sem acreditar em mais nada além

> da boa comida e talvez da luxúria, você se torne policial. No Haiti, quando você é um guarda, certamente come, mas não come bem, trabalha noite e dia, não é feliz. Ao seu redor, outros maltratam pessoas pobres e fazem mil coisas ruins. [...]. Um dia você chega a pensar que é divertido ver um homem gritar e urinar em suas calças. Há uns que urinam logo que veem o chicote! Você começa a rir sem parar, você ri pela primeira vez. É assim que o tenente sabe que você está maduro, então ele faz de você caporal... Aos poucos, você acha que o cargo se torna interessante. Espancar as pessoas se torna uma atividade como as outras. Você se torna intransigente, isso não mais o incomoda, pelo contrário... Você se torna um verdadeiro gendarme, um carrasco, uma profissão como as outras (ALEXIS, *op. cit.*, p.26).[32] (Tradução minha)

Este longo trecho enfatiza que maltratar e bater nas pessoas torna-se uma arte, uma necessidade tanto para os pobres que se tornam policiais ou carrascos para suprir minimamente suas necessidades, quanto para os oficiais de alta patente do exército e do sistema judiciário, que, sedentos de espetáculo, usam esse ato de crueldade como comédia. Ao incluir essas cenas na composição de sua narrativa, Alexis não apenas dramatiza as tramas de seu romance, mas também apresenta uma forte crítica à degradação da

32 *Un jour tu arrives à penser que c'est amusant de voir hurler un homme et pisser dans son pantalon. Il y a en qui pissent dès qu'ils voient le bâton! Tu éclates de rire pour de bon, tu ris pour la première fois. C'est comme ça que le lieutenant sait que tu es mûr, alors il te propose comme caporal... Peu à peu tu trouve que le métier devient intéressant. Battre les gens devient une activité comme les autres. Tu deviens dur, ça ne te fait plus rien, au contraire... Tu deviens un véritable gendarme, un bourreau; un travail comme les autre.*

dignidade humana. Basta que alguém feche seu coração aos sofrimentos de outrem para conseguir rir, para comemorar o sofrimento do outro. Como Henri Bergson aponta em *Le rire: essai sur la signification du comique*, o riso requer algo como uma anestesia momentânea do coração para produzir seu pleno efeito. Essa articula-se magistralmente com o que o narrador apresentou acima, onde o simples guarda, ao chegar em casa depois de seu trabalho sujo, sente-se entristecido pelos atos odiosos que cometeu para com os seres humanos e decide repelir esses sentimentos, para não morrer de remorso. Assim, segundo Bergson (1932, p.4), o cômico se dirige à inteligência e essa inteligência deve se manter em contato com outras inteligências. Bergson explica ainda que não seria possível experimentar o cômico se se sentisse isolado, ou seja, o riso precisa de um eco. Portanto, é compreensível que o tenente Martinès aliste pessoas vulneráveis para fazê-los cúmplices. Uma vez integrados a essa cultura, sentem-se confortáveis batendo e maltratando as pessoas para produzir cenas cômicas em que também eles se alegrarão.

Entende-se que o ato de espancar as pessoas se articula a um tipo de riso que contribui à dramatização do enredo da narrativa. Podem-se destacar várias cenas abomináveis em que o riso é convocado para descrever barbáries, crueldades de homem sobre o homem. São cenas que se imprimem de maneira indelével nas memórias individuais, e na memória coletiva do povo sofrido pelo longo processo da escravização e da colonização. Significa dizer que essa ideia de dramatização da narrativa, através do ato de espancar pessoas ou da profissionalização da violência física, é herança do longo processo de colonização e de escravização; tendo em vista que se sabe que durante a escravização nas Américas o escravizado é submetido, petrificado ou torturado sob o chicote de um *commandeur* para o menor pecadilho. Esse *commandeur* foi escolhido, geralmente, dentre os escravizados; uma vez escolhido, tornou-se cúmplice, cometendo excesso de zelo para agradar seu mestre-colonizador. É nesse ponto que se alinham ditados populares como os que se seguem:

> I) um negro aprende seus sentimentos apenas após ter sofrido muito, após ter cansado de sofrer (ALEXIS, [1955] 1998, p.48); II) ele não compreendia que negros podiam se tornar curas (ALEXIS, *op. cit.*, p.57); III) os negros miseráveis como nós não foram criados para se preocupar; (ALEXIS, *op. cit.*, p.78) IV) os negros do Haiti roubam uns aos outros; (ALEXIS, *op. cit.*, p.92); V) o negro nunca morre antes da hora; VI) Os negros pertencem a uma raça estranha etc... (ALEXIS, *op. cit.*, p.129).[33] (Tradução minha)

Tais ditados que apresentam estereótipos sobre a raça negra e são retomados por negros para estereotipar pessoas da sua mesma raça se nutrem do próprio processo da escravização. Poderia até aparecer contraditório dizer que negros recorrem a estereótipos sobre a raça negra para estereotipar pessoas da sua própria raça, mas é um fato e isso é compreensível quando se considera, como observa Jean Price-Mars, que:

---

33 I) *un nègre n'apprend de ses sentiments qu'après avoir bien souffert, après avoir eu assez de souffrir*; II) *il ne comprenait pas que des nègres se fissent curé*; III) *Les nègres à pieds sales comme nous ne sont pas créés pour se faire de souci*; IV) *Les nègres d'Haïti sont des voleurs les uns des autres*); V) *Le nègre ne meurt jamais avant l'heure;* VI) *les nègres sont d'une drôle de race etc.*.

> Durante quatrocentos anos, a raça branca, sem piedade ou misericórdia, acendeu a guerra intestina na África, incentivando o negro contra o negro, perseguindo-o sem trégua nem mercê a satisfazer o tráfico ignóbil de *chair* humana, na destruição de toda civilização e toda a cultura indígenas (1928, p.236).[34] (Tradução minha)

Entende-se à leitura da passagem acima que vários ditados populares haitianos que apresentam estereótipos sobre a raça negra são historicamente construídos por discursos raciais promovidos pelo colonizador; pois, o sistema da escravização e da colonização foi organizado de maneira que não houvesse solidariedade racial entre a raça negra escravizada, oprimida, humiliada. O dogma da colonização e da escravização para fortalecer sua dominação sobre a raça negra parece nada mais do que *diviser pour mieux reigner* [dividir para melhor reinar] através, sobretudo, da implementação de um sistema de fé baseado na evangelização, no catecismo. É nessa perspectiva que os ditos populares que estereotipam a raça negra, aos quais personagens negras recorrem para estereotipar personagens da sua própria raça, podem ser estudados.

Além disso, vários são os ditados e falas populares figurados na narrativa que traduzem uma espécie de conformismo ou de acomodação a uma realidade. É o caso do ditado pronunciado por um soldado que espanca Hilarion: "Se quiser ir à vigília do cuco, assim como o cuco é preciso comer côco de

---

34 *Pendant quatre cents ans, la race blanche, sans pitié ni miséricorde, a allumé la guerre intestine en Afrique, poussant le nègre contre le nègre, le pourchassant sans trêve ni merci pour satisfaire son ignoble trafic de chair humaine, en destruction de toute civilisation et de toute culture indigènes.*

cavalo ou é preciso colocar-se em diapasão" (ALEXIS, [1955] 1998, p.24).[35] (Tradução minha). Ou, ainda, este pronunciado por Félicien: "Quando se chega ao país dos zarolhos, deve-se fechar um olho" (ALEXIS, *op. cit.*, p.128).[36] (Tradução minha). Esses ditos configuram-se na realidade haitiana como *Lè w rive yon kote ou jwenn tout moun ap danse sou yon pye, danse sou yon pye tou* [Quando você chega a um espaço e vê todo mundo está dançando, dance também].

Enfim, parece evidente que a re-invenção de muitos provérbios, de ditatos ou de falas populares que estereotipam a raça negra carregam consigo rastros, vestígios do processo da colonização e da escravização no imaginário coletiva haitiana. Muitos deles fazem apologia ao conformismo e oferecem pistas ao narrador alexisiano para dramatizar o enredo da narrativa.

Folclore/cultura nacional e *Compère Général Soleil*

> Na montanha, o morro, lá, um pequeno tambor descarrila e reclama sem descanso. Um pequeno tambor que pede perdão à vida... Esta vida tão dura e tão doce! Esta vida que faz mal a tantos homens... A montanha está caída como uma besta adormecida! Um tamborzinho estúpido e lancinante como uma enxaqueca! É a África colada à carne do negro como uma carapaça, a África colada ao corpo do negro como um sexo supranumerário. A África que não deixa em paz o negro, de qualquer país, de

35 [...] *si 'ous v'lez aller nan veillée coucou, faut manger caca ch'val.*

36 "*Quand on arrive au pays des borgnes il faut fermer un oeil*

> qualquer lado que vá ou venha[37] (Jacques-Stéphen Alexis, *Compère Général Soleil*).

Quando, logo no prólogo do romance, o narrador enfatiza a predominância de tradições africanas no cotidiano do *ser-negro*, ele não faz senão anunciar o papel que desempenham os aportes africanos no folclore e na cultura do povo das Américas que emerge da colonização e da escravização. Conforme observado anteriormente, o folclore/a cultura nacional desses povos são tingidos pela *africanité*,[38] a qual se expressa através de um regime de sincretismo. Nesse registro, *Compère Général Soleil* torna-se *locus* de re-invenção do folclore/da cultura do haitiano. Essa temática perpassa a organização da narrativa de diferentes maneiras e, principalmente, graças à figuração de canções e de risos, de rituais religiosos.

---

37 *Sur la montagne, le morne, là, impitoyable, un petit tambour s'égrène et se plaint sans repos. Un petit tambour qui demande pardon à la vie... Cette vie si dure et si douce! Cette vie qui fait du mal à tant d'hommes... La montagne est affalée comme une bête endormie! Un petit tambour stupide et lancinant comme une migraine! C'est l'Afrique collée à la chair du nègre comme une carapace, l'Afrique collée au corps du nègre comme un sexe surnuméraire. L'Afrique qui ne laisse pas tranquille le nègre, de quelque pays qu'il soit, de quelque côté qu'il aille ou vienne*

38 O termo *africanité* revela o que provém das tradições, das civilizações africanas; ou seja, pode-se entender como um conjunto de valores advindos dos mais antigos habitantes do continente africano.

Figuração de canções e de risos[39]

A figuração de canção e de riso pode ser considerada como pedra-de-toque da organização narrativa de *Compère Général Soleil*. O entrelaçamento desses dois elementos é uma constante que se revela incontornável para cotejar a figuração da temática folclore/cultura nacional no romance. Todavia, cumpre antes salientar que o riso ali configurado pode ser classificado em duas categorias: na primeira, o riso refere-se a um aspecto essencial da identidade do *ser-haitiano*; do *ser-humano* sofrido pela colonização e pela esclavização, na outra, relaciona-se, antes, a um tipo de humor, próprio a um modo narrativo no Haiti chamado *lodyans*. Um desses tipos de risos já foi resumidamente abordado nas linhas anteriores. Todavia, faz-se necessário ressaltar que não há uma fronteira impermeável entre estes dois tipos de risos – como se verá. Por enquanto, interessa-me a categoria de riso, que se articula muitas vezes com canções.

Inicialmente, a configuração de risos e de canções na narrativa é estabelecida como aspecto distintivo ou como "sinal de vida" de certas personagens haitianas. Dito de outro modo, esses dois elementos remetem a algo inerente ao *ser-haitiano*. Por isso mesmo, estudar sua recorrência no romance é percorrer a própria identidade do homem haitiano, que se forma nas ruínas da escravidão. Nessa mesma linha de pensamento, Price-Mars (1928, p.31) salienta:

---

39 Aprofundi essa temática de riso e canção nesse romance de Alexis em um artigo meu intitulado *Le rire des Haïtien: rires et chansons dans Compère Général Soleil de Jacques-Stéphen Alexis*, publicado em 2019 pela revista *Cerrados*, Brasília, n.51. O mesmo foi traduzido por Josely B. M. Soncella sob o título *O riso haitiano: risos e canções em Compère Général Soleil de Jacques-Stéphen Alexis*, publicado na mesma revista.

> Na verdade, acredito que poderíamos de modo pertinente definir o Haitiano: um povo que canta e que sofre, que pena e que ri, um povo que ri, que dança e se resigna. Do nascimento à morte, a canção está associada a toda sua vida. Ele canta com alegria no coração ou com lágrimas nos olhos. Ele canta no furor dos combates, sob a chuva das metralhadoras e no tumulto de baionetas. Ele canta a apoteose das vitórias e o horror das derrotas. Ele canta o esforço muscular e o repouso após o trabalho, otimismo que não pode ser desenraizado e a obscura intuição que nem a injustiça, nem o sofrimento são eternos e que, além disso, nada é desesperador pois "*bon Dieu bom.*[40] (Tradução minha)

Percebe-se que essa observação price-marsiana vê na articulação canção-riso algo resultante do processo de escravização; ou seja, permite entender a predominância de canções e de risos na vivência do *ser-haitiano* como herança da colonização – como se, submetidos e petrificados pelo chicote de um carrasco, os escravizados encontrassem em canções e em risos recursos para *con-viver* a barbárie; ou seja, para *con-viver* o invivível, o insuportável. É segundo essa linha de pensamento que Judith

40 *Je crois, en vérité, qu'on pourrait très justement définir l'Haïtien: un peuple qui chante et qui souffre, qui peine et qui rit, un peuple qui rit, qui danse et se résigne. «De la naissance à la mort, la chanson est associée» à toute sa vie. Il chante la joie au coeur ou les larmes aux yeux. Il chante dans la fureur des combats, sous la grêle des mitrailles et dans la mêlée des baïonnettes. Il chante l'apothéose des victoires et l'horreur des défaites. Il chante l'effort musculaire et le repos après la tâche, l'optimisme indéracinable et l'obscure intuition que ni l'injustice, ni la souffrance ne sont éternelles et qu'au surplus rien n'est désespérant puisque "bon Dieu bon".*

Charles afirma que, como constante companheiro dos descendentes da colonização, a canção os ajuda a suportar moralmente suas misérias. Dessa forma, pode-se entender que a articulação canção-riso faz parte integrante do realismo maravilhoso dos haitianos e/ou dos povos *negros*.

No prólogo do romance, o leitor não deixará de notar que o narrador alexisiano recorre às palavras de Jean Price-Mars para definir o povo haitiano:

> Desde muito tempo [...]. Nós, negros, brincamos sempre. Quando sofremos, rimos, brincamos; quando morremos, isto é, no momento em que não mais sofremos, rimos, cantamos, brincamos. Mas o que digo ?... uma aba de case... Falo demais, paz para minha boca (ALEXIS, [1995] 1998, p.5).[41] (Tradução minha)

Além da representação de risos e canções nesse trecho em destaque, é essencial salientar a presença da tradição popular. Por um lado, a expressão *depuis le temps longtemps, depuis le petit concombre se gourme avec de l'aubergine* [desde muito tempo, desde que o pepininho luta com a berinjela] é a reescrita ou tradução literal da expressão popular haitiana *depi nan tan lontan, depi ti konmkonm ap goumen ak berejèn* [desde o tempo em que o pepininho luta com a berinjela]. Essa afirmação referente à incompatibilidade culinária desses dois legumes é usada para

41 *Depuis le temps longtemps* [...]. *Nous autres, nègres, nous badinons tout le temps. À l'heure où nous souffrons, nous rions, nous badinons; à l'heure où nous mourrons, c'est-à dire à l'heure où nous avons fini de souffrir, nous rions nous chantons, nous badinons. Mais que dis-je?... Oui, un pan de case... Je parle trop, paix à ma bouche!*

expressar uma duração, um tempo imemorial, e esse processo é próprio do estilo de Alexis. Este recorre, frequentemente, à cultura popular, às metáforas do povo haitiano na composição de seus romances. Maximilien Laroche observou isso quando afirma que foi "bebendo dessa fonte que Alexis criou seu próprio estilo à base de um discurso comum bastante enraizado na história haitiana" (LAROCHE, 1991, p.55).

Compreende-se, a partir desta passagem em destaque, uma forte relação de intertextualidade, não apenas com a formulação price-marsiana, mas igualmente com a memória coletiva. Por meio da configuração de canções e risos, essa mesma relação intertextual é observada em vários momentos na narrativa alexisiana, como se observará nas seguintes passagens:

> Apesar de o homem urbano ser escravo dos americanos [...], escravo de sua fome, escravo de todos os peixes grandes que fazem a lei contra o povo... O povo canta e ri, pois o povo é um gigante que, se não tem ainda consciência da força de seus braços, sente-a mesmo assim no trabalho... Os trabalhadores, sem perceber, começam a avaliar suas forças; a cada vez que passam diante da nova usina, diante da nova oficina ou da nova fábrica, seus corações estremecem de uma alegria constante (ALEXIS, *op. cit.*, p.31).[42] (Tradução minha)

42 *Malgré l'homme des villes est esclave des américains* [...], *esclave de son ventre, esclave de tous les gros poissons qui font la loi contre le peuple... Le peuple chante et rit, car le peuple est un géant qui, s'il ne mesure pas encore la force de ses bras, la sent tout de même dans travail... Les ouvriers sans rendre compte commencent à évaluer leurs forces; à chaque fois qu'ils passent devant la nouvelle usine, le nouvel atelier ou la nouvelle fabrique leur coeur tressaille d'une joie sans cesse.*

> A canção era para eles o muro das lamentações, o gemido coletivo ao longo do calvário coletivo. [...]. Ele cantava as saudades de uma mulher amada, a memória de uma criança, os velhos desejos nunca satisfeitos, os esplendores da terra natal e, por alusões moduladas, a tristeza da vida inumana (ALEXIS, *op. cit.*, p.43).[43] (Tradução minha)

Além de canção-riso como algo inerente ao *ser-haitiano*, as três últimas passagens em destaque permitem observar que o discurso do narrador é impregnado por relações intertextuais, que não são apenas relações com textos, mas igualmente com o já dito, com a História. Também, além de se enunciar na primeira pessoa, como se nota na primeira passagem, observa-se a presença de vários pontos de suspensão nas duas primeiras passagens. Como se sabe, os pontos de suspensão expressam o incompleto, o inacabado, o não-dito, ou ainda, a expressão incompleta de uma ideia ou pensamento. O seu uso pode ser tanto um procedimento retórico que expressa um *sous-entendu*, um procedimento literário que impregna o discurso de marcas de hesitação ou algo/alguém que interrompe o diálogo, como uma figura de estilo que indica uma omissão (in)voluntária. Em todo caso, os pontos de suspensão (como o próprio termo "suspensão" indica), deixa algo em suspenso, seja porque o falante é interrompido ou quer omitir algo, seja porque o autor e/ou enunciador quer fazer uma pausa, uma omissão; cabe, portanto, ao locutor ou leitor imaginar o resto. Disto isso, é importante

43 *Le chant était pour eux le mur des lamentations, le gémissement collectif, le long du calvaire collectif. [...]. Il chantait le regret d'une femme aimée, le souvenir d'un enfant, les vieux désir jamais satisfaits, les splendeurs de la terre natale et par allusions modulées, la tristesse de la vie inhumaine.*

salientar que os pontos de suspensão são frequentes na narrativa e ocupam lugar de destaque no significado elaborado pela técnica da narrativa. Nela, seu uso expressa, ora hesitações do narrador, de personagens, ora reflexões prolongadas, ora um silêncio, ora um sentimento de perplexidade, um efeito de surpresa ou um eventual choque, ora devaneios. Ao lado de pontos de suspensão, Alexis serve-se tanto de aspas para enfatizar aspectos importantes e relatar discursos, como de pontos de exclamação para expressar assombros.

Sendo assim, depreende-se das passagens acima que a articulação de canções e de risos esboça significados que apontam para a rotina de várias ações, para a monotonia repetitiva de vários segmentos narrativos. Após essas passagens apresentadas, o narrador continua a destacar que em cada parte do coração nasceu um coro, carregado de todos os reflexos interiores desses negros curvados e endireitados sobre a crosta dura da gleba (ALEXIS, *ibidem*, p.43). Ainda, relata que todas as reclamações, todas as desesperanças dessa raça tornaram-se fontes inesgotáveis para compor canções, por mais contraditórias e espontâneas que sejam. No sétimo capítulo do livro, o narrador alexisiano apresenta o cantor-compositor Gabriel que canta todas as coisas que fazem mal aos negros: a inveja que leva o homem à loucura, a natureza que sente o sol, o trabalho e suas dores... (ALEXIS, *ibidem*, p.85). O tambor Dompétro, por sua vez, canta lamentações de trabalhadores que se entristecem sob o sol quente (ALEXIS, *ibidem*, p.123).

Desse modo, as canções representam na formação do *ser-haitiano* uma realidade coletiva, um apelo à solidariedade, um convite a se juntarem para enfrentar tanto a vida, como a adversidade, o insuportável. É assim que se entende a cena que acontece logo após a inundação do departamento de Artibonite:

> Os cantos jorraram das entranhas da terra, irresistíveis, carregados por todas as cortes de reconstrutores. Todo o vale logo ressoou com o rumor do trabalho, do eco das canções e da palpitação dos tambores. A união em massa, no companheirismo e na fraternidade, foi organizada sob a bandeira dos velhos cantos que dizem nossas certezas imemoriais (ALEXIS, *ibidem*, p.173).[44] (Tradução minha)

Essas considerações reiteram que a configuração de canções na narrativa traduz uma realidade que remonta à era da Plantação. Assim, por mais contraditórias que sejam, as canções que perpassam todo o tecido da narrativa de *Compère Général Soleil* permitem principalmente às personagens miseráveis subsistirem diante da sua presente situação.

É nessa mesma linha que se inscreve a primeira categoria da presença de risos na narrativa. Assim como as canções, esse tipo de riso é configurado como uma tradição, uma herança da era da Plantação. Segundo esse mesmo raciocínio, uma personagem idosa da narrativa que canta e ri, afirma: "Os jovens de hoje não sabe mais dançar e nem rir como antigamente" (ALEXIS, *ibidem*, p.134)[45] (Tradução minha). A se seguir essa representação, destacar-se-ia que o *ser-haitiano* deve cultivar o riso em qualquer situação. Aliás, o narrador afirma que Hilarion e Claire-Heureuse chegam, aos poucos, à consciência de que

---

44 *Les chants jaillirent des entrailles de la terre, irrésistibles portés par toutes les cohortes de reconstructeurs. Toute la vallée retentit bientôt de la rumeur du travail, de l'écho des chansons et de la palpitation des tambours. La levée en masse, dans la compagnonnage et la fraternité s'organisait sous la bannière des vieux chants qui disent nos certitudes immémoriales.*

45 [...] *les jeunes d'aujourd'hui ne savent plus danser ni rire comme autrefois.*

o amor é passar fome, mas com sorrisos aos lábios (ALEXIS, *ibidem*, p.158). Dessa forma, o riso é um instinto, deve aparecer em momento inesperado. Há várias cenas em que tal tipo de riso espontâneo ou inesperado aparece nos lábios de personagens. O narrador apresenta uma cena em que canções e risos vêm bruscamente aos lábios de Claire-Heureuse quando ela está em situação de tristeza (*ibidem*, p.99). Ainda, logo após o incêndio de sua casa e de sua pequena loja de mantimentos, ela visita Jean Michel, mas não conta a ele o acontecimento. Fica, subitamente, alegre, põe-se a rir e a chorar ao mesmo tempo (ALEXIS, *ibidem*, p.257).

Em outra cena, após representar uma situação miserável que petrifica os jovens, a voz do narrador se funde com a do autor para perguntar:

> Quanto aos velhos, será que riam? Pois bem! Sentia-se que seus corações estavam feridos, cansados, que a alegria não era mais para eles senão um hábito persistente de ter nascido para amar e acreditar na vida. Na verdade, o que eles tinham como alegria senão o riso imoderado a respeito de qualquer coisa? [...] (ALEXIS, *ibidem*, p.147).[46] (Tradução minha)

Os enunciados do narrador nutrem-se no aspecto durativo do emprego do modo imperfeito para descrever o riso que decorre de efeitos suscitados por vários comportamentos e situações inesperadas. Além do modo imperfeito, nota-se que o

---

46 *Quant aux vieux riaient-ils? Eh bien! On sentait que leurs coeurs étaient blasés, fatigués, que la gaieté n'était plus chez eux qu'une habitude persistante d'être fait pour aimer et croire en la vie. À vrai dire, qu'avaient- ils donc comme joie, sinon le rire immodéré à propos de n'importes quoi, [...]?*

narrador se pronuncia em primeira pessoa; como já observado, com tal técnica discursiva a voz do narrador se funde com a do autor. Enfim, esse tipo de riso descrito na passagem acima é uma constante na narrativa. Personagens como Jean Michel, Pierre Roumel, Hilarion e outras regozijam em momento inesperado. Na realidade haitiana, uma pessoa que se põe a rir em quaisquer situações é chamada de *kannannan*. Então, é preciso se tornar um *kannannan* para *co-habitar* com o insuportável, ou *con-viver* alegremente o insuportável, para regozijar sob o chicote de um carrasco. Em outras palavras, é preciso ser um *kannannan* para rir, cantar ou dançar sua própria desventura, sua própria infelicidade ou miséria. Quiçá seja o motivo que faz com que o *kannannan* não escolha o suicídio diante da sua situação insuportável. Ele a vive com a esperança de que o sofrimento não é eterno, conforme o ditado popular haitiano: *toutan tèt pa koupe li espere mete chapo*. [enquanto a cabeça não estiver cortada, ela espera por um chapéu].[47] Encontram-se, assim, nesse tipo de risos vestígios, rastros da colonização que também podem ser estudados como estratégias, como meio indireto adotado pelo mais fraco para enfrentar o mais forte.[48] Com efeito, a articu-

47 Esse ditado popular significa que, enquanto estamos vivos, é preciso ter esperança, crer em dias melhores. Assim, para mencionar um outro ditado popular haitiano, *lespwa fè viv* [a esperança faz viver], é preciso ter fé. São ditados que expressam um certo tipo de conformismo, um certo tipo de resignação com a presente situação.

48 aprofundei o estudo destes dois conceitos détour e marronnage em um capítulo intitulado *Détour et Marronnage dans la Littérature de la Caraïbe*, na obra coletiva, *L'esclavage en mots/maux et en images*, sob a direção de Mylène Danglades, Babou Diène e Denis Assane Diouf, Paris: L'Harmattan, 2021, p.239-255. Neste capítulo, os conceitos de *détour* e de *marronnage* figurados na obras literárias dessa região foram estudados como estratégias do

lação desse tipo de riso com canções em *Compère Général Soleil* inscreve-se em uma perspectiva de re-invenção do passado, de um passado imemorável.

Em suma, importa assinalar que doze são as canções figuradas na narrativa. Com exceção da canção Ça pique, que se repete cinco vezes no primeiro capítulo e de *Waya-waya*, que se repete três vezes, as outras aparecem uma vez no decorrer da narrativa, como se observa no quadro que se segue:

Canções	**Recorrências**	**Língua**
Ça pique/Ça pique sous les tropiques,/ Le sol/ Le soleil,...	5	Francês
Ouoille... ouoille (2X)/Ouoille (3X)/ Fanm nan, ô....	1	Haitiano
Hilophèbe, manman pas là vini m' palé ou!	1	Haitiano
Zombi man-manna	1	Haitiano
Help! Tiguidimpa.....	1	Inglês
Belle bagaille	1	Franco-haitiano
Any time your Lambeth way/ Any evening/ any day/....	1	Inglês
Waya-yaya, le bâton est amer!/ Waya-waya,....	3	Franco-Haitiano
La rivière débodé/ N'a passé manmans nous/.....	1	Franco-Haitiano
Tombé à la tâche,/ Vaincu, tu terrasses la mort!....	1	Francês
Pour le drapeau/ Pour la patrie/ Mourir est beau....	1	Francês

mais fraco para enfrentar ao *détour* [desvio] e *marronnage*, como caminho indireto para encarar a imposição absurda do mais forte. Não podendo atacá-lo diretamente, o mais fraco recorre ao *détour* [desvio] e *marronnage*, como caminho para encarar a imposição absurda do mais forte.

Estas canções são pequenas composições que não exprimem apenas emoções, sentimentos, nostalgias, mas igualmente revoltas, um *ras-le-bol* contra o que é invivível. A primeira (Ça *pique,...*) pode ser considerada uma canção de animação ou de diversão, serve para emocionar ou animar o leitor. Já a segunda (*Ouoille*! *Fanme nan*, ô) é satírica, critica a pretendida negligência de uma mulher que prepara comida na qual cai um bichinho.[49] Uma canção desse tipo relaciona-se ao *Rara* que é, conforme ressaltado anteriormente, uma festividade rural no Haiti, realizada por desfiles de rua, geralmente durante o período de Quaresma. O *Rara* é a única festividade do camponês haitiano. É por isso que quando Hilarion chega à República Dominicana e Josaphat lhe conta mil e uma histórias sobre festas populares do país, ele fica constrangido ou surpreso pois, como conta o narrador:

> Pobre camponês de Léogâne, Hilarion tinha apenas a festa dos *Raras* para comparar. Na sexta-feira santa, no *carrefour* Ça-Ira, todas as bandas de camponeses mascarados se encontram, conforme as tradições transmitidas pelos Índios Chemès (ALEXIS, [1955] 1998, p. 266).[50] (Tradução minha)

---

49 É possível também observar um tipo de machismo nesse tipo de canção satírica. Embora na festividade de Rara se encontrem composições sátiricas sobre o sexo masculino também, as referentes ao sexo feminino estereotipam, muitas vezes, a mulher.

50 *Petit paysan de Léogane, Hilarion n'avait d'autre termes de comparaison que la fête des Raras où, le vendredi-saint au carrefour Ça-Ira, toutes les bandes de paysans masqués se donnent rendez-vous, selon les traditions vivaces transmises par les Indiens Chemès.*

Para essa festividade, os grupos compõem canções sobre todas as coisas consideradas ruins que aconteceram na comunidade. Por exemplo, furtos, atos de malversação, de adultério, negligências de alguém na comunidade, tudo pode ser objeto de canções dos grupos de Raras. É nessa lógica que se inscreve a canção sobre a pretendida negligência da mulher.

A canção *La rivière débordé* é uma composição sobre a inundação do departamento do Artibonite que lança um apelo à solidariedade para superar a presente situação. Trata-se, assim, de uma canção circunstancial. Por sua vez, *Zombi Mann-mannan* é apenas a re-invenção de uma canção folclórica do Haiti. Por fim, *Pour le drapeau* é uma estrofe do hino nacional do Haiti, que surge bruscamente no seio do genocídio dos haitianos em República Dominicana, conforme relata o narrador nas seguintes palavras: "Um deles, no momento de morrer, encontrou em si mesmo o canto das grandezas do passado. [...]. Vozes retomaram o canto da terra natal ligada a tantas lembranças luminosas" (ALEXIS, [1955] 1998, p.307).[51] (Tradução minha).

É importante assinalar que tais canções, assim como o romance, tornam-se *locus* de estratificação sociolinguística – nelas se manifestam condições sociolinguísticas das personagens. Como se observa, nas canções destacadas, duas são em inglês, três em francês e as outras todas em haitiano e em franco-haitiano. A maneira como a problemática de língua é figurada na narrativa reflete a própria situação linguística do país. Essa situação expressa um tipo de realismo maravilhoso. Afinal, como nota Pierre Schallum, o maravilhoso pode ser definido como

51 *L'un d'eux, au moment de mourir avait retrouvé en lui-même le chant des grandeurs d'autrefois. [...] Des voix reprenaient le chant de la terre natale lié à tant de souvenir lumineux.*

uma técnica de escritura que coloca em relação elementos de origens diversas.

Nesse registro, leia-se a seguinte cena que envolve soldados estadunidenses e Hilarion:

> Naquele momento, soldados estadunidenses embriagados brigam com um taxista a que se recusam a pagar. *Faux-poing* brilham em suas mãos. Eles titubeiam: "*God mann you*!". Hilarion continua a correr, decidido. Ele fala e ri sozinho. "Como é engraçado!... Sim, a devassidão, as putas embriagadas, os jovens de boa família, os dólares, os chulos, o rum-soda, os soldados estadunidenses, o jazz, as putas espanholas, os sexos, os vômitos, os enxames, a cerveja "Presidente Especial"! Sim, a devassidão, sim a miséria, sim a fome! Ah! Ah! Deixem-me rir, rir com seus jazz, rir com minha fome, minha fome que rasga o estômago... Hilarion ça! O que você diz? Ah! Sim, esta noite, a vida é doce-azeda como uma cana crioula, amarga como uma puta sentimental, e um saborzinho seguro escorre dos dois lados da boca, o saborzinho da fome. A *mierda*! [...] Hilarion anda em Porto Príncipe, nas ruas como veias castigando o sangue royal de antes do amanhecer (ALEXIS, *op. cit.*, p.12).[52] (Tradução minha)

52 *Là, trois marines ivres sont aux prises avec un taxi qu'ils refusent de payer. Des faux-poings luisent dans leurs mains. Ils titubent: „God damn you!" Hilarion court toujours, décidé. Il parle et rit tout seul. "Comme c'est amusant!... Oui, la bamboche, les putains saoules, les jeunes gens de famille, les dollars, les chulos, le rhum-soda, les marines, le jazz, les bouzins espagnoles, les sexes, les vomissures, les grouillades, la bière "Presidente Especial"! Oui, la bamboche, oui, la misère, oui la faim! Ah! Ah! Laissez- moi rire, rire avec*

Evidenciam-se, nessa passagem, muitos elementos discursivos já apontados, que seja o uso de pontos de suspensão, de aspas ou de ponto de exclamação, os quais impregnam o discurso da narrativa. Outros meios discursivos encontrados nessa passagem que merecem ser destacados são a mestiçagem linguística, o uso de metáforas e a repetição. Expressa-se graças a esses procedimentos o imprevisível, o inesperado, elementos próprios do realismo maravilhoso. O inesperado manifesta-se, inicialmente, como observa Schallum Pierre, no encontro fortuito entre personagens, (*trois marines ivres* e táxi, entre línguas *God damn you,* inglês, *bouzins* e *mon grand goût,* haitiano, "Presidente Especial", "la mierda", "espanhol" e, as ações (os *faux-poing des Marins* e a corrida de Hilarion). Além disso, a formulação Hilarion ça! retoma literalmente uma expressão comum do haitiano que se refere a um comportamento inesperado de um indivíduo. Nesse caso, o Hilarion ça! corresponde ao seu comportamento inesperado, pois que se põe a correr, falar e rir sozinho.

Em seguida, há as metáforas: *la vie est douce-aigrelette comme une canne créole, amère comme une bouzin sentimentale*; *marche comme des veines charriant le sang royal* [a vida é doce-azeda como uma cana crioula, amarga como uma puta sentimental, e um saborzinho seguro escorre dos dois lados da boca, o saborzinho da fome] que traduzem um certo tipo de desconforto. As duas primeiras podem causar estranheza: doce-azeda como

---

leurs jazz, rire avec ma faim, mon grand goût qui me déchire le ventre... Hilarion ça! Qu'est-ce que tu racontes? Ah! oui, cette nuit la vie est douce-aigrelette comme une canne créole, amère comme une bouzin sentimentale, et un petit goût sûr coule des deux côtés de la bouche, le petit goût de la faim. La mierda!. [...]. Hilarion marche dans Port-au-Prince aux rues comme des veines charriant le sang royal du devant-jour qui pointe.

cana de açúcar e amarga como puta sentimental. Elas podem ser pensadas como a mistura do agradável com o desagradável, do belo com o feio, do grotesco com o sublime. São essas misturas que conduzem a linguagem do romance ao território de realismo maravilhoso enunciado pelo próprio autor.

Enfim, as repetições. Nota-se, na passagem em destaque, que a repetição se torna um meio inegável na composição do discurso narrativa. Em um enunciado como este: *Ah! Ah! Laissez-moi rire, rire avec leurs jazz, rire avec ma faim, mon grand goût qui me déchire le ventre...* [Ah! Ah! Deixem-me rir, rir com seus jazz, rir com minha fome, minha fome que rasga o estômago...] encontra-se todo um ritmo poético. A repetição dá-se igualmente pela articulação de línguas distintas: o uso simultâneo da palavra *fome* em francês e em haitiano, *ma faim*, francês, *mon grand goût*, haitiano. A repetição é uma das técnicas mais utilizadas por Alexis e ela ocupa de múltiplos elementos no discurso narrado. Nesse ponto, como igualmente observam Aura Maria Boadas e Schallum Pierre, a noção da repetição à qual recorre Alexis se traduz pelo uso abundante de sinônimos, de campo lexical e semântico, que cria uma série de ritmo que aumenta a intensidade do texto (BOADAS, 1990; PIERRE, 2013). Assim, de acordo com Pierre (*op. cit.*), as figuras de estilo e a linguagem escritural que organizam as diferentes partes do romance *Compère Général Soleil* participam da invenção do maravilhoso como estilo. É nesse registro que se compreende que a linguagem imagética, matizada pela comparação, por metáforas iluminam o texto de mil luzes (MUDIMBE-BOYI, 1992, p.76) e contribuem para esclarecer a teoria de realismo maravilhoso de Alexis. Esse estilo e essa linguagem imagética figuram-se igualmente, como se verá, na re-invenção de contos populares, de rituais voduístas do povo do romance.

Falar de contos populares é referir-se a um aspecto fundamental da poética e da identidade cultural do Caribe. Na sua obra intitulada *L'interoralité Caribénne: le mot conté dans l'identité, vers un traité d'esthétique caribénne*, Hanétha Vété-Congolo apresenta um importante estudo sobre o *locus* do conto na formação dos imaginários político, cultural e literário do Caribe. De acordo com sua pesquisa, a prática cultural do conto marca a civilização caribenha, a qual é, ao mesmo tempo, referente e manifestação. Conforme seu postulado,

> para o Caribe, e como atributo, o conto é uma cultura civilizatória. Ele é o primeiro testemunha do imaginário caribenho e desvela particularismos constituintes do que é caribenho. Os ameríndios dizimados pelo jugo colonial, sua fala contendo seus contos e seus mitos é diminuída. O espaço é tornado amplo para que só se tenha como repertório a fala depreciativa e "a-estética" do escravagista. No entanto, apesar de todo o emaranhado, o africano escravizado consegue reservar um espaço para a vida cultural e estética dentro do próprio território plantacionário. Nele, o conto é narrado, além de outros atos culturais que são executados como cânticos, danças e práticas religiosas (VÉTÉ-CONGOLO, 2016, p.119, grifos da autora).[53] (Tradução minha)

---

53 *Pour la caraïbe, et comme attribut, le conte est une culture civilisationnelle, Il est le premier témoin de l'imaginaire caraibéen et dévoile des particularismes constituant ce qui est caribéen. Les "amérindiens" décimés par le joug colonial, leur parole contenant leurs contes et leurs mythes est diminuée. L'espace est rendu large pour que ne se répercute que la parole dépréciative et, a-esthétique" de l'esclavagiste. Cependant, en dépit de tout les empêchement, l'africain esclavagé parvient à ménager un espace pour la vie culturel et esthétique au sein même du territoire plantationnaire. Le conte y est dit en plus*

O postulado de Vété-Congolo é fundamental para os estudos literários dessa região. O que o postulado permite pensar é também a manifestação da oralidade nas obras literárias da região. É segundo essa mesma perspectiva que, em sua obra intitulada *La Double scène de la représentation: oraliture et littérature dans la Caraïbe*, Maximilien Laroche salienta que "no Caribe, qualquer que seja a esfera da atividade que se considere, se encontrará sempre a mesma busca para todos: como passa da nossa oralidade à sua escritura? Da sua modernidade à nossa" (LAROCHE, 1991, p.35). Tais considerações remetem ao que foi discutido no primeiro capítulo deste livro: nas Américas, a literatura nasceu fora de um *continuum*. Por ter nascido fora de um *continuum* literário, essas produções literárias colocam em prática, à maneira dos contos das Plantações, procedimentos de desdobramento, de esgotamento, de parênteses, de imersão do psicológico no drama do devir coletivo para retomar as palavras de Édouard Glissant, apresentado no primeiro capítulo. É dentro dessa perspectiva que se inscreve a figuração de contos populares no romance *Compère Général Soleil* de Jacques-Stéphen Alexis

No contexto hatiano, a prática cultural de contos populares consiste no hábito de se reunir à noite, em família, em grupo de amigos e/ou em vigília (quando houver) para contar anedotas, histórias e adivinhações. A escolha exclusiva da noite para esse hábito é um princípio, aliás, sua transgressão é severamente punida. É assim que se entende essa cena descrita pelo narrador de Alexis:

des autres actes culturels qui y est exécutés comme les chants, les danses et les pratiques religieuses.

> Amenor, o contador de história treinava seu barítono sobre os contos cantados que havia reservado para a noite. As crianças suplicaram o contador para começar, pois as estrelas já estavam lá. [...]. Pois, se você não sabe, contar história antes de anoitecer traz má sorte (ALEXIS, [1955] 1998, p.215-26).[54] (Tradução minha)

Essa passagem ratifica a observação de Jean Price-Mars, segundo a qual a escolha da noite é um tabu. No imaginário coletivo, contar estórias em plena luz do dia pode levar à perda do pai, da mãe ou de qualquer outro ente querido do contador (PRICE-MARS, 1928, p.17). Através da sua genealogia sobre os contos populares haitianos, Jean Price-Mars destaca que a escolha da noite veio das tradições do povo da África Austral e do povo irlandês da Europa.

Com efeito, a solicitação do mistério da noite situa a narração no reino do maravilhoso. É justamente nessa perspectiva que se inscreve a seguinte cena descrita pelo narrador de Alexis:

> [...]. Ele olhou para Hilarion com olhos tristes e avermelhados na escuridão. Em tudo lugar, diante das cabanas, o mundo se reúne "tirando" contos cantados dentre os olhos arregalados das crianças. À noite, no campo, todos se tornam crianças. Bouqui, Malice, os pequenos seres fantásticos, cujas silhuetas engraçadas são visíveis nas sombras, exibem mil pequenos dramas sangrentos e risíveis sob os core-

54 *Almenor, le conteur essayait son baryton sur les contes chantés qu'il avait en réservé pour la nuit. Les enfants étaient là, suppliant le conteur de commencer puisque les étoiles étaient déjà là, [...]. Car, si vous ne le saviez pas, ça porte malheur de tirer des contes avant la tombée de la nuit.*

> tos. A tortura, sob os olhos deles, cavalga, o tigre fará seu pedido de casamento, o *mancenillier* dança com a lua nos seus braços.... cada folha de erva é tão homem quanto o rio é mulher [...]. O cansaço estava em seus membros como uma lâmina de aço frio em pleno músculo (ALEXIS, [1955] 1998, p.125).[55] (Tradução minha)

Nota-se que essa passagem parece inflacionada pelo uso sucessivo de adjetivos. A maneira como estes adjetivos, *rougeoyants* [avermelhados] *petit yeux* [olhos arregalados], *fantastiques* [fantásticos], *visibles* [visíveis], *sanglant* [sangrentos], *invisibles* [invisíveis] se configuram nessa passagem conduz o estilo do romance ao realismo maravilhoso. Além disso, encontram-se metáforas como *chaque brin d'herbe est aussi homme que la rivière est femme* [cada folha de erva é tão homem quanto o rio é mulher] que servem igualmente para encaminhar o estilo ao mesmo realismo maravilhoso. É nessa linha que se inscreve a comparação do ser humano à natureza, a árvores e a rios, a qual é muito frequente em Alexis. Nesse ponto, Mudimbe-Boyi (1992, p.78) observa, com razão, que, em Alexis, a comparação ou identificação de algumas partes do corpo feminino a uma fruta é inumerável. Por exemplo, Hilarion vê em sonho uma

55 [...] *Il regarda Hilarion avec des yeux tristes et rougeoyants dans l'obscurité. Partout devant les cases, le monde est réuni "tirant" des contes chantés parmi les yeux écarquillés des enfants. Le soir tout le monde redevient enfant à la campagne. Bouqui, Malice, les petits êtres fantastiques dont les silhouettes falotes sont visibles dans l'ombre, jouent mille petits drames sanglants et risibles sous les tonnelles. Sous leurs yeux, la torture monte à cheval, le tigre va faire sa demande en mariage, le mancenillier danse avec la lune dans ces bras... chaque brin d'herbe est aussi homme que la rivière est femme* [...] *La fatigue était dans leurs membres comme une lame d'acier froid enfoncée en plein muscle.*

moça risonha, segurando seus peitos como maçãs de ouro em platôs; Claire-Heureuse é pequena, com peitos apenas maiores que laranjas, ou ainda, os peitos rijos com cor de *sapotille* (fruta tropical) e os músculos peitorais duros como do metal (ALEXIS, [1955] 1998, p.43; p.76 e p.143). Embora essa imagem da mulher se relacione também à poesia haitiana, no romance ela se relaciona ao mundo maravilhoso que se expressa através dos contos populares haitianos.

No contexto da América da crioulização, falar de conto popular é falar de um antigo hábito que consiste em se reunir em círculo, pela noite, para contar e ouvir estórias. No Haiti, o narrador ou contador de contos populares, chamado também de *tireur de contes* começa sempre sua estória com um *cric*, ao qual o público responde *crac*. É esse mesmo procedimento que principal contador de histórias, Almanor, em *Compère Général Soleil,* adota para iniciar sua narração. A primeira estória contada por ele, cujo título é *Pauvre petite bourrique blanche,* é assim iniciada:

– *cric*
– *crac*

Para impor ao narrador um número determinado de estórias, ao *cric-crac* sucede a interrogação: *Time, Time*? Por sua vez, o narrador responde *Bois sèche*. Em seguida, a plateia pergunta: quantos ele dá? Este responde: nenhum, 1, 2 etc.; segundo sua disposição. A narrativa conclui-se sempre com a formulação,[56] cuja tradução em português pode ser: "É disso que tenho conhecimento que me leva a estar em companhia de vocês para contá-los esta pequena história". Nessa formulação, após "é disso que tenho conhecimento" acrescenta-se sempre o nome do pro-

56 [...] *se pase mwen t ap pase, yo ban m yon ti kout pye mwen tonbe isit la pou mwen te rakonte nou ti istwa sa a.*

tagonista da história, como se observa no término da narração do contador de história em *Compère Général Soleil*: "É porque fui solicitado pela *petite bourique blanche* [...], que ela me deu um coice que me impulsionou até aqui, onde conto a vocês esta história" (ALEXIS, [1955] 1998, p.218)[57] (Tradução minha).

Observa-se que, na prática cultural do conto, como assinala igualmente Maximilien Laroche (1991, p.51), encontra-se todo um ritual que se organiza sob o prisma de uma fala desdobrada, na qual ecoam as palavras do narrador, a repetição de uma fala longínqua, pronunciada algures por um outro narrador chamada supernarrador. É como postula Vété-Congolo (2016), o conto popular caribenho é um grande diálogo que dá voz a interlocutores múltiplos e profere sua voz. Para ela, o conto é exclusivamente inter-oral, no sentido de que é a transposição de contos europeus, mas, antes de tudo, de contos africanos submetidos ao contexto caribenho e à noese da África que se torna caribenho.

Ainda, de acordo com Hanétha Vété-Congolo, as narrativas orais tendem a despertar os sensos estéticos não somente por seu conteúdo e seu simbólico, mas também pelas competências orais e estilísticas do contador sem que as competências deste último não se revelem da sua habilidade. Conforme sua argumentação, a enunciação oral está acompanhada de uma gestual expressiva da mesma forma que uma gestualidade, de um ritmo, de uma entonação, que a escrita não pode tornar, e instala o contador em uma relação comunicativa direta com sua platéia (VÉTÉ-CONGOLO, p.2016, p.122). No conto popular na América da crioulização, encontra-se todo um ritual, toda uma transmissão de saberes, de conhecimentos, de troca de experiên-

57 *Et c'est parce que j'ai été demandé à la petite bourrique blanche [...], qu'elle m'a donné un coup de pied qui m'a expédié jusqu'ici, où je vous raconte cette histoire.*

cias que fazem com que, nele, a plateia seja ao mesmo tempo "ouvinte" daquilo que assiste e, também como contadora, deva fazer ativamente apelo a múltiplas disposições – audição e visão – o que do resto é exigido pelo conto e pelo narrador, pela relação dialógica, para emprestar as palavras de Vété-Congolo.

No contexto caribenho, o conto popular torna-se um lugar de fala, um lugar de fala coletiva, onde se encontra a articulação de um conjunto de vozes, de um conjunto de saber, de uma fala coletiva. Aproximando o histórico com o imemorial, o conto popular não é apenas narração, mas também argumentação e construção de uma "visão" do mundo, de uma concepção da vida. É dessa realidade que surge, na literatura haitiana, no século XX, o modo narrativo chamado *lodyans* [audiência], do qual subjuga o outro tipo de riso anunciado anteriormente.

A *lodyans* [Audiência] que empresta procedimentos da prática cultural do conto é a transcrição da tradição oral para a tradição literária. Em outras palavras, trata-se da passagem da tradição oral à tradição escrita. Assim como o conto popular, a *lodyans* apresenta toda uma visão de mundo, todo um modo de ser e de estar nele. O crítico haitiano Jean-Baptiste Cinéas afirma que

> A *lodyans* [audiência] haitiana é nossa única originalidade, nossa mais bela invenção, nossa mais doce consolação, nossa principal razão de viver... Se a *lodyans* é atraente e envolve todos os gêneros, os *audienciers* são sempre simpáticos e se revelam poetas, poetas bastante humanos (CINÉAS, 1970, p.3 *apud* CHARLES, 1984, p.33).[58] (Tradução minha)

58 *l'audience haïtienne est notre seule originalité, notre plus belle invention, notre plus douce consolation, notre principale raison de vivre... Si l'audience*

Como se depreende desta passagem, o enunciador do modo *lodyans* é chamado *lodyansye/audiencier* [pronunciador] e toda sua habilidade e seu talento, como salienta Léon-François Hoffmann, consiste "em achar a expressão original, em escolher a imagem pitoresca, em variar os níveis da língua, em fazer alternar o sério e o burlesco, em controlar pausas e mudanças de ritmo no início".[59] (Tradução minha). Esses procedimentos fazem com que a *lodyans* possa se definir como estória engraçada, *potins*, que um indivíduo conta a uma plateia composta de vários espectadores, cuja uma das principais intenções é fazer rir. A esta primeira intenção, soma-se a sátira. Aliás, conforme Price-Mars (1928, p.21), o cômico e a sátira são dois aspectos essenciais dos contos haitianos e aparecem muitas vezes no realismo e no pitoresco das personagens. Na *lodyans,* encontram-se esses mesmos aspectos essenciais do conto popular.

A esta altura, permita-se que voltemos ao *locus* do riso subjugado desse modo narrativo no romance *Compère Général Soleil.*

Os risos figurados principalmente nas duas primeiras partes do livro inscrevem-se, precisamente, segundo essa perspectiva. Conforme já assinalado anteriormente neste capítulo, o ato de espancar pessoas, embora expressa um tipo de degenerescíênça do *ser-humano* oruinda da colonização e da escravização, subjaz igualmente à intenção do *audiencier* e/ou do narrador de dramatizar o(s) enredo(s) a fim de fazer rir, ou de provocar o riso.

---

est séduisante et, embrasse tous les genres, les audienciers sont toujours sympathiques et se révèlent poètes et combien humains.

59 *Tout le talent de l'audiencier consiste à trouver l'expression originale, à choisir l'image pittoresque, à varier les niveaux de langue, à faire alterner le sérieux et le burlesque, à ménager des pauses et des changements de rythme dans le début.*

Ao lado da violência física, o ato de maltratar as pessoas que provocou o riso em certas personagens, há a presença de nomes de personagens, expressões utilizadas por personagens, que são suficientes para provocar este tipo riso no leitor haitiano. Por exemplo, o espectador haitiano não conseguirá ficar sério ao ouvir nomes de personagens como Konpè Gròg, Grògmann, Zélie, Zuléma, Tonton Alcius, Zétrenne, Ti Jan-Pedro, Ti Jean Pied Fin, Ti Mouché, Totoye etc. Sem precisar de outros recursos, ao proferir esses nomes, o autor consegue fazer regozijar o público haitiano. Há, paralelamente, um conjunto de expressões, de falas e de repetições que podem também provocar o mesmo tipo de risos no público. Seguem-se alguns exemplos:

> I) Então, você não para de fazer o tolo? Nós faremos você falar, porco sujo!; (ALEXIS [1955] 1998, p.27); II) É a minha vez de falar, mãe de porcos. Han? Mãe de porcos? (ALEXIS, *op. cit.*, p.36); III) Você está sempre de brincadeira; (*ibidem*, p.27); IV) Tome suas precauções comigo para que não te diga palavrões !; V) Sem brincadeira... ; VI) Idiota, porco sujo; (*ibidem*, p.107); VII) Este porco ali se importa apenas com sexo (*ibidem*, p.178); VIII) Ele me ama... um pouco..., muito..., apaixonadamente (*ibidem*, p.179). (ALEXIS [1955] 1998, p.27).[60] (Tradução minha).

60 I) *Alors tu ne cesses pas de faire l'imbécile? Nous te ferons parler, sale cochon!* II) *C'est à moi que tu parles, maman de cochons, - Han? Maman, de cochons*; III) *Tu es toujours en train de bêtiser*; IV) *Prends tes précautions avec moi pour que je te dise pas de gros mots!*; V) *Sans blague...*, VI) *le con de ta mère, sal cochon;* VII) *Ce cochon-là ne s'occupe que de coucher les femmes*; VIII) *Il m'aime... un peu..., beaucoup..., passionnément.*

Nessa passagem em destaque, além de contradições (ele me ama... um pouco,... muito... apaixonadamente), encontra-se um conjunto de palavrões que costumam ser utilizados apenas para xingamento. Tais palavrões e expressões, que, claro, depependerão do tom para provocar o riso, demonstram como Alexis nutre sua invenção no discurso coletivo, no discurso comum. É nisso que reside a forma da *lodyans*, que recorre a uma linguagem comum, com expressões corriqueiras e, ao mesmo tempo, grotescas a fim de suscitar e/ou provocar o riso no leitor. Esses procedimentos situam a narrativa de *Compère Général Soleil* a meio caminho entre o modo narrativo e o dramático. Esses procedimentos fazem também com que o leitor, o eventual leitor, não fique passivo na leitura do romance ou se mova pela leitura dele.

Enfim, a sátira, que igualmente se relaciona à *lodyans*, é configurada na narrativa principalmente através de descrições espaciais, de apresentações da condição material das personagens. Sob esse prisma, instala-se na narrativa um conjunto de críticas relacionadas à política, à desigualdade socioeconômica e cultural do país. É como se pode ler na passagem seguinte:

> A miséria tornou-os intransigentes. Eles viviam nos confins do instinto e da inteligência, amostras de uma sociedade que abestalha, de uma vida semi-animal, toda voltada para o que era sua principal preocupação: comer. Tudo era transformado, deformado pelas necessidades do ventre, o amor, o orgulho, a vontade, assim como o carinho. Em plena luz do dia, com seus ruídos, seus gritos eram seu teatro, seu music-hall, seus cinemas, seu único espetáculo. Dia após dia esgotavam seus risos e sua esperança que movimenta os peitos de vinte anos, os seios rijos com cor de *sapotille* [fruta tropical

> castanho claro, com pele aveludada] e os músculos peitorais duros como metal. [...] (ALEXIS, [1955] 1998, p.146-147).[61] (Tradução minha)

Nessa passagem, os adjetivos "*intransigeants*" [intransigentes], "*semi-animale*", [semi-animal], *drus* [rijos], *pectoraux* [peitorais], os enunciados, *societé qui abêtit* [sociedade que abestalha], *tout était transformé et déformé* [tudo era transformado e deformado], *les seins drus couleur de sapotille* [os seios rijos com cor de *sapotille*], *les muscles pectoraux durs comme du metal* [os músculos peitorais duros como metal] e as descrições de movimentos, *ses bruits* [seus ruídos], *ses cris* [seus gritos] servem para embelezar a miséria da massa popular. Esses meios do discurso, o uso excessivo de adjetivos, a comparação do corpo humano com objetos, árvores, frutas não apenas embelezam e ornamentam a linguagem da narrativa, mas também a dramatizam. Ao longo da narrativa, a dramatização da miséria da grande massa constitui fonte de críticas acerbas contra a organização socioeconômica do povo do romance. Pode-se inscrever nessa mesma perspectiva a figuração do casamento de Hilarion e de Claire-Heureuse. Conforme relata o narrador alexisiano, foi nesse dia de São João, sem sinos da igreja, sem agente matrimonial e sem

---

61 *La misère les avait rendus intransigeants [...]. Ils vivaient aux confins de l'instinct e de l'intelligence, échantillons d'une société qui abêtit, d'une vie semi--animale, toute tournée vers ce qui était leur souci de chaque matin: manger. Tout était transformé, déformé par les besoins du ventre, l'amour, l'orgueil, la volonté comme la tendresse. Au grand soleil de la rue, avec ses bruits, ses cris, étaient leur théâtre, les music-hall, leur cinémas, leur seul spectacle.[...]. Jour après nuit se tarissaient les rires et l'espérance qui soulève les poitrines de vingt ans, les seins drus couleur (sic) de sapotille (fruit tropical brun clair, à peau volutée) et les muscles pectoraux durs comme du métal* [...].

magnífica, que Hilarion pegou a mão de Claire-Heureuse, dirigindo-se ao quarto sem enfeite, onde doravante eles devem morar para desfrutar do amor.

Através da figuração do casamento, o narrador enfatiza a inexistência do Estado no espaço rural. A esse respeito, ele interroga:

> Para que precisavam do ministério de um Estado que durante todas as suas vidas ignorava suas necessidades [...]? Os trabalhadores do Haiti vivem em concubinagem, mas não se casam. Porque o Estado não é Estado do povo, porque a religião oficial não é a religião de sua classe, porque seus corações são mais puros que o orvalho da manhã. E é sua consciência profunda e humana que a eles serve de Código civil e de certidão de casamento (ALEXIS, [1955] 1998, p.143).[62] (Tradução minha)

Com base nessa passagem, nota-se a crítica do narrador à inexistência dos serviços públicos nos meios rurais. Contudo, ao lado dessa dramatização da miséria, o narrador não hesita em dramatizar a opulência das elites econômica e política. Tal opulência figurada na narrativa e descrita pelo narrador se nutre no real do espaço do romance e enfatiza a existência de dois mundos que se enfrentam há mais de um século e meio. A seguinte cena lança um pouco de luz sobre esse ponto:

---

62 *Qu'avaient-ils besoin du ministère d'un État qui toute leur vie ignorait leurs besoins [...]? Les travailleurs d'Haïti se mettent ensemble, ils se "placent", mais ils ne se marient pas. Parce que l'État n'est pas l'État du peuple, parce que la religion officielle n'est pas religion de leur classe, parce que leur coeur est plus pur que la rosée du matin. Et c'est leur conscience profonde et humaine qui leur sert de Code civil et d'actes de mariages.*

> — Dá dó ver tudo o que estas pessoas podem comer, enquanto nós não achamos quase mais nada para comer, dizem as mulheres. Quando os jovens burgueses embriagados saíam, procurando um canto para vomitar e se recuperar um pouco para continuar o bacanal, os insultos os acolheram. Outros exclamavam: – É escandaloso! Fazer isso durante uma tal penúria (ALEXIS, [1955] 1998, p.186).[63] (Tradução minha)

Essa cena acontece em uma festa de comemoração da qual participam membros do governo, da elite econômica e membros da diplomacia. O narrador apresenta os espaços das elites econômicas com mil e uma flores, a fim de enfatizar o abismo existente entre os povos do romance. Enquanto a massa desfavorecida invade as ruas para exigir melhor do governo, o presidente da República de nome Sténio Vincent[64] e seu ministro Paturault não se inquietam, não se importam com o protesto do povo, mas preferem zombar da situação deste último. Alusões a estratificações sociais e ao comportamento dos dirigentes da República na narrativa são bastante numerosas. *Lodyans* por *lo-*

63 *– Si c'est pas une pitié de voir tout ce que ce monde peut s'envoyer, tandis que nous on ne trouve presque plus rien à manger, disent les femmes. Quand sortaient les jeunes bourgeois ivres, allant chercher un coin pour vomir et se retaper un peu afin de continuer la bacchanale, des quolibets les acueillaient. D'autres s'exclamaient: – C'est scandaleux! Faire ça pendant une tel pénurie!*

64 Sténio Vincent é um personagem histórico, deputado, senador e foi realmente presidente do Haiti entre 1930 e 1941. Quer dizer, essa personagem foi presidente do país durante o período histórico da narração. Sua figura na narrativa mostra como está articulada na narrativa a relação entre ficção e história, e a maneira como ele é figurado é essencial para observar as críticas veementes do narrador contra os dirigentes do país.

dyans, o narrador denuncia a incompetência e a despreocupação total dos dirigentes do povo a respeito de seus governados. Cenas, que podem inspirar pena ou provocar risos, dependendo da sensibilidade do interlocutor/espectador, colocam os enredos de *Compère Général Soleil* na intersecção entre o modo narrativo e o modo dramático e também oferecem substratos ao narrador para mergulhar no(s) enredo(s) da narrativa em um passado imemorial, longínquo, no qual nutre os elementos folclóricos do povo do romance.

Esses elementos folclóricos a serem analisados rapidamente permitirão observar que a colonização e a escravização deixam rastros inegáveis na memória desses povos que nelas emergem. Observa-se, nas linhas que se seguem, como alguns rituais religiosos e folclóricos se configuram na composição da narrativa.

Rituais voduístas/folclóricos em Compère Général Soleil

> Que sacrilégios a criança negra que ele era não ia cometer para a maior glória do Deus dos brancos! Durante trezentos anos o "*hounfort*" [templo da religião vodu] tinha desafiado a catedral! De guerra cansada, um dia o arcebispo branco tinha dito: — vão destruir os deuses da África imemorial e desta terra amassada com as suas mãos! Você primeiro.... Queima-os até ao último!... (Jacques-Stéphen Alexis, *Les Arbres Musiciens*).[65] (Tradução minha)

65 *Quels sacrilèges l'enfant noir qu'il était n'allait-il pas commettre pour la plus grande gloire de Dieu des Blancs!*
Pendant trois cents ans le "hounfort" avait défié la cathédrale! De guerre lasse, un jour l'archevêque blanc avait dit:

A figuração de rituais voduístas desempenha papel importante na composição da narrativa de *Compère Général Soleil.* A representação de uma cerimônia de *vodu* da qual participa Hilarion oferece substratos ao narrador para representar um conjunto de rituais, de tradições religiosas, emprestado da África *alma mater* que constitui a base da cultura haitiana. Segundo Jean Price-Mars, além de um corpo sacerdotal hierarquizado, de uma comunidade de fiéis, de um *hounfort* (templo do vodu) etc., o vodu é uma religião que salvaguarda toda uma tradição oral, oriundo das diferentes tribos africanas transplantadas em São Domingos. Através do vodu, expressa-se um conjunto de lendas, de fábulas e de todo um sistema de representação graças aos quais os ancestrais africanos do povo haitiano explicam os fenômenos naturais e sobre os quais se funda o catolicismo híbrido da massa popular haitiana (PRICE-MARS, 1928, p.45). É baseado na força dessa religião sobre a alma haitiana que um padre haitiano, R. P. Bisainthe, afirma que há muito tempo o catolicismo foi apenas um verniz superficial sobre a alma dos cristãos haitianos (MUDIMBE-BOYI, 1992, p.111).

Os fiés do vodu veneram espíritos chamados *loas* que estão em estreita relação com os homens e intervêm constantemente em sua vida (MUDIMBE-BOYI, *op. cit.*, p.108-109). De acordo com Price-Mars, esses seres invisíveis constituem um verdadeiro Olimpo de deuses, cujo supremo é *Papa* ou *Grand Maître.* Ainda, conforme sua argumentação, o vodu é:

– Allez détruire les Dieux de l'Afrique immémoriale et de cette terre pétrie de leurs mains! Toi le premier....
Brûle-les jusqu'au dernier!...

> Um sincretismo de crenças, por excelência, um compromisso do animismo daomeano, congoleses, sudaneses e outros. [...] O vodu resumia em si o essencial, o substrato de todos os outros cultos e, além disso, era a forma mais próxima das tradições religiosas das tribos espalhadas do norte da Guiné até o Cabo Lopez, incluindo a Costa das Graines, de Marfim, do Ouro, o reino dos Achantis, do Dahomey etc... (PRICE-MARS, *op.cit.*, p.56).[66] (Tradução minha)

Nesse sentido, é importante ressaltar que o vodu haitiano não se constitui apenas de substratos das religiões animistas africanas importados para as Américas por escravizados; trata-se, igualmente, de um sincretismo de elementos animistas e de empréstimos ao cristianismo dos colonizadores, imposto aos escravizados (MUDIMBE-BOYI, 1992, p.109). Com base nisso, compreende-se o motivo pelo qual muitos deuses[67] do vodu haitiano são identificados a santos cristãos católicos. Por esses movimentos, a religião vodu, assim como as línguas criou-

66 *Un syncrétisme de croyances, par excellence, un compromis de l'animisme dahoméen, congolais, soudanais et autre. [...], il résumait en soi l'essentiel, le substratum de tous les autres cultes et il était, en outre, la forme la plus rapprochée des traditions religieuses des tribus disséminées depuis la Guinée septentrionale jusqu'au cap Lopez, comprenant la Côte des Graines, de l'Ivoire, de l'Or, le royaume des Achantis, du Dahomey etc...*

67 De acordo com Alexis, o *bocor* é um mágico, um feiticeiro, o qual se diferencia do *houngan*, que é o sacerdote de uma religião, o *vaudou*. Raramente, um mesmo indivíduo assume as duas funções, diz-se então que ele "*travaille des deux mains*". Os crentes consideram o *bocor* que se serve com "a mão esquerda" como o apoio ao diabo, enquanto o *houngan* utilizador da "mão direita" é um servidor do céu, ele não faz mal (ALEXIS, [1955] 1998, p.104).

las no Caribe, constituem resultados manifestos de *détours* e de *marronnages* praticados durante o tempo colonial nas Américas. *Détours* e *marronnages* tornam-se assim elementos incontestáveis nos fenômenos de trannsculturação e de crioulização observados nas Amécas.

Na religião vodu, o sacerdote é chamado *houngan*, *bocor*,[68] *manbo* (para mulher); ao passo que o ajudante do sacerdote é chamado *hounsi*. A cerimônia do vodu compreende preces, danças, homilia e, sobretudo, canções e tambor. É nesse sincretismo religioso que evoluem as personagens alexisianas em *Compère Général Soleil*. A personagem Frère Général – que não por acaso é sacerdote do vodu inicia assim sua cerimônia:

> Ai, Santos loas da África! Olhai vossos filhos. Eles gritaram e ninguém respondeu para eles. Pediram chuva e o sol apareceu. Gritaram dia e noite, e a miséria se apegou cada vez mais a seus corpos. [...] Santos loas da África, então Senhores dos *carrefours*, então *hagoun Balindjo*, então Pétro Sandor, e vós, os irmãos e irmãs de Guiné, vossos filhos endereçam-se a vós (ALEXIS, [1955] 1998, p.119-120).[69] (Tradução minha)

Observa-se nessa prece que abre a cerimônia do vodu todo um apelo à África, toda uma celebração dos ancestrais da África.

68 O vodu é uma religião similar à religião afro-brasileira, o candomblé, cujos deuses são identificados como *orixás*.

69 *Aïe, saints loas d'Afrique à nous! Regardez vos enfants. Ils ont crié et personne ne leur a répondu. Ils ont demandé la pluie et le soleil est arrivé. Ils ont crié jour et nuit et la misère s'est de plus en plus en agrippée à leurs corps. [...]. Saints loas d'Afrique, alors Maître des carrefours, alors hagoun Balindjo, alors Pétro Sandor, et vous tous les frères et soeurs de Guinée, vos petits sont tournés vers vous.* [...].

Ao longo dos rituais voduístas, há sempre uma referência à África, em particular à Guiné – principal terra *alma mater* dessa religião haitiana. Além de venerar os deuses, o culto vodu inscreve-se em uma perspectiva de resgate das tradições ancestrais e de lazer para os habitantes dos meios rurais. E, conforme assinalado no terceiro capítulo deste livro, apesar de ter desempenhado papel importante na história da independência do Haiti e de ser sempre objeto de perseguições, o vodu não preenche apenas funções religiosas mas, igualmente, culturais e sociopolíticas. É segundo essa perspectiva que Justin Dorsainvil afirma que os *loas* habitam o corpo da nação haitiana e fecundam a terra como os machos fertilizam a fêmea. Assinala, ainda, que tudo no Haiti é influenciado pela religião, a política, o comércio, a indústria, o ensino, o esporte, a cultura e os sonhos dos homens (DORSAINVIL, 1931, p.196 *apud* MUDIMBE-BOYI, 1992, p.109).

Com base nessas reflexões, podemos destacar o aporte incontornável da África na construção identitária do *ser-negro*. O aporte africano torna-se, assim, um pesadelo no ser-caribenho, ser-americano. É como observa o narrador alexisiano na seguinte passagem:

> É terrível como a África pesa sobre os pobres negros. Quando pensam estar dela livres, ela surge, subitamente, quando menos se espera, com seus ritmos e seus mistérios. Quando o medo ou o perigo os ameaça, quando a emoção aperta seus corações, os santos descem da antiga cultura que dorme em suas cabeças, emergem, surgem da vasta e profunda metafísica panteísta que domina sua consciência (ALEXIS, [1955] 1998, p.121).[70] (Tradução minha)

70 *C'est terrible comment l'Afrique pèse sur les pauvres nègres. Quand ils s'en croient détachés, elle surgit soudain au moment où l'on s'y attend le moins*

O narrador enuncia tal observação a fim de descrever o comportamento de Hilarion, que assiste a essa cerimônia graças à insistência de sua mãe; e, sem francamente acreditar no vodu, Hilarion vê-se capturado pelo culto. É como se o culto de vodu despertasse nele algo latente: o aporte da África na sua identidade como *negro*. Trata-se de um ato de convivência, de com-viver com a diferença para melhor se descobrir e melhor se conhecer. Então, é preciso abrir-se, ou melhor, é preciso conhecer cuidadosamente para crescer, para construir nossa identidade.

O comportamento do protagonista alexisiano em relação religião vodu articula-se com o do protagonista Manuel Jean Joseph, no romance *Gouverneur de la Rosée*, do haitiano Jacques Roumain. Nesse romance, embora tenha se lançado em luta contra a alienação religiosa, contra a ideia de ver na religião o refugio para os nossos problemas, o protagonista Manuel não desconsidera o *locus* da religião no imaginário cultural do *ser-negro*. Por isso, apesar da sua luta, ele participa da cerimônia do vodu, como pode-se observar na seguinte passagem:

> tenho considerações com os usos antigos, mas o sangue de um galo ou de um cabrito não pode mudar a direção das nuvens e enchê-las de água. Na outra noite, na festa de *Leba* (cerimônia sacramental do vodu) dancei a vontade. Tenho origem africana e cai na festa como negro de verdade. Quando os tambores batem, eu sinto um vazio no estomago, e uma comichão na altura dos ruins, e eletricida-

---

avec ses rythmes et ses mystères. Quand la peur ou le danger les presse, quand l'émotion étreint leur coeur, les saints descendent de la vieille culture qui dort dans les têtes, émergent, surgissent de la vaste et profonde métaphysique panthéiste qui domine leur conscience [...].

> de nas pernas. Assim, preciso entrar na roda. É só isso, nada mais (ROUMAIN, [1944] 1954 p.9). (Tradução de Emmo Duarte)

Além de mostrar como a África pesa sobre o *ser-negro*, a passagem supracitada de Alexis apresenta fortes relações intertextuais com essa de Roumain em destaque. Deixam entender que qanto para o protagonista roumainiano como para o protagonista alexisiano, a religião deve ser entendida e compreendida como diversão e não como um refúgio para nossos problemas, ainda menos como instrumento de resignação. Nessa mesma linha, os protagonistas apenas fustigam atitudades de políticos oportunistas que, em público, negam o valor da religião, mas a utilizam, muitas vezes clandestinamente, para "obter favores ou para oprimir e mistificar o povo", para emprestar os termos de Judith Charles (1984). Por exemplo, no romance *Compère Général Soleil*, a personagem Paturault, a fim de conservar seu cargo de ministro, não hesita em ir visitar um sacerdote do vodu enquanto, em público, ele sempre a nega.

Neste registro, a configuração de rituais religiosos na narrativa alexisiana não se inscreve em uma lógica de alienação, mas em perspectiva de (re)valorização dos elementos e manifestações culturais de matriz africana. É por isso mesmo que se entende o motivo pelo qual Hilarion afirma que mais do que implorar a Deus, o que se necessita é uma revolta para reverter o curso das coisas. Além disso, quando encontra solução para sua epilepsia e sua mulher agradece a Santa Maria, o protagonista não hesita em afirmar: não é ela que me cura. Ainda, ele completa: "Não é ela, nem santo algum, nem o bom Deus. O bom Deus, ora, ele não está nem aí com nossas misérias! Não é ela, é Jean Michel, são as injeções, são as pílulas rosadas, é a medicina" (ALEXIS, [1955], 1998, p.234).[71] (Tradução minha). Dessa forma, entende-se que a configuração de rituais religiosos e voduístas na organização da narrativa está diretamente ligada à perspectiva de (re)valorização das tradições culturais, que Alexis procura sempre defender.

Com a representação de elementos folclóricos, particularmente risos, canções, e rituais voduístas em sua narrativa, o romance *Compère Général Soleil* não figura apenas contradições do *ser-haitiano*, do ser-humano vitmados pela escravização e colonização, mas aquelas do *ser-humano*. Constitui-se como uma re-invenção romanesca que, a partir das raízes haitianas do autor, relata o processo da condição humana, uma patética testemunha.

Ao longo da narrativa, Alexis recorre, principalmente, às técnicas como metáforas, comparações, repetições, pontos de suspensões e à articulação de canção-riso para ornar o seu "real". Tais meios discursivos que se ocupam de múltiplos significados elaborados pela técnica da narrativa permitiram perceber que a linguagem do romance é matizada pelo imprevisível, pelo inesperado. Ao mesmo tempo, inventa uma série de ritmos que aumenta a intensidade do texto, conduzindo-o para o universo poético, e essas técnicas encaminham a linguagem da narrativa ao realismo maravilhoso. A mestiçagem linguística figurada na narrativa faz com que Alexis utilize a linguagem e outras ferramentas herdadas do passado colonial para propor um novo instrumento de identificação, de realidade e do sonho na literatura de seu povo. Como igualmente observa René Depestre, *Compère Général Soleil*, embora escrito em francês, embora

71 [...] *ce n'est pas elle, ni aucun Saint, ni le bon Dieu. Le bon Dieu, il s'en fout de nos misères! Ce n'est pas elle, c'est Jean Michel, c'est les piqûres, c'est les pilules roses, c'est la médecine!.*

pertença à órbita das letras francófonas, permanece, com cada uma de suas metáforas, com cada uma de suas fosforescências de sentimentos e de ideias, um fenômeno fundamentalmente do *ser-haitiano* na sua relação com o universo.

Palavras finais: remapeando territórios

Em vez de esquecer todo aquele passado e simplesmente olhar o presente nos olhos, Djéré antes de Justin e tal como ele tinha-se agarrado a pedaços do tempo de ontem. Assim que tinha idade suficiente para ler o que tinha de ler, ele tinha agarrado a tudo o que dizia respeito à história da África e especialmente de Dahomey, agora conhecido como Benin (Maryse Condé, *Les derniers rois mages*).[1] (Tradução minha)

Viva a totalidade-mundo a partir do seu lugar, que é seu, é estabelecer uma relação e não uma exclusão. Creio que a literatura, em torno desta questão da identidade, entra em uma época em que produzirá épico, épico novo e contemporâneo (Édouard Glissant, *Introduction à une poétique du divers*).[2] (Tradução minha)

---

1 *Au lieu d'oublier tout ce passé et de regarder le présent dans les yeux tout simplement, Djéré avant Justin et tout comme lui s'était accroché à des lambeaux du temps d'hier. Dès qu'il avait été en âge de lire quelque choses à ce qu'il lisait, il avait fait main basse sur tout ce qui concernait l'histoire de l'Afrique et surtout du Dahomey, que l'on appelle aujourd'hui Bénin.*

2 *Vive la totalité-monde à partir du lieu qui est le sien, c'est* établir *relation et non pas d'exclusion. Je crois que la littérature, autour de cette question de l'identité, entre dans une époque où elle produira de l'épique, de l'épique nouveau et contemporain.*

O percurso aqui realizado neste estudo –, cuja principal ambição era a de estudar o *locus* das noções de transculturação e identidade-relação nos imaginários literários das Américas, focalizando na particularidade haitiana, seguida da análise do romance *Compère Général Soleil*, de Jacques-Stéphen Alexis –, permitiu observar que traços gerais oriundos da colonização e da escravização podem ser pensados e/ou estudados como linhas de forças das produções culturais e literárias da América da crioulização. Inventariar os múltiplos traços e as diversas estratégias decorrentes do tempo colonial nos estudos das obras literárias poderá contribuir para um melhor entendimento das poéticas das Américas. É segundo essa perspectiva que as noções de transculturação e de identidade-relação permitiram lançar luz sobre a formação de expressões culturais de países da Neo-América ou da América da crioulização, vendo que estas apontam, hoje, para certo tipo de reconhecimento dos diferentes elementos culturais que participam da formação artístico-literária desta região. Afinal, como se observou, elas permitem ver que as literaturas e expressões culturais nas Américas que sofreram a colonização e a escravização se inscrevem em uma busca constante de sua origem, na qual o passado constitui um pesadelo. Sendo assim, ao ficcionista, ao poeta cumpre (re)escrever o passado, (des)con-figurar o presente para re-atualizar a memória. Nos países da chamada América da Crioulização –, cujo Haiti se constitui como terra matriz por ter sido a primeira terra onde os/as escravizados/as se revoltaram e arrancaram sua independência, tornando-o assim a primeira República negra do Novo Mundo –, as categorias de transculturação e de identidade-relação mobilizam subsídios teóricos para os estudos culturais e literários.

No caminho percorrido aqui nesta obra, é nítido observar que, os/as escravizados/as originários/as da África e seus/suas descendentes crioulos/as nas Américas enfrentaram a desumanização imposta pela colonização por práticas de *détour* e de *marronnage,* que se transformam mais tarde em uma estética inventora. Logo, após o colapso do sistema escravocrata, as mesmas práticas históricas de *détour* e de *marronnage* se transformam em uma estética fundadora. Tanto no contexto colonial como no contexto pós-colonial,[3] essas práticas podem ser estudadas ou pensadas como filosofia de resistência, que emerge, ao mesmo tempo, como força de impulso e repulsão, como alegria de viver, de com-viver sem a imposição do 'outro'. São práticas que permitiram ao *ser-escravizado* [e permitem ao ser dominado] tomar caminhos indiretos a fim de elidir alienações e de trabalhar a favor de uma (re)construção e de uma (re)habilitação de si. Esse prodigioso esforço de legítima defesa se manifesta, como salienta René Depestre (1980, p.93), na religião, na magia, na música, na dança, na medicina popular, nos falares crioulos, na cozinha, na literatura oral, na vida sexual, na família e em tantas outras expressões da sabedoria e do gênio otimista dos povos das Américas da crioulização.

Pôde-se, então, observar que a noção de identidade desses países é pensada como compósita, em oposição àquelas pensadas como atávicas de países colonizadores. Descobriu-se que, enquanto as primeiras se fundam diretamente sobre a prática de *détour* e de *marronnage,* que não leva apenas o povo transplantado e dominado a salvaguardar elementos, rastros, vestígios da

3 O conceito de Póscolonial se refere aqui apenas ao período histórico, o que vem depois da colonização, mas não à chamada corrente de pensamento Pós-colonial.

sua cultura, mas, igualmente, a contornar a atrocidade da escravização e da colonização; as segundas se constróem sobre o mito fundador. Estabelece-se, assim, uma oposição fundamental entre as poéticas dos povos formados nas ruínas da escravização e daquelas dos países colonizadores: as poéticas dos primeiros se configuram como uma busca de duração e aquelas da Europa se caracterizam pelo estilhaçamento do tempo. Como assinalado com base no trabalho de Glissant (1981), quando se trata de estudar a obra do romancista americano, importa opor-se ao tempo para de-re-constituir melhor um passado. Em outros termos, os inventores literários do continente americano buscam trazer o passado para o presente, com intuito de apontar o que é escandaloso no presente e projetar um melhor futuro.

Convocando essas reflexões para a realidade do Haiti, a partir de algumas notas sobre a particularidade haitiana, a sua formação como nação independente no Novo Mundo e sobre o *Indigénisme Haïtien*, viu-se que, ao longo do século XIX, as obras literárias se inscrevem em perspectiva de re-invenção, de re-de-construção da identidade 'cultural/nacional' do *ser-haitiano*. Chegando ao século XX, essa temática de identidade cultural/nacional tem se mostrado mais complexa na literatura haitiana devido, sobretudo, ao choque da ocupação estadunidense no país. Fruto dessa ocupação militar, o *Indigénisme Haïtien* define-se como a vontade de artistas, romancistas, poetas, dramaturgos haitianos de se inspirarem nos costumes e nos valores da cultura dita 'nacional' e, ao mesmo tempo, em uma lógica de ir ao encontro das culturas irmãs das Américas. Por tal razão, os articuladores do movimento indigenista interpelam os artistas para que se promova o retorno à cultura *alma mater*, a cultura de raiz africana, em franca oposição à vontade dos ocupantes de impor a cultura estadunidense. Nesse ponto, o *Indigénisme Haïtien* como movimento literário, artístico e político surgiu como um *détour*, como um *marronnage*: trata-se, simultaneamente, de um desvio da cultura dominante, desvio da cultura dos ocupantes e de uma viagem, de um *retour* às culturas ancestrais.

Nas produções literárias no Haiti, *détour* ou *marronnage* configuram-se por meio da re-invenção do passado, da repetição de estratégia dele; assim, práticas históricas de *marrannage* dos ancestrais africanos, conforme igualmente assinala Laroche, tornam-se um instrumento por excelência de conhecimento de si para os haitianos, por um lado; e, do outro, pelo *retour* a fontes populares; além de, ao mesmo tempo, um modo de relação com outros povos do Caribe e da América. É nessa simbiose que a estética do *Indigénisme Haïtien* e a estética do realismo maravilhoso dos haitianos enunciadas por Alexis se inscrevem. Ainda, é nessa simbiose que o romance *Compère Général Soleil* analisado neste livro tem se mostrado uma epopeia da realidade haitiana, da realidade do ser-humano vitimado pelo longo processo de colonizição e escravização.

Diferentemente da crítica, que costuma enfatizar a ideologia socialista no estudo da obra de Alexis (o autor foi, sobretudo, fundador de um partido comunista), a leitura do romance *Compère Général Soleil* aqui proposta foi uma tentativa de explorar diversos elementos culturais e folclóricos figurados na narrativa. Para tal êxito, foi necessário convocar Gérard Genette, Wolfgang Iser, Carlos Reis para entender a organização interna do modo romanesco. Ademais, foi preciso entender a organização da obra romanesca para poder, em seguida, lê-la à luz dos conceitos-chaves. Apoiados nesses autores, enunciou-se, sobretudo no terceiro capítulo, que as noções de personagens, de discurso, de narrador e de tempo, de significados e de valores elaborados pela técnica da narrativa são categorias inegáveis no estudo do modo romanesco.

Com base na articulação dessas categorias, esta pesquisa entende a linguagem do modo romanesco como uma fábula (embora o romancista se nutra da realidade, modificando-a; e embora os discursos atribuídos às personagens da narrativa possam ser pronunciados por pessoas reais, em conversas ordinárias).

Graças à leitura desse romance, através da sua diversidade temática, ressaltou-se que, para além da miséria material em que vive a massa popular haitiana, para além de escândalo de estratificações sociais e de injustiças institucionais, de lutas de classes que figuram como "um real", Alexis procura re-inventar o *ser-haitiano* na sua co-relação com o mundo. Sublinhou-se, a partir desse ângulo, que o romance não propõe caricaturas de personagens individuais, mas personagens "referenciais" ou grupos sociais, cujas personagens individuais servem apenas de pretexto. Nesse ponto, Yves Antoine notou, acertadamente, que as personagens romanescas de Alexis são frutos de suas reflexões sobre a cultura haitiana em geral e sobre a literatura em particular. Vale ainda destacar que devido à composição do romance e à invenção das personagens, o romance encena diversos componentes da cultura haitiana em particular; bem como aquela do Caribe em geral, pois faz migrar suas personagens para o local, para a América, ampliando, assim, o quadro do romance.

A leitura do romance-alvo demonstrou como a arte alexiana mergulha em um passado mítico. Por isso mesmo que *Compère Général Soleil* se inscreve em uma lógica de revolta contra o esquecimento, uma revolta com fins de resgate da memória coletiva.[4] Essa consideração ecoa em Glissant (1981), para quem

4 Essa temática encontra-se em um conjunto de romances nos espaços americano e caribenho. Nesse contexto, poderia citar os romances *Le nègre masqué* e *Les arbres musiciens* respectivamente dos haitianos Stephen Alexis e Jacques-Stéphen Alexis, as obras romanescas do martinicano

o esquecimento é o que há de mais terrível na história dos povos dominados. A vontade de não ocultar o passado quiçá seja responsável pela aparência mítica assumida pelo passado na narrativa alexiana, tentando, graças aos discursos, embelezar e recordar a idade de Ouro do espaço que se tornou haitiano. A re-invenção ou a re-escritura do passado traduz a vontade de Alexis de evidenciar o que "é escândalo no presente e trai o espírito do passado" (MUDIMBE-BOYI, 1992, p.36). Como teorizado por Glissant (1990), em Alexis, o passado não deve somente ser recomposto de maneira objetiva (ou mesmo subjetiva) pelo narrador; deve ser igualmente sonhado de maneira profética, para os povos e cultura cujo passado foi justamente ocultado.

Reiteram-se, desse modo, que tanto os conceitos de identidade-relação e de transculturação quanto a estética do *Indigénisme Haïtien* e a estética do *Realismo Maravilhoso* propõem abraçar a realidade dos povos que sofrem da dominação através do reconhecimento e da re-invenção do passado. A consciência que Alexis tem das realidades sócio-históricas, identitárias desses povos e sua preocupação de entrever no passado o presente se inscrevem em estritas linhas da estética do *indigénisme haïtien*, ampliada pelo realismo maravilhoso haitiano, formulado pelo próprio Jacques-Stéphen Alexis. Como observado, foi justamente nessa vontade de re-inventar, de *des-re-con-figu-*

Édouard Glissant (*La Lézarde, La case du commandeur* e, sobretudo, seu romance *O quarto século*; os da guadalupense Maryse Condé (principalmente, *Les derniers rois mages, Moi, Tituba, Sorcière, Le coeur à rire et à pleurer*), do marticano Patrick Chamoiseau (*Texaco*), René Depestre (*Adriana dans tous mes rêves*), o romance do cubano Alejo Carpentier (*El reino de este mundo*), romances do brasileiro Mário de Andrade (*Macunaíma*), da Ana Maria Gonçalves *(O defeito de cor*), são apenas alguns títulos que podem ser considerados um corpus pertinente para estudar essa temática.

rar o passado que se tecem a figuração dos principais elementos folclóricos e culturais, além dos fatos históricos ficcionalizados na composição da narrativa de *Compère Général Soleil.*

Por fim, na esteira mesma dessa leitura do romance *Compère Général Soleil,* à luz dos conceitos de identidade-relação, transculturação e folclore/cultura-nacional, foi possível perceber quantos gritos de protesto estão presentes em obras artístico- literárias do *ser-haitino.* Gritos de protesto contra a injustiça socioeconômica, gritos contra a assimilação cega, gritos contra o invisível, contra o insuportável, contra a alienação cultural, religiosa etc., todos eles refratados, *(des)re-con-figurados,* em obras artístico-literárias haitianas. Por vezes, tais gritos são silenciosos, inexprimíveis, mas não tardam a se transformar em *détours,* em *marronnages* para melhor *con-viver* o insuportável, para melhor *con-viver a barbárie.* Assim, gritos de protesto contra a injustiça, podem ser utilizados como chave de leitura, não apenas para obras literárias alexisianas, mas para em obras artístico-literárias haitianas. Esses gritos de revoltas quiçá estejam presentes em muitas obras artístico-literárias do *ser-humano* que sofrem da colonização e da escravização. Eis aí a importância de ampliar o quadro das literaturas desses países vítimas da colonização, a partir de estudos comparados. Doravante, estudos comparados que se movimentam, não do centro para a periferia, mas da periferia para a periferia, dos ex-cêntricos para os ex-cêntricos...

A esse ponto articula-se o segundo excerto colocado em epígrafe destas palavras finais, o qual expressa um desejo e permite lançar um convite que se inscreve em estrita pretensão deste estudo: suscitar novos questionamentos e novos olhares a respeito do estudo teórico e analítico aqui apresentado. Dessa forma, como assinalei na introdução, este livro não estabelece parâmetro definitivo, isto é, ele não esgota os questionamentos investigados, mas busca provocar novos questionamentos e novas inquietações sobre o *locus* de noções como transculturação, identidade-relação na construção de imaginários cultural, social, político e literário na América da crioulização. Portanto, tais noções permanecem ainda operacionais, sobretudo, como salienta Bernd (2009, p.38), em relação ao conceito de transculturação, quando se trata de estudar as relações culturais e literárias transamericanas, os processos de mestiçagem cultural e suas incidências sobre as identidades nas Américas.

Referências

Alexis Stephen, *Le nègre Masqué: tranche de vie haïtienne.* [Port-au-Prince, Imprimerie de l'État, 1933], Port-au-Prince, Collection du Bicentenaire Haïti 1804-2004, 2010.

ALEXIS, Florence; LAFERRIÈRE, Dany; OBAS, Dominique. "Un legs à travers le temps: Extraits de la rencontre entre Florence Alexis et Dany Laferrière", animé par Domingue Obas. In. GILLEROT, Dominique *et al. Intersections*: Jacques Stéphen Alexis. Bruxelles: Coopération par l'éducation et la Culture (CEC), 2013, p.11-20.

ALEXIS, Jacques-Stéphen. *Compère Général Soleil.* Port-au--Prince: Éditions Fardin, 1998 [Paris: Gallimard, 1955].

______. *Prolégomènes à un manifeste du réalisme merveilleux des Haïtiens.* Comentário: Maximilien Laroche (Universidade Laval). [*Présence Africaine*, 1956]. *Dérives.* Montréal, n.12, 1970. p.245-271.

______. "Où va le roman?" [*Présence Africaine*, 1957]. *Boutures.* V.1, No.1. p.33-41. Mars 2001. Disponível em: http://ile--en- ile.org/jacques-stephen-alexis-ou-va-le-roman. Acesso em: 02/09/2016.

______. "La belle amour humaine". *Lettres Française.* 1957; Europe 49.501, 1970, p. 20-27.

______. "Florilège du romanesque haïtien", (inédit), 1959, p.11- 21, Étincelles, no 8-9, mai-juin 1984.

______. “Lettres de Jacques-Stéphen Alexis à François Duvalier”. Pétion–Ville, 2 juin 1960. In. GILLEROT, Dominique *et al. Intersections: Jacques Stéphen Alexis.* Bruxelles: Coopération par l'éducation et la Culture (CEC), 2013, p.88-89.

ANDRADE, Esveraldo de Oliveira. A primeira ocupação militar dos EUA no Haiti e as origens do totalismo haitiano. *Revista Electrônica da ANPHLAC,* v.20, p.173-196, 2016.

ANTOINE, Yves. *Sémiologie du personnage dans l'oeuvre romanesque de Jacques- Stéphen Alexis.* Tese (Doutorado em Letras) – Université d'Ottawa, Ottawa, 1988.

BAKHTIN, M. Mikhail. *Questões de literatura e de estética*: a teoria do romance. 2.ed. São Paulo*:* UNESP/Hucitec, 1990.

BÉCHACQ, Dimitri. “Les parcours du marronnage dans l'histoire haïtienne: Entre instrumentalisation politique et réinterprétation sociale”. *Ethnologies* [En ligne]. V. 28, n° 1, p. 203-240. Disponível em: http://id.erudit.org/iderudit/014155ar. Acesso em: 20/12/2017.

BELLEGARDE, Dantès. *La Resistance Haitienne: l'occupation Américaine d'Haiti.* [1937]. Port-au-Prince: Farin, 2012.

BENTOLILA Alain; GANI Léon. “Langues et problèmes d'éducation en Haïti”. In. *Langages: Bilinguisme et diglossie.* 15e année, n°61, 1981. p. 117-127.

Bernd Zilá. *Américanité et mobilités transculturelles.* Laval: Les Presses de l'Université de Laval, 2009.

BOADAS, Aura Marina. “Jacques Stephen Alexis, sus obras y sus interpretes (Bibliografia)”. *Caribbean Studies,* 1989, p.102-109.

______. *Le Réalisme Merveilleux dans l'oeuvre de Jacques Stephen Alexis*: Littérature caribéenne comparée. Saarbrücken: Éditions universitaires européennes, 2011.

Carpentier, Alejo. *Le royaume de ce monde*. Trad. de René L. F. Durand: Gallimard, 1954.

CANDIDO, Antonio. *Literatura e sociedade:* estudos de teoria literária. 8.ed. São Paulo: T. A. Queiroz, 2002.

______. "Direito à literatura". In: CANDIDO, Antonio (org.). *Vários escritos.* 4.ed. São Paulo/ Rio de Janeiro: Duas Cidades/Ouro sobre Azul, 2004b, p. 235-263.

______. A personagem do romance. In. CANDIDO, Antonio, *et. all. Personagem de ficção.* 5. ed. São Paulo, SP: Perspectiva, 1976. P.53-80.

CASANOVA, Pascale. *La République mondiale des lettres.* Paris: Éditions du seuil, 1999.

______. *A república mundial das letras.* Tradução. Marina Appenzeller. São Paulo, SP: Estação Liberdade, 2002.

CÉSAIRE, Aimé. *Discours sur le colonialisme.* Paris: Éditions Présence Africaine, 1955.

CHARLES, Judith. *L'indigénisme dans le roman haitien.* Dissertação (Mestrado em Letras). Faculté des Études Pós- Graduées – Université McGill,1984, 166f.

CLORMÉUS, Lewis Ampidu. "À propos de la seconde campagne antisuperstitieuse en Haïti (1911-1912): Contribution à une historiographie". In. *Histoire, monde et cultures religieuses.* Editions Karthala, 2012. (n° 24), p. 105-130.

COMPAGNON, Antoine. *La seconde main: ou le travail de la citation.* Paris: Seuil, 1979.

______. *O demônio da teoria: Literatura e senso comum*. Tradução de Cleonice Paes B. Mourão e Consuelo Fortes Santiago. Belo Horizonte: Ed. UFMG, 2012.

CONDÉ, Maryse. "Revisiter Ainsi parla l'Oncle". In. MÉMOIRE D'ENCRIER (org). *Ainsi parla l'oncle suivi de Revisiter l'oncle Jean Price-Mars*. Montréal, Québec: Collection Essais, 2009.

______. *Les derniers rois mages*. Paris: Gallimard, 1992.

CONFIANT, Raphaël. "Écrits et textes litteraires en langue créole des îles Caraïbes et et de la Guyane". *LittéRéalité*: Ottawa, v.10,n.1, 1998, p. 81-92. Disponível em: https://litte.journals.yorku.ca/index.php/litte/issue/view/1621. Acesso em: 12/05/18.

CORTEN, André. "Origines et vicissitudes de l'État faible: la République dominicaine". In: *Genèse de l'État moderne en Méditerranée: Approches historique et anthropologique des pratiques et des représentations*. Paris: Actes des tables rondes internationales, 24-26 septembre 1987 et 18-19 mars 1988). Rome: École Française de Rome, 1993. p. 151-165.

CRÉPON, Marc. "Ce qu'on demande aux langues (autour du Monolinguisme de l'autre)". *Raisons politiques*. Presses de Sciences Po (P.F.N.S.P). No.2. 2001. p. 27-40. Disponível em: https://www.cairn.info/revue-raisons-politiques-2001-2-page-27.htm. Acesso em: 03/05/2018.

DALEMBERT, Louis-Phillipe; TROUILLOT, Lyonel. *Haïti: une traversée littéraire*. Paris: Cultures Frances/Éditions Philippe Rey, 2010 / Port-au-Prince: Presses Nationales d'Haiti, 2010.

DAUZAT, Albert. "Compère Général Soleil, de Jacques-Stéphen Alexis". *Les Lettres françaises:* Paris, 578, juillet 1955, p. 21-28.

DELEUZE, Gilles. GUATTARI, Félix. "Introduction Rhizome". In. *Mille plateaux: Capitalisme et schizophrenie.* Paris: Les Éditions de Minuit, 1980.

DEPESTRE, René. "Entretien avec Jean-Luc Bonniol". In. *Haïti et l'anthropologie.* Paris: Musée du quai Branly: Gradhiva: *Revue d'anthropologie et d'histoire des arts,* p. 31-35. re/Entretien avec René Depestre.html. Consultado em 30 de setembro 2016.

DEPESTRE, René. "Bom dia e adeus à negritude". In. DEPESTRE, René. *Bonjour et adieu à la négritude.* Paris: Robert Laffont, 1980. 262p, p. 82-160. Tradução. Maria Nazareth Fonseca e Ivan Cupertino.

DERRIDA, Jacques. *Le monolinguisme de l'autre, ou La prothèse d'origine.* Paris: Galilée, 1996.

DIAS, Sousa. *Lógica do acontecimento: Introdução à filosofia de Deleuze.* Porto: Edições Afrontamento, 1995.

DUCROT, Oswald; TODOROV, Tzvetan. *Dictionnaire encyclopédique des sciences du langage.* Paris: Éditions du Seuil, 1972.

DUSSEL, Enrique. *1492: o encobrimento do outro, a origem do mito da modernidade.* Conferências de Frankfurt. Tradução de Jaime A. Clasen. Rio de Janeiro: Vozes Petrópolis, 1993.

FLEISCHMANN, Ulrich. Écrivain et société en Haïti. Montréal: Centre de recherches caraïbes, Université de Montréal, 1976/Édition numérique: Classique des Sciences Sociales, 2015.

Frankétienne. *Découvrir Haïti à travers ses écrivains*: *L'identité culturelle haïtienne*, conférence du 8 novembre 2000. EASY. Échanges et synergie http://perso.infonie.be/easy/conf%20franketienne.htm Acesso em: 20/12/2017.

FOUCHARD, Jean. *Les marrons de la liberté*. Port-au-Prince: Éditions Henri Deschamps, 1988 [1972].

GAILLARD, Roger. "L'indigénisme haïtien et ses avatars. L'école indigéniste: place dans l'histoire et la littérature haïtienne". *Conjonction*. no.197, Janvier-Mars, p. 9-26, 1993.

GENETTE, Gérard. *Figures III*. Paris: Seuil, 1972.

______. *Nouveau discours du récit*. Paris: Seuil, 1983.

______. *Introdução ao arquitexto*. Lisboa: Vega, 1987.

______. *Fiction et diction*. Paris: Editions du Seuil, 1991.

GILLEROT, Dominique *et al*. *Intersections: Jacques Stéphen Alexis*. Bruxelles: Coopération par l'éducation et la Culture (CEC), 2013.

GINZBURG, Jaime. "Escritas da tortura". In. TELES, EDSON e SAFATLE, VLADIMIR (org.). *O que resta da ditadura*. São Paulo: Boitempo, 2010, p. 133-159.

GLISSANT, Édouard. *Soleil de la conscience*. Paris: Falaize, 1956.

______. *Le discours antillais*. Paris: Seuil, 1981.

______. *Poétique de la Relation*. Poétique III. Paris: Gallimard, 1990.

______. *Introduction à une poétique du divers*. Paris: Gallimard, 1996.

______. *Philosophie de la Relation*: *poésie en étendue*. Paris: Gallimard, 2009.

______. *Pays rêvé, pays réel*: *suivi de, Fastes; et de, Les grands chaos*. Paris: Collection Poésie/Gallimard (n° 347), Gallimard, 2000.

______. *O quarto século.* Tradução. Cleone Augusto Rodrigues. Rio de Janeiro, RJ: Guanabara, 1986.

______. *Traité du tout-monde: Poétique IV*, Paris:Gallimard, 1997.

HAYATOU, Guedeyi Yaeneta. *La poétique de la relation et ses enjeux dans la littérature francophone d'Afrique subsaharienne: cas d'Henri Lopes, Sami Tchak, Abdourahman Waberi et Fatou Diome.* Tese (Doutorado em Letras). Faculté des études supérieures et postdoctorales - Université d'Ottawa: Ottawa, 2016.

HOFFMAN, Léon-François. *Littérature d'Haïti.* [s.l.]: Collection Universités francophones, EDICEF/AUPELP, 1995.

HURBON, Laënnec. *Comprendre Haïti: Essai sur l'État, la nation, la culture.* Paris: Les Éditions Karthala, 1987a.

______. *Le Barbare imaginaire.* Port-au-Prince: Éditions Henri Deschamps, 1987b.

HYPPOLITE, Michel-Ange. "Bref aperçu de la littérature haïtienne d'expression créole". Ottawa: *LittéRéalité*, v.10, n.1, 1998, p.93-94.

ISER, Wolfgang. "Atos de fingir. Ou o que é fictício no texto ficcional". In. LIMA, Luiz Costa. *Teoria da literatura em uma das suas fontes.* V. 2., 3ª ed. Rio de Janeiro: Civilização Brasileira, 2002.

______. *O ato de leitura: uma teoria do efeito estético.* V.2. Tradução de Johannes Kretschmer. São Paulo: Editora 34, 1996-1999.

JEAN PIERRE, Jean Gardy. *Haiti, uma República de Vodu?: Uma análise do lugar do vodu na sociedade haitiana à luz da Constituição de 1987 e do decreto de 2003.* Dissertação (Mestrado em Ciência da religião). Pontifícia Universidade Católica de São Paulo (PUC-SP), São Paulo, 2009.

JEAN-PIERRE, Jean Reynold. *La Révolution Anti-Esclavagiste et Anti-Colonialiste de Saint-Domingue 1789 - 1804*. Coconut Creek: Educa Vision, 2005.

KAUSS, Saint-John. "Hamilton GAROUTE ou le vent des cavernes". In: *Potomitan*, 2012. Disponível em: http://www.potomitan.info/kauss/garoute.php. Acesso em: 08/03/2018.

KRAENKER, Sabine. "Des écrivains à l'identité hybride, représentants d'une littérature- monde d'aujourd'hui et de demain: Karin Bernfeld, Nina Bouraoui, Assia Djebar, Amin Maalouf, Wajdi Mouawad". *Synergies Pays Riverains de la Baltique*. n°6, 2009, p. 219-227.

LAFETÁ, João Luiz. *1930: a crítica e o modernismo*. 2. ed., São Paulo: Duas Cidades, 2000.

LAROCHE, Maximilien. *La double scène de la représentation: oraliture et littérature de la Caraïbe*. Québec: Grelca, collection Essai, no. 08, 1991.

______. *Le miracle et la métamorphose: Essai sur les littératures du Québec et d'Haïti*. Montréal: Les Éditions du Jour, 1970.

______. *La littérature haïtienne: Identité, langue, réalité*. Montréal: Les Éditions Leméac, inc., 1981.

LIMA, Rachel Esteves. "A identidade cultural na crítica literária latino-americana". In. CERQUEDA, Sérgio Barbosa de; e all (orgs). *XI Congresso Internacional da ABECAN: 20 anos de Interfaces Brasil-Canadá*. Salvador: 2011, p. 1-11.

Lucas Raphaël, "Marronnage et marronnage" *Cahiers d'histoire. Revue d'histoire critique*, no. 89 2002, p. 13-28.

MAALOUF, Amin. *Les identités meurtrières*. Paris: Le Livre de Poche, 2001 [Paris: Grasset & Fasquelle, 1998].

Maran René. *Batouala: véritable roman nègre*. Paris: Éditeur Albin Michel, 1921.

MARCOS, Valéria. A literatura de testemunho e a violência de Estado. *Lua Nova*, n.62, 2004, p.45-68.

MAYARD, Constantin. *Haïti: conférence prononcée le 28 janvier 1934 pour inaugurer la session annuelle de l'oeuvre des isolés coloniaux*. Paris, 1934. Versão numérica BNF Gallica: gallica.bnf.fr/ Bibliothèque nationale de France.

MEZILAS, Glodel. "¿Qué es el indigenismo haitiano?" *Cuadernos Americanos: Nueva Epoca,* 2008, v. 4, no. 126, p. 29-52.

MUDIMBE-BOYI, M. Elisabeth. *L'oeuvre romanesque de Jacques-Stephen Alexis:* Une écriture poétique, un engagement politique. Montréal: Humanitas Nouvelle Optique, 1992.

NICHOLLS, David. Idéologie et mouvements politiques en Haïti, 1915-1946. In: *Annales. Histoire, Sciences Sociales.* Paris: EHESS, 1975, p. 654-679.

OLIVEIRA, Emerson Divino Ribeiro de. *Transculturação: Fernando Ortiz, o negro e a identidade nacional cubana 1906-1940*. Dissertação (Mestrado em História). Universidade Federal de Goiás, 2003.

ORTIZ, Fernando. "Transculturação del Tabaco e inícios Del azucar y de la escravitud en América". In: ORTIZ, Fernando. *Contrapunteo cubano del tabaco y elazucar.* Caracas, Venezuela: Biblioteca Ayacucho, 1978.

OYAMA, Maria Helena Valentim Duca. *O Haiti como locus ficcional da identidade caribenha: olhares transnacionais em Carpentier, Césaire e Glissant.* Tese (Doutorado em Letras) - Instituto de Letras, Universidade Federal Fluminense, Niterói/RJ: 2009.

PARISE, Normelia Maria. *Literatura e oralidade no Haiti: A poesia em Crioulo de Georges Castera. Boitatá*, v.17, 2014, p.72-87.

PIERRE Schallum. *Le Réalisme Merveilleux de Jacques Stephen Alexis: esthétique, éthique et pensée critique.* Tese (Doutorado em Filosofia). Université Laval: Québec, 2013.

PRADO, Antonio Arnoni. *1922, itinerário de uma falsa vanguarda: os dissidentes, a semana e o integralismo*. São Paulo: Brasiliense, 1983.

PRICE-MARS, Jean. *Ainsi Parla l'Oncle: Essais d'Ethnographie*. New-York: Parapsycology foundation, Inc., 1928.

______. *Formation ethnique, folk-lore et culture du peuple haïtien.* 2a. Ed. Port-au-Prince: Imprimerie N.A. Theodore, 1956.

______. *De Saint-Domingue à Häïti: Essai sur la Culture, les Arts et la Littérature.* [Présence Africaine, 1959]. Saguenay Province de Québec-Canada: Édition numérique 2010.

PONTES, Newton de Castro. "A romancização do drama e suas implicações na escrita dramática moderna". *Palimpsesto*, v.10, 2010, p. 1-18.

REIS, Carlos; LOPES, Ana Cristina M. *Dicionário de teoria da narrativa.* [Coimbra: Almedina, 1987]. São Paulo: Ática, 1988.

RICHARD, Junior Suriel. *El massacre se passa a pie e a reconstrução do massacre de haitianos na fronteira domínico-haitiana: História e ficção.* Dissertação (Mestrado em Letras). Universidade Federal de Roraima. Roraima, 2014.

ROSENFELD, Anatol. "Literatura e personagem". In: CANDIDO, Antonio (org.). *Personagem de ficção*. São Paulo: Perspectiva, 1976, p. 9-49.

ROUMAIN, Jacques. "À propos de la campagne "Antisuperstieuse" [1942]". In. *Les Fantoches*. 1a ed. [1931]. Port-au-Prince: Ed. Collection du bicentenaire Haiti 1907-2007, [s/d.].

ROUMAIN, Jacques. *Donos do orvalho* [1944]. Trad. Emmo Duarte. Rio de Janeiro: Vitória, 1954.

SAMOYAULT, Tiphaine. *A intertextualidade*. Tradução de Sandra Nitrini. São Paulo: Aderaldo & Rothschild, 2008.

SANTOS, Luzia Aparecida Oliva dos. *O percurso da indianidade na literatura brasileira: matizes da figuração*. São Paulo: Cultura Acadêmica, 2009.

SANTANA, Márcio Antônio de. *Literatura e construção da comunidade imaginada haitiana: uma leitura de Jacques-Stéphen Alexis e Jacques Roumain (1915-1971)*. Dissertação (Mestrado em História). Universidade Federal Goiás, 2003.

SÉONNET, Michel. *Jacques-Stéphen Alexis ou Le Voyage vers la lune de la belle amour humaine*. Toulouse: Pierres Hérétiques, 1983.

SELIGMANN-SILVA, Márcio (org.). *História, Memória, Literatura: O testemunho na era das catástrofes*. Campinas: Editora da UNICAMP, 2003.

Simasotchi-Bronès Françoise, *Le roman antillais, personnages, espaces et histoire: fils du chaos*, Paris: L'Harmattan, collection Critiques Littéraires, 2004.

SYLVAIN, Georges Normil. *Chronique/Programme. La Revue Indigène: les arts et la vie*. No.1. v. 1. Port-au-Prince, Juillet 1927.

TODOROV, Tzvetan. *A conquista da América: a questão do Outro*. Tradução de Beatriz Perrone Moi. 2ed. São Paulo: Martins Fontes, 1982.

VALVAL, Duraciné. *Histoire de la littérature haïtienne ou littérature de l'âme noire.* Port-au-Prince: Imprimerie Aug. A. Hereaux, 1933.

VÉTÉ-CONGOLO, Hanétha. *L'intéroralité caribéenne: le mot conté de l'identité, vers une esthétique caribéenne.* Saint-Denis: Connaissances et Savoirs, 2016.

WOOD, James. *Como funciona a ficção.* Tradução de Denise Guimarães Bottmann. São Paulo: CosacNaify, 2011.

Recursos onlines:

"Indigène, Indigénisme". In. *Universalis Encyclopédie Anthropologie.* UEA. Disponível em: https://www.universalis.fr/encyclopedie/anthropologie/. Acesso em: 20/03/2018.

"Indigène, Indigénisme". In. *Dictionnaire de la Langue Français, Lexicografos.* Tome, 3. 1873. Disponível em: https://www.lexilogos.com/francais_langue_dictionnaires.htm. Acesso em: 20/03/2018.

"Indigène, Indigénisme". *Dictionnaire de l'Académie française.* 8 ed. Tome.2, 1932. Disponível em: https://academie.atilf.fr/consulter/indig%C3%A8ne?page=1. Acesso em: 20/03/2018.

Agradecimentos

Este livro não seria possível sem um conjunto de contribuições, quer elas sejam intelectuais, econômicas ou emocionais. Como agradecer é reconhecer um bem feito e manifestar a gratidão em prol de quem nos apoia, resolvi registrar aqui alguns agradecimentos.

Primeiramente, agradeço à infatigável Profa. Dra. Leila de Aguiar Costa do Programa de Pós-Graduação em Letras da Unifesp, pelas inegáveis orientações, guias metodológicas e bibliográficas durante a realização deste estudo; às Profas. Dras. Lígia Fonseca Ferreira, do Programa de Pós-Graduação em Letras da Unifesp, e Anita Costa Malufe, do Programa de Estudos Pós-Graduados em Literatura e Crítica Literária da PUC-SP, pelas críticas e sugestões para o aprimoramento deste trabalho.

Em seguida, registro aqui meus agradecimentos ao Programa de Pós-Graduação em Estudos Literários da Universidade Estadual Paulista "Júlio de Mesquista Filho" e ao Programa PROEX/CAPES pelo apoio financeiro para a publicação deste livro.

Manifesto aqui também minha gratidão ao meu grande amigo Frantz Rouseau Déus, com quem sempre contei neste fazer científico; ao meu irmão-amigo Ector Étienne, a meus colegas Alzé Sonie Bahana, Gédéon Louis, Jacob Jean-Jacques, Jadonnus Joseph, Louison Bellegarde, Roberson Leandre ...; a todos/as os/as meus/minhas caríssimos/as queridos/as haitianos/as e brasileiros/as, especialmente Berno Logis, Chandeline Jean Baptiste,

Milouse Jean, Isemane Desrosiers, Enock Placide, Michelène Jean, Sabrina Heloisa Bueno dos Santos, Maria do Carmo Bueno dos Santos, João Batista dos Santos, Heloísa Helena Bueno dos Santos, Daisy Mota da Silveira e Maurina Lima Silva, que contribuíram de uma forma ou de outra para a realização deste estudo.

Por fim, obrigado a todos aqueles que fazem parte da minha trajetória acadêmica no Brasil: os diferentes professores e alunos do Instituto de Estudos da Linguagem, da Universidade Estadual de Campinas, os diferentes professores e alunos da Escola de Filosofia, Letras e Ciências Humanas, da Universidade Federal de São Paulo assim como os diferentes professores e alunos da Faculdade de Ciências e Letras da Universidade Estadual Paulista, com quem tive a oportunidade de ter aula e conhecer...

Alameda nas redes sociais:
Site: www.alamedaeditorial.com.br
Facebook.com/alamedaeditorial/
Twitter.com/editoraalameda
Instagram.com/editora_alameda/

Esta obra foi impressa em São Paulo no outono de 2022. No texto foi utilizada a fonte Adobe Garamond Pro em corpo 11 e entrelinha de 15,25 pontos.